AtV

JUSSUF AL-KAID wurde 1944 als Sohn eines Landarbeiters in einem ägyptischen Dorf geboren. Nach einem Pädagogikstudium arbeitete er als Lehrer an einer Landwirtschaftsschule, war von 1965 bis 1974 bei der Armee, danach Literaturredakteur einer Kulturzeitschrift.

Zwischen 1969 und 1992 schrieb er fünfzehn Romane und sechs Bände Kurzgeschichten. Die arabische Originalausgabe seines Romans »Masri, der Mann aus dem Delta« erschien 1978 in erster, 1991 in fünfter Auflage. Das Buch wurde ins Englische, Französische, Russische, Ukrainische und Holländische übersetzt.

Ein Gemeindevorsteher erhält nach fast zwei Jahrzehnten Land zurück, das ihm durch die Bodenreform genommen wurde. Endlich ist er wieder im Besitz seiner Würde, Freude und Glück erfüllen ihn.

Am nächsten Tag trifft der Einberufungsbefehl für seinen jüngsten Sohn ein. Wenn er diesen faulen und dummen Burschen nicht vor dem Militärdienst bewahrt, wird die Mutter, seine dritte Frau, ein peinliches Geheimnis enthüllen. Ein Ersatzmann muß gefunden werden. Nur einer käme in Frage: Masri, der einzige Sohn des Dorfwächters, angesehen wegen seiner Intelligenz, aber zu arm, um eine höhere Schule zu besuchen. Damit die Familie überleben kann, läßt Masri sich auf ein unheilvolles Geschäft ein.

Jussuf al-Kaid

Masri, der Mann aus dem Delta

Roman

Aus dem Arabischen von Doris Kilias

Aufbau Taschenbuch Verlag

Titel der Originalausgabe
Al-harb fi barr misr

Titel der französischen Ausgabe
Masri, l'homme du Delta

ISBN 3-7466-0162-2

1. Auflage 1993

Reihengestaltung Sabine Müller, FAB Verlag, Berlin
Einbandgestaltung Frank Odening, FAB Verlag, Berlin
Satz LVD GmbH, Berlin
Druck Elsnerdruck, Berlin
Printed in Germany

Inhalt

Der Gemeindevorsteher

Ich weiß nicht, wo ich beginnen soll. Ich hatte geglaubt, daß der gestrige Abend im Leben der Familie zu den historisch denkwürdigen Abenden gezählt werden würde, und selbst beim Einschlafen hatte mich dieses Gefühl noch trunken gemacht. Doch was dann geschah, stürzte mich in seltsame Verwirrung. Welcher war nun der historisch denkwürdige Tag: der gestrige oder der heutige? Ich weiß es nicht. Gestern – das war ein großartiger Tag gewesen, seit Jahren der erste, an dem mein Herz Freude und meine Seele Glück verspürte. Unsere Würde war uns zurückgegeben worden. Der Boden, den man uns vierundfünfzig genommen hatte, sollte uns wieder gehören. Der gestrige Tag ist schwer zu beschreiben. Nichts anderes in der Welt hätte mich so glücklich machen können wie die Rückgabe des Bodens, und am liebsten wäre ich auf der Stelle gestorben. In dem Moment, da ich vom gerechten Urteil des Gerichts erfuhr, blickte ich nach Süden. Die Form der roten Ziegel, auf der das Haupt meines Vaters gebettet worden war, war sicher schon zerbröckelt. Bevor er starb, hatte mir mein Vater erklärt, so lange keine Ruhe finden zu wollen, wie unser Boden fremden Menschen gehöre, weshalb denn auch die Ziegelform als harter Klotz überdauern und ihm den ewigen Schlaf rauben würde. Erst wenn das wahre Glück gekommen wäre, würde sie zerbröckeln. Und dann – dann gehörte tatsächlich der ganze Boden wieder uns. Freudenschüsse und Jubeltriller zerrissen die Luft, und erst nach Mitternacht kam der Lärm zum Schweigen. Zu später Stunde fühlte ich mich von all dem Trubel völlig erschöpft, und mir war, als hätte mein Herz so heftig gegen die Rippen geschlagen, daß mir davon der Brustkorb schmerzte. Als ich dann zu Bett ging, warnte ich alle im Haus, mich morgens ja nicht zu wecken, wollte ich doch, zum erstenmal seit mehr als zwanzig Jahren, richtig ausschlafen. Am nächsten Tag würde nichts zu tun sein, und so könnte ich all das genießen, was uns das alte Leben ehemals an köstlichem Müßiggang und erquickender Ruhe gewährt hatte. Das alles ist erst gestern geschehen. Die Zeit verrinnt merkwürdig schnell. Heute früh, noch bevor die Hähne krähten, wurde ich von einem solch heftigen Husten gepackt, daß ich erst meinen Bauch von allem entleeren mußte, bevor der Anfall nachließ. Danach konnte ich nicht wieder einschlafen. In der letzten Zeit habe ich mir angewöhnt, die Nächte im Zimmer meiner letzten Frau zu verbringen. Manche sagen, sie sei die neue Frau und alles Neue würde ja besonders gut schmecken. Das stimmt nicht. Meine letzte Frau ist nicht neu, ich habe schon etliche Jahre mit ihr verbracht. Das Geheimnis meiner Vorliebe für ihr Zimmer liegt darin, daß ich mich bei ihr wohl fühle. Ich liebe diesen Raum mehr als andere. Jedenfalls bekam ich nach dem Hustenanfall Kopfschmerzen, eine Axt drosch auf meine Schädeldecke und Gehirnrinde ein. Es scheint, sagte ich mir, als könne ich nicht wieder einschlafen, und so stand ich auf und öffnete das Fenster. Ein bißchen frische Nachtluft, und ich werde mich von Husten und Kopfschmerz erholen. Der Himmel war ruhig und still. Zwei Sterne standen noch da, die Nacht mußte sie vergessen haben. Am nördlichen Ende des Dorfes sah ich einen Stern mit einem Schweif, daneben zwei Gebilde, die gekreuzten Stöcken glichen. Das Licht, das ins Fenster hereindrang, war blau, durchsetzt vom Grau der öden Dämmerstunde. Vor Sonnenaufgang war nichts zu tun, denn erst dann könnte ich ins Gemeindebüro gehen. Ich rief die Dienerin, sie kam. Sie sollte Wasser bringen, damit ich mir das Gesicht waschen und die rituelle Reinigung vornehmen konnte. Sie brachte den Krug und das Kupferbecken, goß das Wasser über meine Hände. Aus dem Krug fiel ein Stückchen Lehm, ich sah es auf meiner Handfläche. Ich schrie nicht, ich schimpfte nicht – ich schwieg. Meine Frau reichte mir den Tee. Ich nahm das vergoldete Glas, hob es an den Mund, spürte das Glas an den Lippen. Der Tee floß über meine Zunge – er war bitter. Sofort setzte ich das Glas ab und stellte es auf das Tablett zurück. Meine Frau hatte den Zucker vergessen. O Gott, sagte ich mir, laß alles gut enden. Ich bekam plötzlich Angst. Der Grund dafür lag darin, daß die gestrige Freude über die Niederlage der armseligen Neider zu groß für mich gewesen war. Den Boden haben wir schon zurück, und morgen würden wir alles andere, das wir verloren haben, wiederbekommen. Tritt mir die Welt so freundlich entgegen und begrüßt sie mich auf solch herzliche Weise, dann fürchte ich mich sehr.

Während des Morgengebets hätte ich mich beim Sprechen der Fatiha und Grußformeln beinahe verhaspelt. Es fiel mir schwer, mich zu konzentrieren. Als dann noch mein linkes Auge zuckte, war mir klar, daß irgend etwas geschehen würde. Ich schloß das Gebet ab und beendete es mit dem Friedensgruß. Dann fragte ich meine Frau, welchen Tag wir heute hätten. Es war kein Freitag. Ich war ein wenig erleichtert, es ist ja bekannt, daß der Freitag Unglück bringen kann. Meine Frau brachte das Frühstückstablett. Ich hob das Tuch auf, weißlicher Dampf stieg mir vom Milchglas und den gebratenen Eiern entgegen. Ich starrte auf das Essen. Meine Augen glitten von den Eiern zu den Bohnen und vom Käse zu den grünen Raukestengeln. Ich hatte keinen Appetit. Ich streckte die Hand aus, brach den erstbesten Brotfladen in zwei Hälften. Von einer Hälfte schnitt ich einen Bissen ab, tunkte ihn ein, führte ihn zum Mund, kaute lustlos darauf herum, würgte ihn hinunter. Mehr aß ich nicht. Ich wusch mir die Hände, trank mehrere Gläser Tee. »Gott sei's gedankt«, sagte ich zu meiner Frau.

Sie klapperte mit den Augenlidern, ihr Gesicht wechselte den Ausdruck. »Ist mit dem Essen etwas nicht in Ordnung?«

»Nein.«

Ich sagte ihr, daß ich keinen Appetit hätte... weil ich nicht geschlafen hatte, wegen der zu großen Freude für uns alle. Sie schien mich nicht zu verstehen. Schon seit Sonnenaufgang, meinte sie, würde ihr mein Zustand nicht gefallen. Ich stand auf, ging zum Kleiderschrank im Schlafzimmer, um mich fürs Ausgehen anzuziehen. Sie trat an mich heran. Ihr praller Busen schob sich an meinen Rücken. Ich verspürte Unwillen. Der Busen preßte sich noch mehr an mich. Je mehr sie sich an mich drängte, um so ungehaltener wurde ich. Sie drückte und drückte. Ich konnte die Rundung ihres Busens, ja sogar die Brustwarzen spüren. Ich mußte an mein Mißgeschick denken und schwieg. Sie streckte die Hand aus. Ob ich denn wirklich ohne Frühstück aus dem Haus wolle? Ich war verwirrt, und ohne auf ihre Frage zu antworten, ging ich hinaus. Ich verließ die Wohnung, die ich für sie gebaut hatte, ging zum alten Haus, öffnete die Tür und trat ein. Alle Räume waren noch geschlossen, die Luft im Salon roch abgestanden. Ich ging am Zimmer meiner ersten Frau vorbei, die man im Haus die »alte Herrin« nannte. Sie war die Mutter meiner ältesten Kinder. Nach dem Zimmer meiner zweiten Frau kamen die Räume der Kinder. Ich ging zum Stall hinüber. Die Kühe käuten das Futter der vergangenen Nacht wieder. Langsam und faul bewegten sie die Kinnladen, die Augen waren, als würden sie noch schlafen, geschlossen. Die Tröge waren leer, der Boden glänzte, so gut hatten die Kühe alles mit den Zungen abgeputzt. Der Hund war wach. Er hatte mich gleich beim Hereinkommen erkannt, war schwanzwedelnd angelaufen gekommen und drückte sich an meine Beine. Nachdem ich das Vieh gesehen hatte, warf ich noch einen Blick in die Lagerräume: Getreidespeicher, die Lager für Düngemittel, Schädlingsmittel, der Maschinenschuppen. Alles war in Ordnung und abgeschlossen. Ich ging ins Gemeindebüro. Obwohl es noch früh war, wunderte sich niemand über meine ungewöhnliche Tatkraft. Manch einer sah wohl den Grund in der Tatsache, daß der Boden zurückgegeben worden war. Das Leben selbst, meinten etliche, und nicht nur den Boden hätte ich wiedergewonnen. Ich setzte mich hin und rauchte eine Zigarette nach der anderen. Die Wachmänner kamen, lieferten ihre Waffen und Munitionsmagazine ab. Nach der Waffenabgabe kam der diensthabende Wachmann herein, ein Bein vorgestellt, das andere zurückgestellt, irgendwie verängstigt. Er überreichte mir das Dienstprotokoll. Er hatte auch die Anweisungen bei sich, die während der Nacht im Gemeindebüro eingetroffen waren. Als er mir die Papiere einfach hinlegen wollte, sah ich ihn wütend an und forderte ihn auf, sie mir wie sonst vorzulesen. Seine Hand begann zu zittern, einige Wörter verhedderten sich auf seinen Lippen. Ich riß ihm die Anweisungen aus der Hand. Gleich die erste war es, die ihn in Furcht und Schrecken versetzt hatte. Mein jüngster Sohn sollte zum Militär. Jetzt also klärte sich die Geschichte auf. Entweder war ein Tag von der ersten Stunde an weiß wie Milch, oder er war schwarz wie Ofenruß. Ich setzte mich ganz ruhig hin, lehnte mich mit dem Rücken so weit zurück, bis ich Halt fand. Mit lauter, weithin hörbarer Stimme flehte ich Gott an, sich meines Vaters zu erbarmen. Er hatte sich immer vor glücklichen Ereignissen gefürchtet. Nie werde ich seine Worte vergessen: »Wendet sich das Leben dir zu und hält es in seiner rechten Hand große Huld für dich bereit, dann sei gewiß, daß seine linke Hand leer ist. Weißt du, warum? Weil die linke Hand nehmen wird, was die rechte Hand geben sollte.« Jetzt begriff ich, wie viele Dinge mein Vater kannte, von denen ich nicht einmal eine Ahnung hatte. Der Wachmann stand noch immer vor mir, und ich hielt den Rekrutierungsbescheid noch immer in der Hand. Ich will Ihnen nicht verheimlichen, daß ich nicht wußte, was ich tun sollte. Wie gütig war doch das Schicksal in der verflossenen Zeit mit mir umgegangen. Meinem Vater war es gelungen, Unmögliches möglich zu machen, und mir zunächst auch. In meinem Kopf begann wieder der Schmerz zu toben. Das Nachdenken glich einem großen Strom, dessen Strudel mich mal zu den fernsten Gestaden des Horizonts fortrissen, mal auf die Bank im Gemeindeamt niederdrückten. Ich schickte den Wachmann weg. Den Bescheid hielt ich immer noch in der Hand. Die Welt wollte sich mir verschließen. Hatte sich mein Vater in einer Situation wie dieser befunden, dann lachte er nur und ließ seine frühlingsgrünen Augen blitzen. Verschmitzt pflegte er dann immer zu sagen, daß sich einem viele Wege mit gutem Ausgang zeigen, wenn man gewitzt wie ehemals Abu Said sei. Aber für mich, in dieser Situation, zeigte sich nicht einmal der kleinste Pfad. Der Angestellte vom Telefonraum kam und war ganz überrascht, mich zu so früher Stunde, verstört und in eine Wolke von Rauch eingehüllt, zu sehen. Er starrte mich an, rief Gott um Hilfe und fragte, was los sei. Ich hatte keine Lust, ihm zu antworten, denn bestimmt hatte ihm schon mehr als einer von der Geschichte erzählt und ihn auf das Stück Papier, das ich in der Hand hielt, aufmerksam gemacht.

Ich sah ihn an. Er lachte, und da wurde ich wütend. Die Sache sei doch höchst einfach, erklärte er. Es gebe keinen Grund, so lange darüber nachzudenken. Er kam näher heran, sagte nur ein Wort: der Geschäftemacher. Ich verstand nicht, was er meinte. Er holte zu einem ganzen Satz aus: Der »Geschäftemacher« wisse für jedes Problem, wie kompliziert es auch sei, eine Lösung. Jetzt erinnerte ich mich an den Mann, den in der Gegend hier alle nur den »Geschäftemacher« nannten, was so weit ging, daß man seinen wirklichen Namen vergessen hatte. Er besorgte alles, er konnte alles, was man von ihm wollte, »machen«. An sich war er Grundschullehrer. Wegen einer Bestechungsaffäre oder Fälschung, so genau konnte ich mich nicht mehr erinnern, hatte man ihn einmal verhaftet. Er war vor das Bezirksgericht gekommen, doch da die Seile der Regierung locker gespannt sind und die Gerichte nur routinemäßig arbeiten, dauerte die Bearbeitung seines Falls – erst beim Bezirksgericht, dann beim Provinzgericht, danach dann beim Obersten Gericht in Kairo – etliche Jahre. Schließlich und endlich wurde er schuldig gesprochen. Er legte Berufung ein, sie wurde abgewiesen und das Urteil bekräftigt. Er wurde aus dem Dienst entlassen, war also kein Lehrer mehr, und wurde von da an »der Geschäftemacher«. Was schwatze ich Ihnen da alles vor. Seltsam, wenn man eine Geschichte erzählt, dann kullern die Wörter wie Perlen der Gebetskette, die der Imam der Moschee in der Hand hält. Eine Perle zieht die nächste nach sich, und deshalb fällt es schwer, an einer bestimmten Stelle anzuhalten oder gar zu einer Stelle zurückzukehren, um etwas deutlich zu machen. In dem Moment, als der Angestellte vom Geschäftemacher und einer Lösung meines Problems sprach, war ich unentschlossen. Einerseits wünschte ich, mein Sohn ginge zum Militär, damit er etwas lerne. Wie lange sollte er noch so verhätschelt werden? Es war doch klar, daß ich ihn nicht bis zu seinem Lebensende wie in einem gut zugestöpselten Parfümfläschchen behüten konnte. Irgendwann würde er eines Tages ganz allein dastehen. Andererseits aber fiel es mir außerordentlich schwer, mich mit dem Gedanken zu befreunden, ihn auch nur einen einzigen Tag nicht zu sehen. Er war meine letzte Frucht. Nachdem ich mit ihm beschenkt worden war, wurde ich krank. Ich fuhr in die Bezirksstadt, die Ärzte untersuchten mich und gaben mir Medizin, die keine Heilung brachte. Das Leiden wurde noch schlimmer. Damals begriff ich, daß das größte Übel, das einen treffen kann, das Kranksein ist. Die Gesundheit wiegt alles auf, was Krösus an Schätzen aufbewahrte. Jedenfalls entfernten die Ärzte mir schließlich die Prostata, nachdem sie mir zuvor erklärt hatten, daß das die einzige Behandlungsmethode sei und es eine andere Lösung des Problems nicht gebe. Sie setzten eine Erklärung auf, damit ich der Operation zustimmte. Ich tat es. In dem Moment, als ich den Stift in der Hand hielt, um meine Unterschrift darunterzusetzen, sagte ich mir, daß das ein Geheimnis bleiben müsse, demnach also in einen tiefen Brunnen zu versenken und gut zuzudecken sei. Kein Mensch durfte das wissen. Die Prostataoperation war für mich gleichbedeutend mit dem Verlust meiner Männlichkeit. Wenn das die Leute im Dorf erfahren würden, wäre es gut vorstellbar, daß sie zu der Meinung kämen, ich würde als Gemeindevorsteher nicht länger taugen, weil der nämlich ein ganzer Mann sein muß. Ich versuchte, die Sache für mich herunterzuspielen. Schließlich, so sagte ich mir, gab es ja in meinem Haus Kinder wie Reiskörner. Aber als ich dann nach Hause zurückgekommen war, bemitleidete ich mich selbst, und meine Liebe zum jüngsten Sohn wuchs. Die Leute im Dorf meinen, ich würde ihn deshalb so lieben, weil er der Sohn der letzten Frau ist, dieses jungen Dinges, das so alt ist wie meine großen Kinder. Niemand hat je den wahren Grund erfahren. Auf dem Heimweg vom Krankenhaus hatte ich überlegt, bei welcher meiner drei Frauen ich mich einquartieren sollte. In Gedanken war ich die Beziehung zu jeder von ihnen in der letzten Zeit durchgegangen. Meine erste Frau konnte meine Gegenwart nicht ertragen. Meine zweite Frau war tief verletzt, weil ich noch einmal geheiratet habe. Blieb also nur die dritte, was ja auch – wie ich mir sagte – nicht weiter schlimm war, denn besser ist, nur eine kennt das Geheimnis, als wenn alle drei davon erfahren. Ich hatte mich verändert. Ich schlief immer weniger, nachts wachte ich oft auf. Ausgeschlossen von der Wohltat des Schlafs, empfand ich die Nacht als einen einzigen Alptraum. Ich stellte das Radio ans Bett, und wenn die Sendezeit zu Ende war, wurde ich wütend. Blieb immer noch mehr als die Hälfte der Nacht, die ich allein verbringen mußte. Ich sehnte mich nach der früheren Zeit zurück. Da waren die Nächte nie ausreichend gewesen, um genug Schlaf zu bekommen. Im Lauf der Zeit wuchs meine Furcht vor der letzten Frau, vor ihrer Jugendlichkeit, ihrer Frische, ihrem zarten Alter. Doch das hätte nicht gerechtfertigt, sich von ihr fernzuhalten. Unter welchem Vorwand hätte ich sie also allein in dem großen Zimmer lassen können? So rief ich denn Gott um Hilfe an und ertrug die Quälerei, die den Namen Nacht trägt. Dort, in diesem Zimmer, stellte ich mir immer wieder eine Frage: Warum muß der Mensch dermaßen leiden? Warum stirbt man nicht plötzlich, anstatt langsam dahinzusiechen?

Ich komme zur Geschichte meines Sohns zurück. Ich bringe es also nicht fertig, ihn auch nur für kurze Zeit zu missen. Das habe ich zwar schon geschrieben, muß es aber trotzdem nochmals wiederholen. Es gibt aber noch einen anderen Grund, warum ich mich so an ihn klammere. Seine Brüder sind nämlich alle nicht zum Militär gegangen. Mein erstgeborener Sohn wurde vom Armeedienst dank dem Gesetz über die Söhne von Gemeindevorstehern befreit. Der Sohn nach ihm, also der, den wir in Ägypten auf dem Land den »Nachgerutschten« nennen, der mußte nicht zum Militär, weil er den heiligen Koran auswendig wußte. Da er alle die Worte des Herrn in seinem Herzen bewahrte, wurde er als Fakih bezeichnet. Für den dritten Sohn habe ich als Entschädigung zwanzig Pfund bezahlt, lauter volle Pfunde mußte ich hinblättern. Damals war das noch ein gewaltiger Wert gewesen. Für ein Pfund von damals muß man in heutigen Tagen, die längst nicht mehr so gut und segensreich sind, zwanzig Pfund hinlegen. Ja, und dann ist da mein vierter Sohn. Seine Mutter war die hübscheste Frau im ganzen Dorf. Ach ja, die glückliche Zeit ist vergangen, und mit ihr viele andere schöne Dinge. Ob das je wiederkehrt? Ich bin davon überzeugt, vor allem, weil es dafür gerade in diesen Tagen erste Anzeichen gibt. Also, die Mutter vom vierten Sohn habe ich verstoßen, natürlich nur auf dem Papier, nicht in Wirklichkeit. Durch die Scheidung war der vierte Sohn zum einzigen Ernährer seiner alleinstehenden Mutter geworden. Doch halt, hier müssen wir einen wichtigen Punkt klären, wenn wir uns verstehen und zusammen weitermachen wollen. Ich erzähle das hier alles, ohne mich im geringsten zu schämen. Damit Sie das nachempfinden können, müssen Sie ein paar Dinge wissen. Vielleicht ärgern Sie sich über mich, und wahrscheinlich fragen Sie sich sogar, ob denn dieser Ägypter keine Scham darüber verspürt, seinen Söhnen dazu verholfen zu haben, keinen Beitrag zur Verteidigung ihres Vaterlands zu leisten. Ist es nicht eine Schande, wie dieser Ägypter geradezu modellhaft auch noch alle Spielarten aufzählt, wie man sich vor dem Militär drücken kann, und dabei ein solch vielfältiges Register zieht, daß man die Entwicklung der Einberufungsgesetze in der letzten Zeit widergespiegelt zu sehen glaubt? Sie sollten gleich noch eine Frage hinzufügen: Sind wir denn nicht alle Kinder Ägyptens? Ja, es ist unser Land, und wir müssen es mit Blut und Geist verteidigen. Ich als Gemeindevorsteher bin hier doch sogar verantwortlich für die Rekrutierung der jungen Burschen. Wie aber kann ich da meinen Söhnen helfen, sich zu drücken? Was sagen die Leute im Dorf, wenn sie das mit eigenen Augen beobachten können? Ich kann mir vorstellen, was Sie denken, und ich glaube sogar zu wissen, daß Sie auf Grund all dieser Fragen zu einer entscheidenden Überlegung kommen: Die Drückerei meiner Söhne muß sich doch in jener Zeit vollzogen haben, da Ägypten in drei schicksalhafte, bedeutende Kriege verwickelt war? Angesichts eines solchen Gedankenschlusses befällt mich Verzweiflung, erscheint mir doch das Vorhaben, bei Ihnen Verständnis für mich zu wecken, geradezu unmöglich. Ich weiß nicht, ob Sie tatsächlich genügend Vorstellungskraft aufbringen können, um meine Situation zu begreifen. Ich wage den Versuch trotzdem und erkläre hiermit: Ich bin ein Patriot und liebe Ägyptens Boden. Die Verehrung für das Niltal fließt in meinem Blut, denn ich habe sie von Großvater und Vater ererbt. Diese Liebe reicht tief hinein in die Geschichte, ist in ihr fest verankert. Sie ist beständiger als alles Gerede der jungen Leute von heute, die Ägypten nur in tönenden Worten lieben. Der Großvater meines Vaters war einer jener vielen unbekannten Soldaten, die an der Seite von Achmed Pascha Urabi standen und die Ehre Ägyptens verteidigten. Wahrlich der beste Beweis für aufrichtige Vaterlandsliebe. Daß einer aus unserer Familie sogar sein Leben beim Urabi-Aufstand gelassen hat, habe ich noch keinem erzählt. Es ist ein persönliches Geheimnis. Ich erwähne es hier zum erstenmal. Natürlich wissen Sie bereits, daß ich gegenwärtig Gemeindevorsteher bin. Nun pflegte mein Vater aber immer zu sagen: »Geht einer aus unserer Familie zum Militär, dann beginnt der ganze Baum der Familie zu schwanken und zu beben und droht sich zu Boden zu neigen.« Da dieser Baum alt ist – seine Wurzeln reichen bis in die Zeit der Mameluken- und Türkenherrschaft in Ägypten zurück –, steht es mir nicht zu, sein Leben leichtfertig aufs Spiel zu setzen. Ich persönlich wäre überaus glücklich, wenn meine Söhne zum Militär gingen, denn an und für sich ist das eine Ehre. Der Fehler war, den Ältesten freistellen zu lassen. Mit ihm hat die Geschichte angefangen, denn von da an hat sich jeder Bruder mit dem Ältesten verglichen. Wollte ich darüber diskutieren, kam scharf wie eine Klinge die Antwort: »Bisher ist noch nie jemand zum Militär gegangen«, woraufhin ich dann immer erwiderte, daß sich die Welt eben verändere und es auch uns zukomme, sich zu wandeln. An sich wünschte ich mir, der Jüngste ginge zum Militär. Doch was soll ich machen, wenn sich seine Mutter mit den beiden anderen Frauen vergleicht und verlangt, gleichberechtigt behandelt zu werden? Was, wenn sie sich vor mich hinstellt und fragt: »Reicht es nicht, daß ich schon deine Mängel ertragen muß?« Sie ist die einzige, die mein Geheimnis kennt. Seit meiner Rückkehr habe ich nur in ihrem Bett geschlafen, weil sie die tüchtigste von meinen drei Frauen ist. Falls ihr Sohn zum Militär gehen müßte, würde das die Enthüllung meines Geheimnisses zur Folge haben, und zwar nicht nur in meinem Haus, sondern im ganzen Dorf. Können wir uns denn in die Psyche einer Mutter hineindenken, deren einziger Sohn ins Feuer gehen soll? Heutzutage sieht der Militärdienst sehr viel anders aus als in unseren Tagen. Die Armee ist in Krieg, Schießereien, Kämpfe verwickelt, und nur Gott allein weiß, wann das mal alles enden wird. Und genau das ist es, warum ich notwendigerweise und ganz entschieden handeln muß. Wer schickt schon seinen Sohn los, damit er getötet wird? Also führt kein Weg am »Geschäftemacher« vorbei. Da ist übrigens noch etwas anderes. Meine letzte Frau sehnte sich seit Jahren danach, ihrem Sohn noch ein kleines Brüderchen zu schenken. Ich weiß nicht, warum sie nicht schwanger wurde. Solche Sachen gehören auf dem Land zu den Geheimnissen der Frauen, über die wir Männer nicht reden. Als ich ihr damals sagte, daß ich operiert werden müßte, weinte sie. »Hätte ich das nur gewußt«, klagte sie, »dann hätte ich meinen Sohn davor bewahrt, sein Leben lang unter der Bitternis der Einsamkeit zu leiden.« Ich versuchte, sie zu trösten, sagte, er wüßte doch ein ganzes Heer von Brüdern hinter sich. Doch darauf erwiderte sie lediglich, daß das ja keine leiblichen Brüder seien. Ja, und dann steckte ich plötzlich mitten in diesem reißenden Strudel. Aber von einer Sache war ich fest überzeugt: Mein jüngster Sohn geht nicht von mir weg, gleichgültig, was geschieht. Also beschloß ich, den »Geschäftemacher« aufzusuchen. Mir wurde leichter zumute. Ich hatte das Gefühl, wieder festen Boden unter die Füße zu bekommen. Was er auch verlangte, ich würde es ihm geben. Ich würde bei ihm meine Bekannten, Freunde einsetzen, alle meine Beziehungen und, was das wichtigste war, mein Geld spielen lassen. Wir leben heute nach der bekannten Devise: Hast du einen Piaster, bist du einen Piaster wert. Ich habe, dem Himmel sei's gedankt,

Millionen Piaster. Solange der Piaster der Herr der Zeit bleibt, muß ich keinerlei unvorhergesehene Dinge fürchten. Bald wird man in meinem Land Operationen machen, bei denen man das Herz entfernt und an dessen Stelle Goldbarren einsetzt, die klopfen dann, und statt der roten und weißen Blutkörperchen pulsieren Goldpiaster durch den Körper. Wenn es das gäbe, dann hätten wir wieder Respekt und Einfluß gewonnen, wir würden wieder die Könige Ägyptens sein. Jedenfalls war ich erleichtert. Ich stand auf, ging nach Hause. Mein jüngster Sohn schlief noch. Als ich das sah, kochte mir das Blut in den Adern. Er schläft immer bis zum Mittagsgebet. Ich sagte mir: Bei Gott, das beste wäre für ihn tatsächlich, an die Front zu gehen. Doch was kann der Mensch gegen die Umstände tun? Ich forderte meine Frau auf, mir die Reisekleider zurechtzulegen. Im Dorf ziehe ich wie alle Leute einen Gilbab an, auch wenn meiner aus hier sehr seltenem Importstoff ist. Aber wenn ich verreise, und verreisen heißt, daß man das Dorf verläßt und irgendwo anders ist, dann ziehe ich den Anzug an und setze mir die Brille auf, Marke Piersol, neuestes Modell. Ich parfümiere mich mit Eau de Cologne und bin dann eleganter als irgendein Effendi, wie hoch auch seine Stellung sei und wieviel Gehalt er auch empfangen mag. Ich sagte meiner Frau, ich würde in die Bezirksstadt fahren. Normalerweise fragt mich kein Mensch im Haus, wo ich hingehe, nur meine letzte Frau tut das. Das ist ein Privileg, das ich ihr eingeräumt habe. Nach dem Grund meiner Reise hat sie nicht gefragt. Ich überlegte schon, ob ich ihn ihr verrate, denn dann könnte sie sehen, daß ich zu jenen herausragenden Männern gehöre, die Unmögliches zustande bringen. Aber ich fürchtete, die Worte würden von Mund zu Mund gehen, nachdem noch etliches an Details und Übertreibungen hinzugekommen wäre. Mein Vater hat mich gelehrt, daß eine Aufgabe dann schwer zu bewerkstelligen ist, wenn mehr als zwei Personen darum wissen. Uns, die Honoratioren, beneiden ohnehin alle, da muß man schon verschwiegen sein. Eines Tages wird meine Frau so und so erfahren, was ich getan habe, und dann werde ich in ihren Augen gewaltiger als ein Berg und stärker als ein Löwe dastehen. Ich bestellte ein Auto für mich und wartete vor dem Haus. Es dauerte nicht lange, und das Auto kam. Ich stieg ein, setzte mich nach hinten. Der Angestellte vom Telefonraum, der mitkommen sollte, machte die Tür bei mir zu und setzte sich nach vorn zum Fahrer. Der Angestellte blickte in den Spiegel, sah mein Gesicht. Ich blickte düster drein. Er lachte. Die ganze Fahrt über versuchte er, mich zu beruhigen. Das sei eine Kleinigkeit, meinte er. Ich dachte nicht daran, zu antworten, und schwieg. Während der Fahrt war ich weder glücklich noch traurig. Eine Menge Leute aus dem Dorf erkannten mich. Sie zeigten auf das Auto, hielten es an, begrüßten mich. Einer von ihnen erklärte, ich würde nach Kairo fahren, um den Spitzen der Regierung für die Rückgabe des Bodens zu danken. Ich schwieg, denn weder wollte ich diese Behauptung bestätigen noch ablehnen. Ich sagte mir, daß das besser sei, denn es würde die Leute davon abhalten, den wirklichen Grund meiner Reise wissen zu wollen. Unterwegs fuhr das Auto an einigen Feldern vorbei, die mir zurückgegeben worden sind. Das ließ mich wieder an die Ereignisse von gestern denken. Mein Vater kam mir in den Sinn. Bevor er starb, hatte er zu mir gesagt: »Kein Zweifel, eines Tages wird uns unser Recht wieder zurückgegeben«, und ich hatte darauf geantwortet: »Gott allein kennt das Verborgene.«

Eine schmerzliche Geschichte, aber da sie uns all die verflossene Zeit verbittert hat und diese Zeit nicht mehr wiederkehrt, kann man sie einfach mal zur Unterhaltung erzählen. Ungefähr zwei Jahre nach dem Armeeaufstand hatte mein Vater den Boden auf mich, meine jüngeren Brüder und die Schwestern aufgeteilt. Ein Stück Land war übriggeblieben. Wir hatten es erst kürzlich gekauft, und die speziellen Maßnahmen der Registrierung befanden sich noch auf dem mühseligen Weg der Bearbeitung. Deshalb hatte keiner von uns davon etwas abbekommen. Eines schönen Morgens tauchten Kommissionen der Revolutionären Armee auf. Ein Offizier war dabei, von dem es hieß, er sei der Bevollmächtigte der Führung. Man erklärte uns, die vorhandenen Dokumente würden besagen, daß unser Vater türkischen Ursprungs sei und die Unterlagen für die Anerkennung der ägyptischen Staatsangehörigkeit nicht rechtmäßig ausgestellt waren. Deshalb müßte man uns das Stück Land nehmen, das unter seinem Namen registriert werden sollte. Uns aber, die wir eine ägyptische Mutter, mit wiederum ägyptischen Eltern, hatten und in Ägypten geboren waren, uns würde man nichts von dem Boden nehmen, den wir besaßen. In unserem Fall würde man sich lediglich auf die Anwendung des Gesetzes über die Bodenreform beschränken, also nur die Fläche enteignen, die über das vom Gesetz vorgeschriebene Maß hinausging. Der Boden meiner Schwestern wurde nicht beschlagnahmt, auch nicht der meiner Brüder. Bei mir verhielt sich das anders. Die auf meinen Namen eingetragene Fläche war riesig, denn erstens hatte mir unser Vater mehr Boden übertragen als meinen Geschwistern, und zweitens besaß auch meine erste Frau noch Land. Nach der Heirat hatte sie es auf mich überschrieben, so daß ich der offizielle Eigentümer war. Man beschlagnahmte also alles Land, das zuviel war, und so kam es, daß ich nur noch zweihundert Feddan besaß. Der Tag der Enteignung war für meinen Vater zuviel – er wurde von einer Lähmung befallen. Seine ganze rechte Seite war davon betroffen, weder konnte er die rechte Hand noch den rechten Fuß bewegen. Selbst den Mund konnte er nur noch zur Hälfte öffnen. Es waren schreckliche Tage. Die Leute, die immer gleich schlafen gehen, statt zu Abend zu essen, wagten es, uns frech ins Gesicht zu sehen. Nur wenige Tage zuvor hätte es niemand gewagt, nicht von seinem Esel abzusteigen, wenn mein Vater vorbeikam. O ja! Wenn ich erst noch von jenen Tagen erzählen würde, als ich mit eigenen Augen sah, wie mein Vater jeden, der sich gegen seine Anordnungen auflehnte, an den Kampferbaum, der heute noch vor dem Gemeindeamt steht, fesselte. Die Zeit ist ein furchteinflößender Dämon. Jedenfalls kamen die Soldaten und beschlagnahmten den Boden. Schon am darauffolgenden Tag begannen die Tagelöhner, Arbeiter und Pächter, ihr Benehmen uns gegenüber zu verändern. Die Leute wagten es, laut über die Krankheit meines Vaters zu reden, manchmal sogar in meiner Gegenwart. Ich sah die Zukunft schwarz in schwarz, fürchtete, noch vor der Rückgabe des Bodens zu sterben. Das hätte ganz einfach bedeutet, daß man stirbt, ohne je an den Sinn vieler Werte geglaubt haben zu können, an das Wichtigste zum Beispiel, nämlich daß in unserer Welt das Gute siegt. Doch Gott schien es in seiner unermeßlichen Größe und Güte nicht zu gefallen, daß ich ihm mit einer dermaßen zerstörten Seele gegenübertrat. Und dann, völlig unvorhergesehen, war die Morgenröte hereingebrochen. Die staatliche Treuhandschaft wurde aufgelöst. Ein Teil des Bodens wurde uns gleich zurückgegeben, und wegen der anderen Felder habe ich einen Prozeß angestrengt, und es wurde bestätigt, daß das Blut, das in den Adern meines Vaters floß, ägyptisch war und unsere Familie noch niemals »blaues Blut« gekannt hatte. Der Stammvater unserer Familie war bereits Aufseher beim Bau der großen Cheopspyramide gewesen. Das ist geschichtlich und wissenschaftlich bei Ausgrabungen auf einem unserer Felder anfangs dieses Jahres belegt worden. Gestern war also das Urteil ergangen, uns auch diesen Boden wieder zurückzugeben. Ich war überrascht, wie schnell das geschah. Es ist ja bekannt, daß die ägyptische Gerichtsbarkeit langsam arbeitet. Offensichtlich gab es die Anweisung, das Unrecht bei Opfern wie uns schnell rückgängig zu machen. Als ich von dem Urteil erfuhr, sagte ich mir, daß es nicht so wichtig sei, was uns an Boden zurückgegeben wird, sondern es viel mehr darauf ankommt, was in den nächsten Tagen sonst noch alles wiederhergestellt wird. Ich verspürte meine alte Tatkraft. Aus der Tiefe der geballten Unrechtsschläge brach meine vertraute Wesensart hervor. Ja, das ist der Hauch der großen, alten Epoche. Ich muß mich auf die Kandidatur für die kommenden Parlamentswahlen vorbereiten, denn ohne jeden Zweifel müssen diese grünen Jungen, die Mitglieder der Fraktion der Arabischen Sozialistischen Union, mit einem Handstreich hinweggefegt werden. Selbst wenn man mir das Generalsekretariat anbieten würde – ich werde ablehnen. Entweder ich oder sie. Die letzten sechzehn Jahre reichen, als sie noch freie Bahn hatten, große Reden hielten, klatschten. Wer weiß, vielleicht wird einer meiner Söhne ein hohes Amt bekleiden? Jetzt kommen die Tage für die Kinder ordentlicher Eltern. Mein Vater pflegte immer zu sagen, daß es zwei Sorten Menschen auf ägyptischem Boden gibt – anständige Leute und Hundesöhne. Die Anständigen, das sind auf dem Land die mit mehr als hundert Feddan pro Kopf. Die ohne Boden gehören zur zweiten Kategorie. Dazwischen gibt es eine große Stufenleiter, auf der die Kleinbesitzer, Arbeiter, Tagelöhner, Arbeitslose stehen. Ich erzähle das alles, damit Sie verstehen, in welchem Maß ich gestern abend glücklich gewesen bin. Erst dann werden Sie mir glauben, daß ich die ganze Nacht hindurch kein Auge zugetan habe. Angesichts der neuen Lage wird mein Sohn auf keinen Fall Rekrut werden. Wenn Sie vor vierundfünfzig schon in Ägypten gelebt haben, werden Sie mich verstehen, meine Haltung schätzen und tausenderlei Gründe finden, für mich Verständnis zu haben. Gehören Sie aber zu jenen Leuten, die das Gequatsche dieser letzten befremdlichen Zeit mit der Muttermilch eingesogen haben, dann versuchen Sie erst gar nicht, mich zu verstehen oder gar zu entschuldigen. Ich setze all meine Hoffnung auf die künftigen Tage, denn die werden Sie lehren, meine Geschichte zu begreifen. Unsere Generation hat Pech gehabt. Der Aufstand der Armee hat uns nicht nur den Boden, das Ansehen und die Macht genommen – nein, mehr als das. Sechzehn Jahre unseres Lebens hat man uns geraubt. Vieles hätten wir in dieser Zeit für unser geliebtes, teures Ägypten tun können. Gott und niemand anders gebührt der Dank – der Alptraum ist zu Ende, wir leben wieder in Sicherheit. Der Haß verschwindet, die Liebe bleibt. Wann wird nun endlich auch dieser Krieg aufhören, für den es keinerlei Rechtfertigung gibt? Frieden ist tausendmal schöner als Kampf und Töten.

Wir erreichten Itai al-Barudi. Der Angestellte zeigte dem Fahrer das Haus des Geschäftemachers. Als wir anhielten, stieg er aus, um nachzusehen, ob der Mann da war oder nicht. Ich blieb im Wagen sitzen. Am Morgen hatte der Angestellte noch dagegen Einwände erhoben, daß ich mich persönlich auf den Weg machte. Er hatte vorgeschlagen, den Geschäftemacher ins Dorf kommen zu lassen. Das hatte ich abgelehnt, ein solcher Besuch hätte die Neugier der Leute erregt. Alle wußten, daß der Mann nur kam, wenn es Dinge zu regeln gab, die sich außerhalb von Gesetz und Recht bewegten. Obendrein hätte aber auch sein Besuch gerade in diesen Tagen der Freude über die Bodenrückgabe unsere Feinde an dem Beschluß zweifeln lassen und ihren Verdacht wegen eventueller Bestechung und Fürsprache hervorrufen können. Das könnte mir und den Kindern künftig durchaus etliche Unannehmlichkeiten bereiten, wer kann schon wissen? Der Angestellte kam und sagte laut: »Bitte schön«, wobei er mich mit dem Titel aus der schönen alten Zeit anredete, mit Bey, was ich fast schon vergessen hatte. Ich stieg aus, ging langsam ins Haus und betrat das Empfangszimmer. Ich setzte mich hin und wartete. Der Angestellte meinte entschuldigend, daß der Geschäftemacher noch schliefe. Ich beneidete den Mann um seinen Seelenfrieden. Dann kam er endlich. Seinem Gesicht entströmte noch der Hauch des Tagesschlummers, und seine Augen waren vom vielen Schlaf ganz angeschwollen. Über seine rechte Wange zogen sich rote Streifen, Zeichen dafür, daß er auf einer Matte und ohne Kopfkissen gelegen hatte. Oder er hatte sich im Schlaf bewegt, und dabei war sein Kopf, ohne daß er aufgewacht war, vom Kissen gerutscht. Er mußte ziemlich lange geschlafen haben. Jetzt setzte er sich mir gegenüber, begrüßte mich und fragte, wie es mir ginge. Er sagte, er könne meinem Gesicht Verdruß ansehen. Ich erzählte ihm, worum es sich handelte. Er zündete sich eine Zigarette an, hielt auch mir die Schachtel hin. Ich mag nur ausländische Zigaretten, einfach deshalb, weil ich Angst habe, sonst so viel husten zu müssen. Er fragte mich, ob ich den Termin für die Einberufung meines Sohns zuvor schon mal hinausgeschoben hätte. Er fügte hinzu, daß ich doch meinen Söhnen bestimmt eine Ausbildung zukommen lasse. Eine gute Frage, denn wenn mein jüngster Sohn jetzt studieren würde, hätte er das Recht, seine Einberufung zwar nicht unbegrenzt, aber doch mehrmals hinauszuzögern. Ich lachte laut los, um dem Groll und der Wehmut, die in mir aufstiegen, nicht freien Lauf zu lassen. Leider nicht, erklärte ich, denn mein

Sohn ginge noch immer zur Schule, weil er nach Strich und Faden versage und deshalb noch nicht einmal den Grundschulabschluß besitze, obwohl ich ihm alle nur denkbaren Bedingungen geschaffen hatte, um in der Schule erfolgreich zu sein. Trotz allem fiele er Jahr für Jahr durch. Immer wieder hätte ich die Gebühren für die Neueintragung bezahlen müssen. Da sich aber kein Erfolg abzeichnete, hätte ich ihn schließlich bei einer Privatschule in der Bezirksstadt angemeldet. Nachdem ich alle Kosten bezahlt hatte, lehnte es seine Mutter ab, ihn dort hingehen zu lassen. Sie hätte Angst um ihn, und zwar wegen seiner nicht leiblichen Brüder, habe sie doch im Traum gesehen, daß diese ihn aus Eifersucht vergiftet hätten. Sie würde es nicht ertragen, von ihm getrennt zu sein. Falls ich darauf bestehen sollte, dann würde sie eben zusammen mit ihrem Sohn in die Stadt gehen. Das wiederum lehnte ich ab. Einige Tage später stellte sie mir die seltsamste Forderung, die sich der Mensch überhaupt vorstellen kann. Sie bestand darauf, ihn überhaupt aus jeglicher Schule zu nehmen, denn wenn er bei den Prüfungen immer wieder durchfiele, würde das seinen seelischen Zustand beeinträchtigen. Er könne für sein ganzes Leben einen Schaden davontragen, und außerdem – selbst wenn er ein Universitätsdiplom hätte – zu was sei das nutze? Arbeit sei für solche Menschen löblich, die zu Hause nichts zu essen finden.

Der Geschäftemacher hörte zu, rauchte schon die zweite Zigarette. Er stieß den Rauch in die Luft und sah amüsiert zu, wie im Zimmer Ringe schwebten und sich darin verirrten. Schließlich begann er zu sprechen. Er sagte, daß er ja durchaus davon profitieren würde, wenn mein Sohn nicht zum Militär müßte. Da man sich aber kenne und gute Beziehungen miteinander habe, sei es seine Pflicht, mich darauf hinzuweisen, daß der Militärdienst die einzige Gelegenheit sei, aus meinem Sohn einen richtigen Mann zu machen. Ginge er nicht zum Militär, ließe ich mir die letzte Chance entgehen. Ich sagte, ich würde seine Worte schätzen und ihm dafür danken, aber die Menschen hätten ihre Geheimnisse, und ich befände mich in besonders schwierigen und verwickelten Umständen, die mich dazu drängten, ihn bei mir zu behalten. Wäre die Einberufung früher und nicht jetzt eingetroffen, hätte ich sie überhaupt ins Feuer geworfen. Er zeigte sich mit meinen Worten nicht einverstanden, kam aber dann doch auf den Kern der Sache, indem er mir Vorwürfe machte, nicht gleich am Anfang der Geschichte zu ihm gekommen zu sein. Ich deutete an, wie sehr mich das erstaune, denn das hier sei doch gerade der Anfang. Ich hätte nicht erst jemand anderen, sondern gleich ihn aufgesucht. Er berichtigte meinen Einwand. Mit »Anfang« habe er die Kindheit meines Sohns gemeint. Ich hätte gleich nach der Geburt kommen und ihn wissen lassen sollen, daß ich ihn nicht zum Militär gehen lasse wolle. Unter dieser Bedingung hätte er leicht und problemlos etwas machen können, und obendrein hätte mich das keinen einzigen Millim gekostet. Je länger er sprach, um so mehr wachte er aus Schlaf, Trägheit und Schlappheit auf. »Wissen Sie eigentlich«, fragte der Geschäftemacher, »warum Ihr Sohn gerade jetzt einberufen wird? Weil er vor ein paar Monaten in die Bezirksstadt gegangen ist, um einen Personalausweis zu bekommen. Bei der Beantragung des Personalausweises wird aber ein Durchschlag der Unterlagen an das Rekrutierungsbüro in Kairo geschickt, damit festgestellt wird, wie es sich mit dem Militärdienst des jungen Mannes verhält. Da er noch nicht beim Militär war, wurde er einberufen. Der Rekrutierungsbescheid wurde umgehend ausgestellt. Hätte ich also von der Geschichte gewußt, hätte ich beim Sekretär des Meldeamts etwas machen können. Es ist ja bekannt, wie man das macht. Ganz einfach – das Rekrutierungsbüro in Kairo hätte keinen Durchschlag bekommen. Niemand hätte was von Ihrem Sohn, weder jetzt noch später, gewußt. Aber da Ihr Sohn gehandelt hat, ohne Sie zu fragen, und folglich auch ich nicht über die Sache informiert war, sind wir nun mit dieser Situation konfrontiert. Man kann das als ein Problem bezeichnen, und das heißt, daß es einer Lösung bedarf. Das ist zwar schwierig, aber nicht gänzlich unmöglich, gehört nicht zur Rubrik absoluter Ausweglosigkeiten. Ich werde mich der Sache annehmen und bitte Sie, Vertrauen zu haben.«

Meine Gesichtsmuskeln entspannten sich, ich wurde ruhiger. Ich sagte ihm, wir würden alle Fehler machen und ihm käme es nun zu, die wiedergutzumachen. Wir würden voll und ganz auf seine Fähigkeit vertrauen, eine Lösung zu finden, woraufhin er mir versicherte, mir zur Verfügung zu stehen. Er ließ sich von mir die Angaben über meinen Sohn geben und forderte mich auf, in zwei Tagen wiederzukommen. Als der Angestellte ihn auf das Datum der Einberufung hinwies, sagte er, daß ein Gemeindevorsteher so etwas immerhin um zwei Tage hinausschieben dürfe, er uns aber verspräche, sich mit dem Rekrutierungsbeauftragten in Verbindung zu setzen, damit der die Einberufung für eine Woche vergäße. Dann müßte eine Lösung gefunden sein. Er lachte, zeigte seine gelben Zähne und machte deutlich, daß dieser Beauftragte in mancherlei Dingen mit ihm zusammenarbeite und er sich voll und ganz der Sache meines Sohns annehmen werde. Ich verabschiedete mich und machte mich auf den Weg. Unruhe überfiel mich. Ich fühlte mich keineswegs entspannt, denn der Mann schien von der ganzen Angelegenheit nicht sonderlich begeistert zu sein. Leute, die vor mir mit ihm zu tun hatten, sagen über ihn, daß er einem jeden ein Meer voll Sesamsoße verspräche. Möglicherweise benahm er sich so seltsam, weil ich Gemeindevorsteher bin. Bestimmt, ich bin ja praktisch die Regierung. Vielleicht hat ihn aber auch die Anwesenheit des Angestellten verschreckt. Er könnte als Zeuge gegen den Geschäftemacher auftreten. Ich faßte den Entschluß, den Angestellten nochmals zu ihm zu schicken, um ihn zu beruhigen und ihm zu versichern, daß ich daran gewöhnt sei, nie eine Besorgung allein zu machen. Es ist einfach meine Art, einen Wachmann oder Angestellten bei mir zu haben.

Zu Hause wußte keiner, was los war. Ich ging ins Gemeindebüro, warnte den diensthabenden Wachmann und den Angestellten, jemandem etwas über den Einberufungsbescheid zu sagen. Der Angestellte lachte und sagte, mit dem Bescheid sei es so, als ob es ihn gar nicht gebe, er nie angekommen sei. Er war ja auch nicht ins Protokoll und in offizielle Dokumente eingetragen worden. Es gab ein paar laufende Angelegenheiten zu regeln. Der Sekretär vom Landgut kam mit einer Aufstellung über die Bodenfläche, die mir auf Grund des Gerichtsbeschlusses zurückgegeben werden sollte. Ich mußte mich auf die Übernahme vorbereiten. Der Aufstellung war eine Liste mit den Namen der Bauern beigefügt, die den Boden bearbeitet hatten, seit er uns entrissen worden war. Einige Bauern bestellten ihn auf Grund eines Pachtvertrags, andere hatten ihn gekauft, und zwar mit günstiger Ratenzahlung und zu geringem Preis. Ich sah die Papiere durch. Morgen würde ich den Angestellten zum Gericht schicken, um in Erfahrung zu bringen, wann die Kopie des Urteils fertig ist, damit wir den Durchführungsbeschluß erlassen können. In der Zwischenzeit muß man genau die Stimmung unter den Leuten erkunden. Ich weiß nicht, ob sie freundlich und in gutem Einvernehmen auf den Boden verzichten werden oder ob ich die Polizei rufen muß. Gott sei Dank gibt es die, sie hat die Pflicht, Leuten wie uns, denen Unrecht geschah, wieder zu ihrem Recht zu verhelfen. Ich werde es ablehnen, Boden zu übernehmen, auf dem noch ein Pächter sitzt. Wenn das der Fall wäre, will ich ihn lieber nicht zurückhaben. Ein Feddan bringt dreißig Pfund Pacht im Jahr, und davon gehen dann noch alle möglichen Steuern und Gebühren und die ausstehenden Zahlungen ab. Wenn ich aber diesen einen Feddan meinem gewaltigen Landbesitz einverleibe und ihn selbst bearbeite, dann kriege ich glatte fünfhundert Pfund im Jahr heraus. Akzeptiere ich erst einmal Boden, auf dem noch Pächter sitzen, dann bekomme ich die nie wieder herunter. Ich muß da eine ganz eindeutige Haltung einnehmen. Ich bin fest davon überzeugt, daß die Gesetze, die die Beziehung von Besitzer und Pächter regeln, verändert werden. Hätte je einer geglaubt, der Boden würde uns zurückgegeben werden? Solange das Unmögliche zu Möglichem wird, so lange werden Dinge, die aus der Bahn geraten sind, wieder in ihre alten Geleise zurückfinden. Es waren unsere Vorfahren, die da sagten: Wer mit der Tugend der Geduld ausgestattet ist, erreicht alles, was er will.

Es nahte die Nacht. Im Gemeindebüro gab es keine Gäste.

Also sagte ich mir, daß ich das Abendessen auch zu Hause einnehmen könnte. Ich habe mir angewöhnt, im Büro zu essen, wenn ich Gäste habe. Doch diese Nacht sollte meiner neuen Frau gehören, denn neu wird sie so lange für mich bleiben, bis ich wieder heirate. Da das nicht geschehen wird, behält sie diesen Platz. Ich trat ins Haus. Als ich an der Wohnung der alten Herrin vorbeikam, stand sie in der Tür. Sie sah mich an, brummelte irgend etwas vor sich hin. Ich mußte wieder an die Geschichte mit meinem Sohn denken, sagte mir, daß diese Frau, wenn die Sache herauskäme, zu den ersten gehören würde, die schadenfroh wären. Ich aß und trank Tee, Gott sei's gedankt. Ich setzte mich neben meine Frau, erzählte ihr, was passiert war. Ich versicherte, ihr Sohn würde nicht von ihr weggehen. Während ich mit ihr redete, spürte ich, daß sie noch viel zu jung war, um die Bedeutung dessen, was da geschehen war, zu begreifen. Ich hatte das Gefühl, sie ungerecht behandelt zu haben, denn von unserer Welt wußte sie nicht viel.

Am nächsten Tag suchte der Angestellte nochmals den Geschäftemacher auf. Er kam zurück, beruhigte mich, sagte mir, er hätte beim Gespräch mit ihm herausgehört, daß der Mann, wenn es ans Bezahlen des Honorars ginge, ganz schön zuschlagen würde. Zum verabredeten Termin erschien ich bei ihm. Er empfing uns genauso matt wie beim letzten Besuch. Es schien, als täte er überhaupt alles ohne Begeisterung. Zwei Lösungen gebe es für das Problem, erklärte er, die erste sei leicht und sicher, die zweite schwer und verwickelt. Die leichte Lösung würde wenig kosten. Kurz gesagt, mein Sohn müsse sich die notwendigen Reisepapiere besorgen, ins Ausland gehen und so lange dort bleiben, bis sich die Frage der Rekrutierung von selbst erledigt habe. Dann könne er zurückkommen. Ich lehnte diese Lösung, ohne überhaupt darüber zu diskutieren, ab. Was sollte mein Sohn im Ausland? Er hat nicht von mir wegzugehen, das war der prinzipielle Ausgangspunkt. »Dann ist diese Lösung also erledigt«, sagte er und kam auf die zweite zu sprechen. Er erläuterte mir einen komplizierten Vorgang, den ich zunächst nicht verstand. Als mir dann die wesentlichen Operationen klar wurden, schlich sich Angst in mein Herz. Offensichtlich war, daß recht fragwürdige Menschen in die Sache hineingezogen werden müßten. Nur was sollte ich tun? Der, der was will, befindet sich immer in einer schwierigen Situation. Ich verfiel auf die Idee, die Entscheidung bis zum nächsten Tag hinauszuschieben, damit ich in Ruhe nachdenken und die Geschichte richtig verstehen könne. Der Angestellte drängte mich. Das sei keine Frage, die großes Kopfzerbrechen wert sei, und der glückliche Ausgang zeichne sich doch schon ab. Ich akzeptierte also die Bedingungen des Geschäftemachers, nur bei der letzten zögerte ich, denn die machte es erforderlich, daß sich mein Sohn bis zum Ende der Angelegenheit nicht im Dorf aufhielt. Ich lachte. Mein Sohn, sagte ich, könne sich natürlich für zwei Wochen oder auch für einen Monat aus dem Dorf entfernen. Doch da sah mich der Geschäftemacher nachdenklich an, und langsam und mit gedämpfter Stimme erwiderte er, die Abwesenheit meines Sohns könne sich durchaus etwas verzögern und so an die fünf Jahre betragen. Das sei erforderlich, damit die Sache nicht aufgedeckt würde. Bliebe mein Sohn im Dorf, dann gebe es einen Zeugen, und wir alle könnten ins Gefängnis kommen. Ich sagte, ich hätte mit meinem Sohn anderes vorgehabt, er solle noch einmal versuchen, auf einer Privatschule den Abschluß zu machen. »Was hat das mit Schule zu tun?« brüllte der Geschäftemacher los. »Die Papiere sagen doch wohl ganz klar aus, daß Ihr Sohn zur Armee muß! Nein, keine Schulen, keine Ausbildung!« Dann lachte er wieder und meinte, daß ein Grundschulabschluß oder auch ein Oberschulabschluß kein Problem sei, Zeugnisse könne man in Kairo kaufen. Er kenne einen Arzt in Abbasija, der habe einen ganzen Schrank davon voll. Das sei alles nur eine Frage des Preises, und der hänge davon ab, was für eine Art von Zeugnis man will, für welches Jahr es ausgestellt sein soll, welche Spezialisierung und welches Prädikat gewünscht ist. Ich fühlte eine Art Unmut aufsteigen, wie und warum, das kann ich nicht genau beschreiben. Vielleicht weil ich das Gefühl hatte, den größten Fehler meines Lebens zu begehen. Da erspare ich meinem Sohn das Militär, liefere ihn aber gleichzeitig einer völlig zukunftslosen Lage aus.

Ich kehrte zu seiner Mutter zurück, erzählte ihr alles und schlug ihr vor, sie könne mit ihm für eine Weile zu ihrer Familie ziehen. Zu meiner Überraschung lehnte sie das ab, und zwar deshalb, weil sie sowohl für sich selbst als auch um ihn dort Angst habe. Ihre Familie sei riesig und weitverzweigt, und da werde sie nur einer Menge Feindseligkeiten und Rachegelüste begegnen. Ich glaubte, nicht richtig gehört zu haben, als sie sagte, sie würde lieber in die Bezirksstadt gehen und dort für sich und ihren Sohn eine Wohnung mieten. Ich könne ja dreimal die Woche kommen oder – wenn ich ein Auto kaufe und jeden Tag ins Dorf fahre – auch dort wohnen. Ich hatte das Gefühl, daß sie sich über mich lustig machte. Sie wußte doch genau, wie unvorstellbar es für mich ist, vom Dorf entfernt zu leben. Ich bin wie ein Fisch. Das Dorf ist für mich das weite Meer, müßte ich es auch nur für eine kurze Weile missen, würde ich sterben. Leben kann ich nur hier. Und dann – wie könnte ich das Dorf verlassen, da uns doch endlich die grünblühenden Tage bevorstanden? Zum erstenmal zeigten sich uns die Vorboten glücklicher Zeiten. Mein Herz wurde von Mißtrauen ihr gegenüber befallen. Hier lebte sie unter meinen Augen, niemand konnte sich in ihr Zimmer schleichen. Wer wollte mir weismachen, was geschehen würde, wenn sie und ihr Sohn, auf den man sich nicht verlassen konnte, in die Stadt gingen? Ich verfiel ins Grübeln. Hätte ich gewußt, daß das Problem solche Ausmaße annehmen würde, dann wäre es mir lieber gewesen, meinen Sohn zum Militär gehen zu lassen. Ich ging ins Schlafzimmer, versuchte einzuschlafen. Ich konnte kein Auge schließen, wälzte mich hin und her. Unter mir ächzte das Bett, was mich an die Zeit erinnerte, als ich noch ein richtiger Mann gewesen war. Ich begann, über eine Sache nachzudenken, mit der ich mich bis dahin noch gar nicht beschäftigt hatte. Der Geschäftemacher hatte mir aufgetragen, einen jungen Burschen zu suchen, der so alt wie mein Sohn war. Er müßte am gleichen Tag geboren sein und ähnlich aussehen, weil der für ihn zum Militär gehen sollte. Gleich als wir aus der Stadt zurückgekommen waren, hatte sich der Angestellte das Geburtenregister des Dorfs genommen, hatte sich hingesetzt und es studiert. Mit einem kleinen Stück Papier war er dann zu mir gekommen, und auf dem stand ein Name: Masri. Ich wurde wütend, forderte ihn auf, einen anderen Namen zu suchen. Wenn ich Ihnen den Grund dafür sage, werden Sie lachen und sich weigern, mir zu glauben. Masri – das war der Sohn eines in Rente gegangenen Wachmanns, und dieser Sohn war im ganzen Dorf für seine Intelligenz und ausgezeichneten Leistungen bekannt, war in der Schule immer der Erste. Ich habe nie einen Hehl daraus gemacht, daß ich ihn außerordentlich bewunderte. Wie oft hatte ich Neid gefühlt und mir gewünscht, er wäre mein Sohn. Mehr als einmal schlug ich, verwundert über das Unerklärbare dieser Welt, in die Hände. Da gibt sie demjenigen Ohrringe, der gar keine Ohren hat. Im vergangenen Jahr ging Masri von der Schule ab, denn alle seine Geschwister waren Mädchen, und sein Vater konnte es sich nicht leisten, Masri auf eine höhere Schule in der Bezirksstadt gehen zu lassen. Er hatte drei Feddan Bodenreformland gepachtet und brauchte jemanden für die Bestellung. Ich saß da und dachte über den Lauf der Welt nach. Mein Sohn, für den ich jede Ausbildung hätte bezahlen können, und wäre es in China, war ein Versager. Dieser Junge aber, der nie einen neuen Anzug besaß, war erfolgreich und ausgezeichnet. Er war vom Militärdienst als einziger Sohn – bei fünf Töchtern – ausgenommen, aber mein Sohn, der es dringend nötig hätte, weiter zur Schule zu gehen, der hatte den Rekrutierungsbescheid erhalten. Der Angestellte kam zurück und erklärte, daß nur einer wirklich geeignet war – Masri. Ich bat ihn inständigst, einen anderen herauszusuchen, denn ich bin ein Mensch, und in meiner Brust schlägt ein Herz, und in meinem Herzen fühle ich Mitleid mit den Menschen und mag ihnen kein Unrecht zufügen. Der Angestellte meinte, es gäbe natürlich außer Masri eine Menge junger Leute. Er reichte mir das Verzeichnis der Jungen von dem Tag herüber, an dem mein Sohn geboren worden war. Nachdem ich die Namen und Familien durchgegangen war, stellte ich fest, daß Masri der einzige war, der in Frage kam. Der Angestellte fragte, warum ich noch länger zögerte, ich würde doch Masri nur einen Dienst erweisen. Der Boden, den er und sein Vater bearbeiteten, den würde ihnen die Regierung jetzt nehmen und mir wiedergeben. Das hieße, sie hätten kein anderes Einkommen außer der Rente des Vaters, und das waren nicht einmal sechs Pfund. Masri müßte sich also Arbeit suchen, und da er ohne Vermittlung keine finden würde, bliebe nur die Armee. Wenn ich aber Masri anstelle meines Sohns rekrutieren ließe, dann würde ich ihm die einzigartige Chance bieten, daß er und seine Leute ordentlich leben könnten. Er bekäme bei der Armee zu essen und zu trinken, hätte Unterkunft und Kleidung, und ich würde seine Familie hier unterstützen. Hätten sie von so etwas je träumen können? Die Worte des Angestellten machten mich etwas ruhiger. Und dann, fuhr er fort, wäre die Armee das einzige Mittel, hinterher einen gesicherten Arbeitsplatz zu bekommen. Bei den bewaffneten Streitkräften herrsche Ordnung, wer gedient hat, der bekommt hinterher gleich eine feste Arbeit im Regierungsapparat. Wer aber nicht aus dem Dienst ausscheiden will, der verlängert ihn eben und bekommt dann einen höheren Grad und mehr Gehalt. Auf jeden Fall sei das, was Masri erwarte, ein ungeheueres Angebot. Der Angestellte schwor tausend Eide, den schafiitischen, den malikitischen und den hanafitischen, daß sich Masri schon längst nach einer Freiwilligkeitserklärung für die Armee umgesehen hätte. Erst gestern wäre er auf der Post gewesen und hätte danach gefragt, aber dort hätte man ihm erklärt, daß das Formular nur im Büro des Rekrutierungsbeauftragten oder auf der Polizeistation ausgegeben werden würde. Und worin läge wohl das Geheimnis dieser Geschichte? Masris Familie hätte eben davon gehört, daß der Boden wieder an die Eigentümer zurückgegeben werden soll. Da hätte sich die Erde vor ihnen aufgetan. Dann wäre ihnen auch noch die Sache mit einem Bauern aus einem Nachbardorf zu Ohren gekommen, der sich geweigert hatte, den Boden abzugeben, und der, als er sich der Polizei mit Gewalt widersetzte, getötet worden war. Masri würde also auf jeden Fall zur Armee gehen, ob nun unter seinem Namen oder dem eines anderen. Es mache doch keinen Unterschied, ob er nun freiwillig ginge oder so täte, als wäre er der Sohn vom Gemeindevorsteher.

Wirklich überzeugt war ich nicht. Ich überlegte hin und her, was falsch und was richtig war. Das ist mein Problem – mein Gewissen ist immer hellwach, und ständig, selbst bei der kleinsten Sache, fordert es Rechenschaft von mir. Darin besteht das Unglück von Menschenkindern, die, im Unterschied zu den Ungebildeten, ordentlich erzogen und zur Schule geschickt wurden. Der Angestellte ließ nicht ab, auf mich einzureden. Immer wieder versuchte er, mich davon zu überzeugen, daß ich zuallererst im Interesse des Wachmanns und seines Sohns und erst in zweiter Linie im Interesse meines Sohns handeln würde. Schließlich, als wir beide, der Angestellte vom Reden und ich vom Zuhören, erschöpft waren, stimmte ich zu.

Als sich der Angestellte auf den Weg nach Hause machte, sagte er: »Na dann, mit Gottes Segen.«

Der Geschäftemacher

Der einzige Nutzen von schlechten Zeiten ist der Schlaf. Diese Theorie wende ich täglich an. Ich wache auf, nur um wieder einzuschlafen. Dabei drehe ich mich hin und her – mal auf die rechte, mal auf die linke Seite, mal auf den Bauch, mal auf den Rücken. Ich bin wie eine archimedische Schraube, die vom vielen Drehen müde und schwindlig wird. Ich wache erst auf, wenn mein Körper von zu viel Schlaf erschöpft ist. Die Knochen sind wie gebrochen, die Augen geschwollen, der Verstand driftet ab, als triebe er an der Oberfläche des ruhigen Lebens. Wenn Leute an meinem Haus vorbeigehen, die wissen, daß ich gerade wieder mal schlafe, dann pflegen sie laut zu sagen: »Der Schlaf des Missetäters ist eine fromme Tat.« Dabei habe ich mein ganzes Leben lang nie jemandem unrecht getan. Mein Leben ist Dienst am Menschen. Doch gewöhnlich ist es so, daß ich für die Leute, wenn ein Problem gelöst ist und es ans Bezahlen geht, ein Tyrann bin. Wie es so meine Art ist, habe ich auch heute geschlafen. Mir kam der Traum, der mich, wann immer ich die Augen schließe, glücklich macht und mir ein wenig mein elendes Leben versüßt: Während einer großen Feier entschuldigt sich der Direktor für Erziehung und Bildung bei mir und bittet mich, wieder ins Erziehungswesen zurückzukehren. Auf Grund meines vorangeschrittenen Dienstalters stelle ich die Bedingung, gleich als Direktor einer Schule zu beginnen. Der Generaldirektor stimmt allen meinen Bedingungen zu, entschuldigt sich nochmals, auch im Namen des Erziehungs- und Bildungsministeriums. Ich gebe nach und sage, daß ich die Entschuldigung akzeptiere und ab morgen den Dienst in der Schule aufnehme. Genau in diesem Augenblick bin ich aufgewacht, weil ein Auto hupte. Ich wurde wütend, ich hätte gerne weitergeträumt. Wieder hupte es. Ich wunderte mich, Autos gibt es hier nicht viel. Meine Kunden gehören nicht zu den Autobesitzern. Wer ein Auto fährt, der kennt auch einflußreiche Leute, regelt seine Sachen mittels Beziehungen und findet so viele Tore und Türen, wie er Haare auf dem Kopf hat. Ich habe mich daran gewöhnt, daß zu mir nur die kleinen, armen Leute kommen, die keine Tricks kennen und für die, wie wir es nennen, alle Wege auf ewig blockiert sind. Einer meiner Söhne kam herein und teilte mir mit, es wären Gäste da, Fremde. Ich ging aus dem Zimmer, und als ich hörte, im Empfangszimmer sitzt ein Gemeindevorsteher aus einem Dorfs des Bezirks, sagte ich mir, daß wir in der nächsten Zeit noch Wunder erleben werden. Heutzutage sind Gemeindevorsteher wie Papier, ein bißchen Wasser, und schon gehen sie unter. Die Zeit, als ein Gemeindevorsteher noch die unmöglichsten Dinge regeln konnte, die ist vorbei. Ich hatte noch das Nachthemd an. Mein Mund war trocken. Ich benetzte die Lippen mit Wasser, trank und schluckte mühsam beim Hinübergehen ins Empfangszimmer. Als ich sah, wer da gekommen war, verflog meine Freude. Dieser Gemeindevorsteher gehörte nämlich zu den Reichen in der Gegend hier. Das hört sich zunächst gut an, bloß leider ist es so, daß es die Reichen sind, die am meisten feilschen, wenn ich meinen Preis nenne. Die Armen bezahlen ohne jedes Wenn und Aber, ich weiß nicht, woher sie das Geld dafür nehmen.

Ich hatte nichts zu tun, steckte in einer Flaute. Halbblind ist immer noch besser als ganz blind, sagte ich mir. Der Gemeindevorsteher saß nicht allein im Empfangszimmer, der andere Mann schien mir zunächst unbekannt zu sein, doch als ich näher herantrat, erkannte ich ihn. Es war der Angestellte vom Gemeindeamt. Ich begrüßte beide, setzte mich hin. Wir tauschten ein paar Gemeinplätze aus, über die Gesundheit, das Wetter, die neusten Ereignisse, und ich brachte einige der Höflichkeitsfloskeln vor, die man so in dieser Situation sagt, wobei ich darauf achtete, meine Stimme möglichst liebenswürdig klingen zu lassen... Unser Haus sei durch diesen Besuch erleuchtet, der Prophet selbst zeige sich uns, wie glücklich ich über die Ehre sei, die der Herr

Gemeindevorsteher meinem bescheidenen Heim erweise. Der Angestellte kam zu mir, forderte mich auf, den Gemeindevorsteher zu beglückwünschen, denn gestern sei das Urteil ergangen, ihm seinen Boden wieder zurückzugeben. Im Dorf habe man ein großes Fest gefeiert, und natürlich hätte man an und für sich gerne alle bedeutenden Persönlichkeiten aus der Gegend dazu eingeladen, auch mich, aber die freudige Botschaft sei so überraschend gekommen, daß dafür keine Zeit gewesen war. Aber es würde noch ein Fest ausgerichtet werden, wenn der Boden tatsächlich übergeben worden ist, und zu diesem grandiosen Ereignis würde auch ich dann eingeladen werden. Ich war überzeugt, daß der Angestellte log. Man dachte überhaupt nicht daran, mich einzuladen. Doch da wir gerade zusammensaßen, zwang ihn die Situation zu lügen. Nun pumpten sich auch meine Schlagadern voll mit heuchlerischer Luft – ich gratulierte dem Gemeindevorsteher, sagte ihm, daß sein Sieg einem Sieg für uns alle gleiche, wobei ich nicht so recht wußte, auf wen sich das »alle« eigentlich bezog. Ich war aufgestanden, um den Gemeindevorsteher brüderlich zu küssen. Mir gegenüber befand sich ein großer Spiegel, und so konnte ich mein Gesicht sehen. Es strahlte vor Glück. Das muß jemand anders sein, sagte ich mir, mit mir hat dieses Gesicht überhaupt nichts zu tun. Da muß noch ein zweiter Mensch in mir stecken. Ich bekam nicht alles mit, was der Angestellte über die Rückgabe des Bodens und sonst noch erzählte, aber die Freude, die ich künstlich fabrizierte, holte mich tatsächlich aus dem Zustand heraus, in dem ich die ganze Zeit über gelebt hatte. Sie versetzte mich in eine Art innerer Ruhe, die mich berauscht machte, als hätte ich Wein getrunken oder Haschisch geraucht. Alles, was er sagte, nahm ich als glückverheißendes Zeichen. Dem Gemeindevorsteher war sein Boden genommen worden, und jetzt bekam er ihn zurück, was übrigens für seine Söhne wichtiger war als für ihn. Aber ich, ich habe viel mehr verloren – meine Stellung, meine Ehre, die Zukunft meiner Kinder. Von dem Tag an, als mir die Kommandos »Aufstehen«, »Setzen« verwehrt worden sind, bin ich wie eine unfruchtbare Palme oder wie ein alter Mann. Der Angestellte erzählte, und in mir breitete sich neue Zuversicht aus. Wenn es möglich ist, daß der Gemeindevorsteher seinen Boden zurückkriegt, dann bekomme ich bestimmt auch meine Ehre, meine Stellung und meine allgemeine Hochschätzung zurück. Das ist alles nur eine Frage der Zeit. Nachdem die Glückwünsche vorbei waren, wußte keiner von uns, was er sagen sollte. Wir schwiegen, und dann kam der Tee. Ich begann, die Gläser vollzugießen. Der Gemeindevorsteher holte eine Zigarettenschachtel aus der Tasche, die Sorte hatte ich noch nie gesehen. Ich sprang auf und holte aus dem Schlafzimmer meine Zigaretten. Das Anbieten ging hin und her, wir beschworen einander, ich sagte was von Pflicht und unumstößlichen Grundsätzen der Gastfreundschaft. Der Gemeindevorsteher entschied die Sache für sich, wir seien doch alle eine Familie, und er fühle sich bei mir wie in seinem eigenen Haus, in einer Familie gebe es keinen Unterschied. Mit dem Tee und den Zigaretten fühlte ich mich, als würde ich wieder arbeiten. Ich wollte zur Sache kommen.

»Also gut...«

»So Gott will«, erwiderte der Angestellte.

Der Gemeindevorsteher räusperte sich, spuckte in ein Taschentuch, das Parfümgeruch verbreitete, und sah sich um. Ich stand auf, schloß die Tür, durch die man ins Haus kam, und die, die auf die Straße führte. Ich kam zurück, setzte mich aber nun dem Gemeindevorsteher direkt gegenüber. Er fing an zu sprechen, und ich hörte zu. Der Angestellte korrigierte hin und wieder etwas und erklärte mir das, was ich nicht gleich verstand. Mal warf er hier ein Wort ein, mal dort – so brachte er sich in Erinnerung. Ich hatte verstanden, worum es ging. Die Sache war schwierig, fand ich. Alle Kniffe, auf die ich mich verstand, würden wahrscheinlich nichts bringen. Kurz gesagt, bestand das Problem des Gemeindevorstehers darin, daß er seinen Sohn nicht zum Militär gehen lassen wollte. Nun gut, er war ein freier Mann. Die Menschen haben alle ihre Geheimnisse, und man dringt bei keinem schnell dahinter, was er verbirgt, selbst wenn es der eigene Bruder ist. Ein jeglicher von uns gleicht einem unglücklichen Bündel von Geheimnissen. Ich hätte ein paar leicht zu bewerkstelligende Lösungen gehabt, zum Beispiel, daß er sich von seiner Frau scheidet und der Sohn ihr einziger Ernährer wird. Ich war überrascht, mit welcher Heftigkeit der Gemeindevorsteher diesen Vorschlag ablehnte. Seine letzte Frau hatte doch nur diesen Sohn, da wäre sie doch ideal, um die Sache auf diese Weise zu regeln. Aber der Gemeindevorsteher hob abwehrend die Hand und erklärte in einem Ton, der keine Diskussion zuließ: »Darüber müssen Sie erst gar nicht weiter nachdenken.«

Gerade wollte ich den Mund öffnen, da schnitt er mir jedes Wort mit der Bemerkung ab, ich solle mir etwas anderes einfallen lassen, anstatt Zeit und Kraft auf Lösungen zu verschwenden, die ohnehin nicht in Frage kämen. Ich ließ also von dieser Idee ab. Vor mir saß ein Gemeindevorsteher, was bedeutete, daß die alten Mittel, wie einen Finger abschneiden oder ein Auge verätzen, nicht in Frage kamen. Ich war verwirrt, mochte ich doch nicht gleich alle Türen zuschlagen, sondern ihm wenigstens eine halb offene zeigen. Ich bat ihn, mir ein wenig Zeit zu lassen. Doch der Gemeindevorsteher hatte es eilig. Mir schien, er würde sitzen bleiben und erst dann gehen, wenn ich ihm einen akzeptablen Lösungsvorschlag unterbreitet hatte. Ich gab ihm zu verstehen, daß ich noch mit anderen zusammenarbeite und mit ihnen beraten müsse. Seine Antwort: »Die Kosten interessieren mich nicht.« An Geld besäße er so viel, wie andere Leute Reiskörner haben. So reden alle reichen Leute, aber wenn es ans Bezahlen geht, dann wollen sie mir am hellichten Tag Sterne vormachen. Ich versuchte ihm darzulegen, daß die Geschichte nicht so einfach war und wir vor komplizierten Bedingungen standen. Er versuchte, mich mit den Worten zu beruhigen, ich sei großartig genug, um solch ein einfaches Problem zu klären. Als er schon in der Tür stand, trat er an mich heran, sah sich nach allen Seiten um und ermahnte mich, auf der Hut zu sein. In diesen Zeiten könne vieles geschehen, und gewöhnlich passiere immer dem etwas, der auffallend klug ist, und da ich mit dem Feuer spiele, würde ich besonders gefährdet sein.

Er ging und ließ mich nachdenklich über meine Situation und das, was mir passiert war, zurück. Ich bin überzeugt, daß der Gemeindevorsteher Ihnen schon die Geschichte meiner Entlassung aus dem Schuldienst und der Versetzung in den Ruhestand erzählt hat. Ich muß mich bei ihm bedanken, hat er mir doch diese schwierige Aufgabe erspart. Mich stimmt die Sache immer noch traurig, ein ganzes Gebirge von Kummer drückt auf mein Herz. Ich weiß nicht, wie ich das sagen soll, aber alles, was ich jetzt tue, kann mich weder befriedigen, noch gefällt es mir. Ich war, wie Tausende anderer Ägypter, Grundschullehrer. Wenn mir heute ehemalige Schüler begegnen, drehen sie den Kopf in die andere Richtung. Glauben Sie mir – ich weiß nicht einmal mehr, wie damals alles angefangen hat. Ich habe eine Schwester. Als ihr Mann starb, blieb sie mit dem Kind allein zurück. Sie war noch sehr jung und trotzdem schon Witwe oder, wie wir das auf dem Land nennen, eine Frau, die man sich anschauen darf. Außer mir hatte sie niemanden auf der Welt. Die fünf Feddan, die ihr Mann hinterlassen hatte, waren kein Grund zum Jubeln, erschwerten obendrein noch ihre Wiederverheiratung, denn bei jedem, der ihr vorgestellt wurde, glaubten wir, er hätte nur den Acker im Auge. Deshalb heiratete sie also kein zweites Mal. Die Zeit verging schnell, ihr Sohn war plötzlich alt genug, um zum Militär zu gehen. An sich, von Rechts wegen, hätte er vom Dienst befreit werden müssen, er war ja der einzige Ernährer seiner verwitweten Mutter. In der Bezirksstadt erklärte man mir, daß die Rekrutenkaserne in Alexandria für die Ausstellung des entsprechenden Dokuments verantwortlich ist. Ich weiß, Sie werden lachen, wenn ich heute voller Reue sage: Wäre ich doch damals bloß nicht nach Alexandria gefahren, denn dieser Tag sollte mir für mein ganzes Leben Unglück bringen. An den Tag erinnere ich mich noch gut. Es war im Winter, im letzten Monat des Jahres, im Dezember. In unserem Dorf froren uns vor lauter Kälte die Finger ab, aber in Alexandria war es warm, und diese Wärme trug in sich einen köstlichen Duft. Von lauter Sonne umgeben, zog ich also mit dem Sohn meiner Schwester los, um sein Recht einzufordern. Trotzdem stürzte ich in jenen dunklen Brunnen, dessen Name »Schlund der Regierung« ist und der immer offensteht. Ich lernte einen Offizier kennen, der aus einem Nachbardorf kam. Er hatte auf jeder Schulter ein Adlerzeichen und erzählte mir, daß er als Freiwilliger zur Armee gekommen und im Lauf der Zeit schließlich bis zu diesem Grad befördert worden war. »Ägyptische Bauern erkennen sich schon am Geruch, und sei es in China«, erklärte er. Er hatte mich am Tor reden hören, war zu mir gekommen und hatte gefragt, aus welchem Dorf ich komme. Die Art zu reden, sagte er, und die Aussprache hätten ihn ans Wasserrad, an die Felder, die Dreschmaschine und Förderschnecke für das Getreide erinnert. Ich wurde mit ihm näher bekannt, und er lud mich ein, bei ihm zu Hause zu übernachten. Er wollte mir bei meiner Sache helfen, aber ich müßte ihm dafür fünf Pfund geben. Er schwor, von dem Geld keinen einzigen Millim für sich selbst zu behalten, alles ginge an andere Leute in der Kaserne. Ich gab ihm, was er verlangte, blieb zwei Nächte in seinem Haus und kehrte dann, mit dem Dokument und dem Sohn meiner Schwester, wieder ins Dorf zurück. Mein Landsmann, der Herr Offizier, hatte mir noch gesagt, daß sein Haus und sein Büro, wann immer einer aus meinem Dorf oder der Umgebung Hilfe brauchte, für mich offenständen. Er würde mir immer zu Diensten sein. Der Mann war alt, und sein ganzes Aussehen verriet, daß er schon in wenigen Monaten in den Ruhestand treten würde. Darin lag wohl auch das Geheimnis für seine riskanten Unternehmungen. Im Dorf erzählten sich die Leute, ich und der Sohn meiner Schwester seien mit dem Befreiungszeugnis im gleichen Zug zurückgekehrt, mit dem wir nach Alexandria gefahren sind. Jede Familie hat ihre Probleme mit der Rekrutierung, und alle hoffen auf eine Lösung. Eine Menge Leute kamen aus dem Dorf zu mir. So kam es, daß ich jeden Tag, am Nachmittag, den Zug in Richtung Alexandria bestieg. Die Aufträge mehrten sich, ich mietete mir schließlich eine Wohnung in Alexandria und heiratete. Meine zweite Frau gehörte zu den Stadtfrauen, zu denen, die weiße Haut haben und, schon in Wohlstand geboren, auch in Wohlstand aufgewachsen sind. Das Geschäft lief gut, der Offizier brachte jeden Tag die unmöglichsten Sachen zustande. Ich hatte mitbekommen, daß viele Probleme ziemlich einfach zu lösen waren und der Offizier nur den kleinen Finger zu bewegen brauchte. Aber immer öfter erzählte er mir was von komplizierten Lebensbedingungen und gestiegenen Preisen. Jedenfalls wurde das Betätigungsfeld immer großräumiger, selbst aus der Bezirksstadt machten welche mit. Meine Geschichte sprach sich herum, und irgendwelche Leute schickten an die entsprechende Stelle Beschwerden. Meine Wohnung in Alexandria wurde gestürmt, ich konnte fliehen, kehrte ins Dorf zurück. Im Morgengrauen, ich hatte noch den Pyjama an, nahm der Skandal seinen Lauf – ich wurde verhaftet. Dann begann das Verhör, Frage–Antwort, Frage–Antwort. Papiere wurden gewälzt, Nachforschungen betrieben, Offiziere, Leute von der Kripo, Beamte fragten und fragten. Ich wurde gegen Kaution freigelassen und vom Dienst suspendiert. Ich stand ohne jedes Einkommen da, bat die, denen ich geholfen habe, nun selbst um Hilfe. Natürlich, ich hatte viel verdient, jeden Tag war etwas dazugekommen. Aber, wie ich immer zu sagen pflege, Gott gibt und Gott nimmt. Ich besorgte mir einen bekannten Anwalt, aber meine Frau in Alexandria sagte gegen mich aus. Ihr hätten meine Aktivitäten nie gefallen. Ich dachte daran, mich von ihr zu scheiden, aber etliche Leute meinten, das wäre nicht gut für mich. Vielleicht ginge sie zum Gericht, also entstünden Kosten, die Brautgabe müßte zurückgegeben werden, Honorare für die Verteidigung wären fällig. Mir reichte schon mein Hauptproblem, also ließ ich sie in der Luft hängen, weder war sie länger Ehefrau, noch war sie geschieden. Ich hatte die Idee, überall von ihr verfolgt zu werden, aber Monate vergingen, und ich hörte nichts von ihr. Als ich mich schließlich nach ihr erkundigte, erfuhr ich, daß sie wieder geheiratet hatte, und das, obwohl sie doch unter meiner ehelichen Autorität stand. Ich freute mich, erklärte, sie ins Gefängnis zu bringen. Ich begann, nach ihr zu suchen, fand sie aber nicht. Die Erde hatte sich geöffnet und sie verschlungen. Nach endloser Suche hörte ich, ihr Mann würde in Libyen arbeiten und sie würde sich auch dort aufhalten. Ach, ich vergaß, Ihnen mitzuteilen, daß der Offizier, mein Landsmann, bei einer Säuberungskampagne aus dem Dienst entlassen wurde und ich in den Ruhestand versetzt worden war. Man hatte ja keinerlei Papiere bei mir gefunden, die als Beweis gegen mich hätten verwendet werden können. Ich hatte kein Geständnis abgelegt, und es gab auch keinen Belastungszeugen, außer meiner Frau, aber die war ja nicht mehr auffindbar. Alle hatten mir immer wieder versichert, daß ich freigesprochen werden würde, aber die vom Gericht behaupteten, der Fall hätte eine politische Dimension, weil er in Zusammenhang mit der Landesverteidigung stehen würde. Wie sollte man wohl die Jugend, die Männer Ägyptens von morgen, einem Menschen anvertrauen, dessen Tätigkeit am Nachmittag darin bestehe, die jungen Leute von der Erfüllung ihrer Blutspflicht abzuhalten? Der Anwalt, den ich mir genommen hatte, erklärte mir, ich wäre nur deshalb in den Ruhestand versetzt worden, weil das Recht in Ferien geschickt worden sei, und da könne man für Ägypten nur um Gottes Gnade bitten. Würde wirklich Recht herrschen, dann wäre ich freigesprochen worden. Damals konnte ich überhaupt nicht verstehen, warum das, was ich getan hatte, in Verbindung gebracht wurde mit der Politik und der Verteidigung des Landes gegen die Feinde, die nur darauf lauerten, die Revolution zu Fall zu bringen. Was habe ich schon getan? Ich habe armen Leuten, die zwischen dem Buchstaben A und einem Maiskolben nicht unterscheiden können, bei der Erledigung von schwierigen Problemen geholfen. Ich sollte also nun den Preis für die Rückständigkeit bezahlen. Drei Viertel der Familien in unserem Dorf sind Analphabeten. Ich schwöre Ihnen, daß ich von dem Gefühl erfüllt bin, daß das, was ich getan habe, eine vaterländische Tat war. Ich habe doch nur jenen Menschen gedient, um die sich auch internationale Vereinigungen in Europa und Amerika kümmern. Wie konnte ich dafür verfolgt werden? Die Leute bezeichnen mich als »Geschäftemacher«. Ich weiß nicht, wer mich so zum erstenmal genannt hat. An und für sich enthält dieser Begriff auch eine Art Verteidigung für mich, nur weiß ich nicht so recht, ob ich nun ein »Glücksmacher« oder ein »Pechmacher« bin. Jedenfalls ist mein richtiger Name verlorengegangen, hat sich aufgelöst, ist verschwunden. Nur zwei Wörter sind davon übriggeblieben, entweder die Anrede mit »Effendi« oder mit »Herr«. Manche Leute sagen »Herr Geschäftemacher«, andere wieder »Geschäftemacher Effendi«. Das bringt mich darauf, ein wenig herumzuphilosophieren, was ja mein gutes Recht ist. Der für Sie hier dieses Kapitel vom Roman schreibt, ist immerhin ein ehemaliger Grundschullehrer. Das Wort »Geschäftemacher« kommt von »Geschäft«, »verantwortliche Aufsicht« oder auch »Sorge tragen«. Mein Geschäft ist es, Sorge zu tragen für die Interessen jener Menschen, die dazu nicht in der Lage sind, beziehungsweise ihnen zu helfen, sich in den schwer durchschaubaren Amtswegen der Regierung zurechtzufinden. Mein Geschäft ist es, für die Lösung von Problemen Sorge zu tragen. Wenn ich also in dieser Weise den Leuten ihre Sorgen abnehme, die sie nur verwirrt, bekümmert, ängstlich machen, dann betrachte ich mich selbst als nicht weniger heldenhaft als as-Sinati Chalifa oder Adham asch-Scharkawi. Bei der Gelegenheit, letzterer war mit meinem Großvater eng verwandt. Der einzige Unterschied zwischen mir und den beiden besteht darin, daß sie mit Schwert und Gewehr kämpften, ich aber mit Verstand, geistiger Regsamkeit, konzentriertem Denkvermögen und der Fähigkeit, Probleme zu lösen. Meine Geschichten könnten Bände füllen, und meine Gesänge müßte die Rabab begleiten, in Mondnächten, wie es sie früher einmal, in der schönen Zeit, gab, die vergangen ist und nie wieder ägyptischen Boden erreichen wird. Ich habe vieles geschafft, und mein einziges Glück ist der Erfolg, den ich bei meinen Dienstleistungen erreicht habe. Gerade in der letzten Zeit bin ich mir dessen sicher geworden, daß ich, wenn ich den Menschen nicht in dieser Weise gedient hätte, jegliche Rechtfertigung für meine Existenz in diesem Leben verloren hätte. Ich verheimliche nicht, was ich getan habe und tue. Ganz im Gegenteil, ich sage offen und freiheraus: Ich habe es fertiggebracht, für Menschen, die nie geboren wurden und nie das Licht dieser Welt erblickt haben, Personalausweise zu besorgen. Ich habe es geschafft, die Meinung von Leuten, die nie voneinander gehört haben, auf einen Nenner zu bringen. Ich habe Ländereien verkauft, die höchstens im Jenseits existieren, habe Felder größer oder kleiner gemacht, habe Unterschriften für Erklärungen eingeholt, bei denen der Unterzeichner nichts vom Inhalt wußte. Ich habe vieles gemacht, aber das, was mir am meisten am Herzen lag, war alles, was mit Rekrutierungsfragen zusammenhing. Zwar hatte ich jedesmal gehofft, das sei das letzte Mal, aber wenn es dann wieder einmal gelungen war, dann steckte ich – ohne zu wissen, wie mir geschah – schon wieder in der nächsten Geschichte. Ich weiß wirklich nicht, wieso sich immer wieder auf diesem Gebiet neue und noch gefährlichere Aufträge ergaben. Ach, warum erzähle ich das alles? Vielleicht deshalb, weil mir nach Weinen zumute ist. Vor Mitleid mit mir selbst könnte ich Tränen vergießen, und ich wünschte mir, Sie würden daran teilhaben. Dabei gibt es an und für sich gar keinen Grund mehr, sich zu grämen. Vor einigen Monaten hat mich der Herr Offizier besucht, mein alter Landsmann, der nach seiner Entlassung wieder bei seiner Familie auf dem Land leben wollte. Er kam, um mich zu beglückwünschen. Es wäre ein Gesetz erlassen worden, daß alle die, die ohne Strafverfahren aus ihren Funktionen entlassen worden sind, wieder an ihren Arbeitsplatz zurückkehren dürfen. Er schlug mir vor, den Fall wieder gemeinsam aufrollen zu lassen. Wären wir nicht Opfer der alten Zeit? Ich bat ihn, Geduld zu haben. Wie sagten unsere Vorfahren? »Langmut bringt Schutz, Hast bringt Reue.« Was spräche dagegen, noch ein wenig zu warten, bis das Gesetz rechtswirksam sei und wir sicher sein können, daß wir Erfolg haben? Die Lage hat sich beruhigt, es gibt mehr als je zuvor zu tun. Im Land geht es lockerer zu, niemand braucht mehr Angst zu haben und kann tun, was er will. Ein Freund aus Alexandria hat vorgeschlagen, unseren Aktionsradius zu erweitern, denn so günstige Bedingungen werden nie wieder kommen. Jetzt sind die Ägypter wirklich frei, zum erstenmal in der Geschichte des Nildeltas. Jeder Ägypter kann frei entscheiden, was er machen will.

Wer reisen will, der reist. Wer abhauen will, haut ab. Wer pfiffig wie Abu Said ist, dem bieten sich alle Möglichkeiten. Wenn man bezahlen kann, schafft man alles. Hast du einen Piaster, erreichst du das, was mit einem Piaster zu erreichen ist.

Ich weiß, Sie sind zuallererst daran interessiert, wie es mit dem Sohn des Gemeindevorstehers weitergegangen ist. Ich muß mich dafür entschuldigen, Sie in Dinge hineingezogen zu haben, die Sie nichts angehen. Ich wollte mich einfach mal aussprechen, denn Tag und Nacht bedrückt mich ein solch gewaltiges Maß an Sorgen, daß nicht einmal ein ganzes Gebirge imstande wäre, es zu ertragen. Ich komme also zur Geschichte des Gemeindevorstehers zurück. Nachdem er gegangen war, setzte ich mich hin und dachte nach. Die Nachricht von der Rückgabe des Bodens hatte meine Aufmerksamkeit erregt und mich im Innersten heiter gestimmt. Nun würde auch ich, sagte ich mir, an meinen Dienstplatz zurückkehren. Ich beschloß, alle Geschäftsaktivitäten einzustellen. Der Fall des Gemeindevorstehers, schwor ich, sollte der Schlußstrich sein. Aber weiter in der Geschichte, denn sonst habe ich Angst, Sie zu sehr zu langweilen. Sie hören dann vielleicht auf zu lesen, und damit wäre der Roman vom Tod bedroht. Ich machte mich also auf den Weg zur zentralen Behörde. Auf Grund meiner reichlichen Erfahrungen hatte ich auf Anhieb erkannt, wo im Fall des Sohns des Gemeindevorstehers das Problem steckte. Manche kniffligen Fälle deuten einem gleich im ersten Augenblick ihre Lösung an, andere hingegen rutschen einem aus der Hand wie Seidenknoten. Unterwegs traf ich eine Menge Bekannte. Das Verhalten der Leute mir gegenüber in dieser Zeit ist nicht ganz klar. Die Schadenfreude von einst war zwar weg, aber die Liebesbeteuerungen aus der Zeit der Hilfe bei mancherlei Problemen waren auch nicht von Dauer. Manche Leute glauben, ich könnte vielleicht Direktor der Schule werden. Jedenfalls suchte ich in der Zentrale gleich das Rekrutierungsbüro auf. Als ich im Zimmer des Beauftragten stand, zwinkerte ich ihm zu und ging hinaus. Ich wartete draußen, doch er kam nicht. Vielleicht hatte er nicht richtig hingesehen? Ich ging wieder ins Zimmer, und diesmal verstand er und folgte mir. Wir setzten uns ans Ufer des kleinen Kanals, der hinter dem Gebäude fließt. Die Beamten gießen den Garten mit dem Wasser. Über uns waren die Zweige eines Kampferbaums, der älter als das Gebäude ist. Der Beauftragte tat, als wäre er glücklich über mein Kommen. »Willkommen, verehrter Meister.«

Das »verehrter Meister« freute mich. Ich empfand es als gutes Omen. Wir saßen einander gegenüber. Ich fühlte mich nicht recht wohl. Er sah sich ständig in alle Richtungen um. Schließlich forderte er mich auf, gleich aufs Thema zu kommen. Ich erzählte ihm vom Besuch des Gemeindevorstehers. Dann trat Schweigen ein. Er hob die Augen gen Himmel, stand auf, warf das Streichholz, mit dem er die ganze Zeit über in den Zähnen gestochert hatte, weg. Er begann zu lächeln, und aus dem Lächeln wurde Lachen. Dann sprach er. Es waren die Worte, die immer gekommen waren – wie gefährlich das Unternehmen sei, die Möglichkeit, entdeckt zu werden. Ich hörte in aller Ruhe zu und erklärte dann das, worauf er aus war. Er, bei seinem Verstand, könne doch alles regeln. Ich kannte dieses Spiel, er erzählte anfangs immer das gleiche, um einen möglichst hohen Preis auszuhandeln. Ich beschloß, die Situation auszunutzen, warf die Angel aus. »Das ist das Geschäft des Lebens.« Damit hatten wir jetzt gleiche Chancen.

Sein Gesicht entspannte sich. Er zögerte ein wenig, setzte sich wieder. Nun begann das Spiel von Umwegen und Ausflüchten. Er redete über alles mögliche, sorgsam bemüht, nicht das zu erwähnen, was ihn am meisten interessierte – das Honorar. »Kommen wir zum Praktischen«, erklärte ich.

»Da gibt es sicher keine Meinungsverschiedenheiten zwischen uns«, erwiderte er. Er würde nur nicht wollen, daß die Aktion ausgedehnt werde und neue Leute daran beteiligt seien. Es könne alles hier in der Zentrale ablaufen, wir brauchten niemanden aus Alexandria oder Kairo dafür. Ein Teil der Prozedur würde hier, der andere Teil im Dorf ablaufen, letzteren müsse der Gemeindevorsteher selbst erledigen. Verblüfft, wie ich war, öffnete ich den Mund, um etwas zu sagen, aber bevor ich auch nur ein Wort herausbekam, schaltete er sich wieder ein. »Ich bin von euch allen der einzige Beamte.« Auf Grund seiner Funktion als Rekrutierungsbeauftragter stehe er genau in der Schußlinie. Seine Arbeit sei heikel, ständig stehe er im Mittelpunkt von Gerüchten. Wenn das Boot umkippte, könnten alle ans rettende Ufer fliehen, nur er nicht, weil er nämlich praktisch das Boot wäre.

Gewiß, ich konnte nur mit Hilfe seiner Person arbeiten, sozusagen außerhalb der Kampfarena. Aber das bedeutete noch lange nicht, daß ich ihm vollständig die Kontrolle überlassen und alles seinen Händen anvertrauen wollte.

»Die Kostenfrage können wir später klären«, sagte ich. »Erst mal muß sicher sein, daß wir das Geschäft machen. Danach können wir über alles andere reden.«

Er rutschte näher an mich heran, sein Atem schlug mir entgegen. »Sind die Voraussetzungen klar, dann geht auch die Sache in Ordnung. Wir sollten uns erst mal einig werden.« Und dann erzählte er mir die Geschichte von irgendwelchen Dieben, die die Beute schon hatten und erst durch den Streit über deren Aufteilung entdeckt wurden. Ich wußte nicht, was ich ihm antworten sollte. Die Sache lag kompliziert, und für einen Augenblick hatte ich das Gefühl, ich sollte sie lieber gleich aufgeben.

»In achtundvierzig Stunden werde ich Sie über alles informieren«, sagte er. Ich war froh. »Gut, dann verschieben wir die Sache auf übermorgen.« Ich stand auf und ging weg. Unterwegs träumte ich den Tag herbei, an dem es Gott gefallen würde, mich von diesem mir unliebsamen Geschäft abzuhalten. Mein ganzes Leben wurde dadurch beeinflußt, immer saß mir die Angst im Nacken, und bei allem, was ich tat, fühlte ich mich verfolgt. War ein Geschäft erfolgreich beendet, dann krochen tausend Leute aus den Ecken hervor, und jeder behauptete, er hätte doch auch mitgemacht und müßte nun seinen Anteil kriegen. Andere wieder, die von der Sache Wind bekommen hatten, erklärten, nicht länger schweigen zu können. Da die Interessen des Vaterlands gefährdet seien, erfordere es ihre patriotische Pflicht, die verantwortlichen Stellen zu informieren. Ich brauchte dann nur noch zu sagen: »Hier hast du den Lohn für dein Schweigen.« Letzten Endes blieben für mich dann bloß ein paar Millims übrig. Da die Abstände, in denen ich über Einkünfte verfüge, ziemlich weit auseinanderliegen, müssen die Schulden, die zumeist mehr ausmachen als das, was ich gerade bekommen habe, immer wieder warten. Zu den Schulden kommt das tägliche Gefühl der Bedrohung, das ständige Bemühen, sich zu verstellen, die Angst vor den Schrecken des Gefängnisses, der Gedanke an den Skandal. Alles könnte ich ertragen, nur meine Kinder sollen da nicht mit hineingezogen werden. Wenn ich sage, daß mich mein Gewissen quält, dann werden Sie lachen. Es glaubt mir ja niemand. Sie meinen, ich würde mit Ihren Gefühlen Spott treiben? Ich schwöre Ihnen: Hätte es in diesen Zeiten nicht die Notwendigkeit für meine Geschäfte gegeben, ich hätte es nicht getan. Und dann – zum großen Teil bestand meine Arbeit darin, ungerecht behandelten Menschen beizustehen. Gut, beim Sohn des Gemeindevorstehers handelt es sich nicht darum. Deshalb bin ich von dieser Geschichte auch nicht begeistert. In diesem Fall drängt mich die pure Bedürftigkeit dazu, mich darauf einzulassen. Der Sohn vom Gemeindevorsteher müßte ohne jeden Zweifel zur Armee gehen und seine Blutspflicht erfüllen. Glauben Sie mir, wenn das mein Sohn wäre, dann würde ich ihn an die Hand nehmen und bis ans Tor der Rekrutenkaserne schleppen. Stolz und glücklich würde ich zurückkehren, wüßte ich doch, daß er seinem Vaterland dient. Der Gemeindevorsteher hat mich gerade in einer mißlichen Lage aufgesucht, in einer Dürrezeit. Der Hunger will gestillt sein. Niemand von Ihnen kann die Bedeutung dieser drei Wörter begreifen: Hunger macht gottlos. Sie können das vor allem dann nicht verstehen, wenn Sie beim Lesen gerade in einem bequemen Sessel sitzen, eine wunderbare Komfortwohnung um sich haben und sich den Bauch mit den köstlichsten Speisen vollschlagen. Vor lauter Essen ist Ihnen vielleicht richtig besoffen zumute, fette Sachen können genauso wie Wein betrunken machen. Da können Sie mir nicht glauben, wenn ich nochmals sage: Hunger macht gottlos. Ich werde es nur noch für mich wiederholen, wenn Sie nicht dabei sind. Aber eins müssen Sie wissen: Seit ich den Dienst verlassen habe, wurde mir keinerlei Pension gezahlt, und zwar nur, weil ich angeblich wegen einer ehrenrührigen Sache ausgeschieden bin.

Aber jetzt machen wir mit dem Roman weiter. Ich traf den Rekrutierungsbeauftragten zum verabredeten Termin hinter dem Gebäude der Polizeizentrale. Er schien in besserer Stimmung als das letzte Mal zu sein, bot mir Zigaretten an, lachte. Er hätte in den vergangenen zwei Tagen über die Geschichte mit dem Sohn vom Gemeindevorsteher nachgedacht. Die Sache sei keineswegs einfach, aber um meinetwillen und der armen Teufel willen, die uns in ihren Nöten immer wieder aufsuchen, sei er bereit, das Notwendige zu tun. Der Sohn vom Gemeindevorsteher würde also nicht zum Militär gehen, aber wir brauchten die Hilfe eines Beamten in der Geburtenregistratur, eines Beamten von der Gesundheitsverwaltung, zweier Beamter aus dem Regierungsapparat und deren direktem Vorgesetzten, um einen Stempel mit dem Staatssiegel zu kriegen. Ich bekam es mit der Angst zu tun. Wenn alle diese Leute mitmachen würden, bliebe für mich nur noch Abfall übrig. »Kommen wir zum Kern der Sache«, erklärte ich.

Er blickte in alle vier Himmelsrichtungen. Wir sollten lieber woanders hingehen, hier hätten die Wände Ohren. Er nahm mich bei der Hand, zog mich hinter die Umzäunung. Wir kamen bei einem Raukenbeet an, setzten uns mitten hinein. Der Duft der grünen Pflanzen stieg mir in die Nase. Jetzt begann er zu sprechen. »Eine gerade Linie«, sagte er, »ist der kürzeste Weg zwischen zwei Punkten. Wollen wir diese Geschichte ohne Probleme in den Griff bekommen, dann gibt es nur eine klare und saubere Lösung. Der Mann ist immerhin Gemeindevorsteher, da wird er doch wohl eine einfache Aufgabe meistern.«

»Was für eine Aufgabe?« rief ich aus.

»Die Eile ist des Teufels«, erwiderte er ruhig, und dann begann der Herr Offizier, Beauftragter für Rekrutierung, mir seinen Plan zu erklären. Die Sache war wirklich einfach, und das wichtigste – sie war hundertprozentig sicher. Wir gingen zu mir nach Hause. Er wollte Papier und Bleistift haben, und dann ging er mit mir den Plan von A bis Z durch. Dicke Überschriften standen da: 1. Etappen der Durchführung der Operation, 2. Die an der Operation Beteiligten, 3. Kosten der Operation. Er skizzierte den generellen Ablauf des Plans und ein paar wesentliche Punkte. Als er gegangen war, lagen die Papiere vor mir. Ohne mir dessen bewußt zu sein – Müßiggang bringt die merkwürdigsten Wunder zustande –, griff ich nach dem Kugelschreiber. Die Geschichte versetzte mich in Begeisterung, und zum erstenmal vielleicht nach Jahren gebrauchte ich wieder meinen untätig gebliebenen Verstand. Ich versenkte mich völlig in die Arbeit. Nach einigen Stunden war um mich herum ein Haufen Papier, angefüllt mit gleichmäßigen, schönen Schriftzügen. Der detaillierte Plan lag vor. Gestatten Sie mir, das Geschriebene, inklusive des mich betreffenden Kapitels, vorzustellen, damit Sie verstehen, in welchem Maß Ägypten das Talent von einem seiner vielen großartigen Söhne, der keine Schuld auf sich geladen hat, vergeudet.

Erstens: Etappen der Durchführung

Jede Etappe stellt eine Einheit von Maßnahmen dar, die voneinander abhängig sind; vom Erfolg der jeweils vorauslaufenden Maßnahme hängt der der sich anschließenden ab, wie auch die Enthüllung einer Maßnahme die der ganzen Etappe zur Folge haben kann. Alle Etappen stehen in einem organischen, sich funktionell gegenseitig bedingenden Verhältnis, wie auch die einzelne Etappe mehrere, sich bedingende Teilschritte umfaßt. Der Erfolg der Operation hängt vom untrennbaren Zusammenhang der einzelnen Bestandteile ab.

Die erste Etappe: Die Ersatzperson

Aus der Betitelung geht hervor, daß mit nachfolgend aufgeführten Maßnahmen auf jene Person abgezielt wird, die als Ersatz für den Sohn des Gemeindevorstehers den Militärdienst antreten wird. Fixiert sind hier die an die Ersatzperson gestellten Forderungen. Die Maßnahmen dieser Etappe enden mit der Einsatzfähigkeit und dem Beginn des direkten Einsatzes der betreffenden Person. Die Ersatzperson muß grundsätzlich über folgende Kriterien verfügen:

1. Sie muß bereit sein, anstelle des Sohns des Gemeindevorstehers, also nicht nur als Ersatz, den Militärdienst anzutreten.

2. Sie muß im gleichen Dorf und am gleichen Tag wie der Sohn des Gemeindevorstehers geboren sein.

3. Sie muß vom Militärdienst befreit worden sein, damit keine zweimalige Einberufung, zum ersten die eigene Person betreffend, zum zweiten die des Sohns des Gemeindevorstehers betreffend, erfolgen kann, was zur Aufdeckung der Operation führen würde.

4. Sie muß zur Aushändigung aller jener Unterlagen bereit sein, die die irdische Existenz dieser Person betreffen, also: Personalausweis, Wehrpaß, Wählerkarte, alle privaten Abonnements und Fahrausweise. Diese Dokumente werden bei uns oder dem Gemeindevorsteher an einem sicheren, für niemanden zugänglichen Platz aufbewahrt.

5. Die Ersatzperson sollte aus keiner reichen Familie stammen. Ebenso sollte sie auch nicht aus einer armen Familie kommen, die durch verwandtschaftliche Bindungen – direkte oder angeheiratete – in Beziehung zu einer reichen Familie steht. Die Person darf nicht durch gemeinsame Interessen an eine der oben genannten Familien gebunden sein, falls überhaupt, dann höchstens an die Familie des Gemeindevorstehers oder an eine von dessen Verbündeten. Es muß absolut gewährleistet sein, daß zwischen der Ersatzperson und den in der Gegend vorhandenen Feinden des Gemeindevorstehers keinerlei Beziehungen bestehen.

6. Es muß eine Urkunde über den natürlichen Tod der Ersatzperson ausgestellt werden. Wünschenswert wäre, den Tod infolge einer Krankheit der Person eintreten zu lassen, von der alle Bewohner des Dorfes wissen. Da feststeht, daß wir dafür einen Mitarbeiter aus der Bezirksgesundheitsbehörde brauchen, sind gering anzusetzende Honorarkosten zu berücksichtigen. Damit ist uns die Möglichkeit einge-

räumt, uns nicht nur mit einer offiziellen Urkunde über einen plötzlich eingetretenen Tod zu begnügen, sondern wir werden von ihm, in seiner Eigenschaft als Beamter der Gesundheitsbehörde, eine persönliche Bestätigung über die Umstände des Dahinscheidens verlangen, in der folgendes zum Ausdruck kommt: Die Ersatzperson erkrankte plötzlich und wurde, weil im Dorf keine Ärzte zur Verfügung stehen, ins Bezirkskrankenhaus eingeliefert, wo sie verstarb. Da Verdacht auf eine ansteckende Krankheit bestand, wurden am Leichnam die notwendigen Untersuchungen vorgenommen. Weil die Leiche für künftige Eingriffe zur Verfügung stehen sollte, man auch mögliche sensible Reaktionen der einfachen Bauern verhindern wollte, wurde sie in der Nähe des Krankenhauses beerdigt. Um unnötiges Gerede zu vermeiden, wurde die Familie über den eingetretenen Tod nicht informiert, denn es ist ja bekannt, daß unser geliebtes und teures Ägypten kritische Zeiten durchlebt und von allen Seiten von Feinden umgeben ist.

7. Der Vater der Ersatzperson ist vorzuladen, um bei ihm vorhandene Schuldscheine und Wechsel in Empfang zu nehmen und dafür Schecks auf seinen Namen in großer Höhe und für den späteren Gebrauch auszustellen. Auf die Weise verfügt man nicht nur über die gesicherte Bürgschaft, daß er so lange schweigt, bis sein Sohn aus der Armee entlassen ist, sondern man gewährleistet auch den Verbleib des Vaters auf unserer Seite, falls die Operation entdeckt wird.

8. Der Ersatzperson ist klarzumachen, daß sie fortan Sohn des Gemeindevorstehers ist und sich dementsprechend verhalten muß. Gleichzeitig ist sie über die Geschichte der Familie des Gemeindevorstehers, seine Besitztümer und Beziehungen, auch über detaillierte Geheimnisse der Familie zu unterrichten, die niemand außer dem Gemeindevorsteher kennen kann. Auf diese Weise wird das Aufkommen jeglicher Zweifel verhindert.

Die zweite Etappe: Die Originalperson

Die nachfolgend aufgeführten Maßnahmen und speziellen Vorkehrungen betreffen den Sohn des Gemeindevorstehers.

Voraussetzung ist, daß er aus dem Dorf entfernt wird, keine Schule besucht und sein Name aus allen Unterrichtsunterlagen gestrichen wird. Sein Erscheinen in der Bezirks- oder Provinzhauptstadt würde die Aktion zerschlagen. Er hat für die Leute und auch auf dem Papier beim Militär zu sein, und zwar mit Beginn der Rekrutierung der Ersatzperson. Wünschenswert wäre eine Gesichtsoperation, damit ihn niemand mehr erkennen kann. Am sichersten wäre, die Originalperson ginge unter anderem Namen ins Ausland. Da der Gemeindevorsteher das strikt ablehnt, muß der Sohn innerhalb Ägyptens sorgfältig verborgen werden.

Die dritte Etappe

Die dritte Etappe ist nicht betitelt, da sie Maßnahmen enthält, die sich aus der ersten und zweiten Etappe ergeben und insgesamt die Organisation der ganzen Aktion betreffen. Bevor die Maßnahmen dieser Etappe eingeleitet werden können, muß jeder der beteiligten Akteure seine Rolle genau kennen und über mögliche Gefahrenquellen informiert sein. Es geht hier also um die exakte Organisation der verschiedenen Etappen. In dieser dritten Etappe muß ein Personalausweis mit dem dreiteiligen, also vollständigen Namen des Sohns des Gemeindevorstehers und dem Bild der Ersatzperson beschafft werden. Mit diesem Ausweis geht letztere Person zum Bezirksamt, um sich dort den Rekrutierungsnachweis und die Fahrkarte zu holen, und begibt sich dann zur Rekrutenkaserne in Alexandria, wo er sich als Sohn des Gemeindevorstehers vorstellt. Der Personalausweis, der den Sohn und den Ersatzmann zu einer Person macht – der eine gibt den Namen, der andere sein Bild und seinen Fingerabdruck –, wird uns vom Leiter der Zivilregistratur des Bezirks ausgestellt werden. Dieser Ausweis stellt die Grundlage für alles Weitere dar, auf ihn baut sich der Erfolg der Operation auf. Es muß unbedingt die gleichzeitige Abreise der beiden Personen beachtet werden. Wenn die Ersatzperson in der Kaserne in Alexandria eingetroffen ist, sollte sie in den ersten Tagen von einer in der Nähe befindlichen Person beobachtet werden. Es darf kein Fehler im Auftreten passieren, das würde die ganze Aktion gefährden. Gleichzeitig muß darauf geachtet werden, daß der Sohn des Gemeindevorstehers zu einem Ort abreist, der so weit wie irgend möglich entfernt liegt. Er darf sich an seinem neuen Aufenthaltsort keiner Vereinigung anschließen, in keiner Schule, keinem Institut lernen und bei keinerlei Geschäftsprojekt als Partner auftreten. Diese Situation muß so lange gewährleistet sein, bis die Militärdienstzeit ordentlich abgeschlossen ist.

Die vierte Etappe

Die vierte Etappe ist von Wahrscheinlichkeiten geprägt, festgemacht am Himmel aufgeschobener Wunschvorstellungen, überlassen der Gnade des Unbekannten und Verborgenen. Erst wenn das Spiel seinen Höhepunkt erreicht hat, wird dieses Kapitel ganz von selbst in Funktion treten. Das wird der Moment sein, da der Staat in die Hände klatscht und das Spiel abpfeift. In diesem gefährlichen und entscheidenden Augenblick erreichen wir eine Etappe, die gemäß sonstigen Spielregeln als Neuordnung der Gegensätze bezeichnet wird. Der Sohn des Gemeindevorstehers muß als ehrenwerter Bürger wieder ins Dorf zurückkehren, sozusagen nach Erfüllung seines Militärdienstes. In den Händen hält er ein Zeugnis, das ihn als rechtschaffenen Soldaten ausweist, der dem teuren Vaterland mit seinem Blut gedient hat. Er trägt eine Menge Orden und Abzeichen, die er während des Militärdienstes erhalten hat. Was aber die Ersatzperson betrifft, so bekommt sie alle Papiere zurück, die ihr Lebendigsein, ihre Existenz in dieser unserer Welt belegen, also die Dokumente, die während der Militärzeit bei uns geblieben sind. Die Ersatzperson kann zwischen drei Möglichkeiten entscheiden:

1. Der Mann kehrt ins Dorf zurück und behauptet, er wäre – für einen ähnlich langen Zeitraum wie der Rekrutendienst – als Freiwilliger bei der Armee gewesen. Er hätte dann aber entdeckt, daß das Leben in der Armee zu schwer sei und er nicht auf Dauer dem Staat dienen wolle. Nach Ablauf der ersten Freiwilligkeitszeit hätte er die Erneuerung der Diensterklärung abgelehnt. Ihm wäre seine persönliche Freiheit wichti-

ger als die vage Hoffnung, irgendwann mal zum Offizier befördert zu werden. Er hätte den Ruf des ägyptischen Dorfes vernommen, wo es noch Liebe, Ruhe und Frieden gibt.

2. Die Ersatzperson geht ins Ausland. In diesem Fall wären wir verpflichtet, dem Mann alle geforderten Erleichterungen zu schaffen.

3. Die Ersatzperson erhält wie alle, die aus dem Militärdienst ausscheiden, eine Anstellung. Dafür hätte der Mann lediglich bei seiner Einheit hinsichtlich des Wohnorts unrichtige Angaben zu machen, damit er woanders eingesetzt wird. Allerdings ergäbe sich da ein kleines Problem: Die Anstellung liefe unter dem Namen des Sohns des Gemeindevorstehers. Wie könnte er sie antreten, da er doch gerade zu diesem Zeitpunkt wieder seinen ursprünglichen Namen angenommen hat? Wie gesagt, das ist lediglich ein kleines Problem, denn die Lösung ist einfach. Entweder der vermeintliche Sohn des Gemeindevorstehers überläßt die neue Stellung jemandem, der sie dringend braucht und schon lange nach so etwas Ausschau gehalten hat, was heißen soll, er gibt sie ganz offiziell an die Ersatzperson weiter, oder aber wir müssen dafür sorgen, daß die Ernennung für die Stellung von vornherein unter dem Namen der Ersatzperson läuft. Auf diese Weise würde jeder der beiden Beteiligten sicher an seine Basis zurückkehren, und damit wäre dann Schluß, und wir könnten, wie es immer heißt, sagen: »Ende gut, alles gut.«

Zweitens: Übersicht über die an der Operation Beteiligten

1. Der Geschäftemacher.
2. Der Rekrutierungsbeauftragte.
3. Der Mitarbeiter des Rekrutierungsbeauftragten.
4. Der Leiter der Zivilregistratur des Bezirks.
5. Der für die Ausstellung von Personalausweisen in der Zivilregistratur zuständige Beamte.
6. Der mit dem Abnehmen von Fingerabdrücken beauftragte Soldat, der die Antragsteller abfertigt.
7. Der Krankenwärter, der im Gesundheitsamt die Blutgruppen bestimmt.

8. Der Beamte, der in der Bezirksgesundheitsbehörde für die Ausstellung von Totenscheinen und Bestattungserklärungen verantwortlich ist.

9. Die militärische Begleitperson, die die neuen Rekruten vom Bezirksbüro zur Kaserne in Alexandria bringt.

10. Ein Offizier, der die Ersatzperson in den ersten Tagen als Rekrut beobachtet und sich mit ihr täglich trifft, um Einzelheiten zu erfahren und Hinweise zu geben, damit deren richtiges Auftreten gewährleistet ist. Ich schlage vor, dafür den Rekrutierungsbeauftragten einzusetzen, da er jederzeit leicht Zutritt zur Kaserne hat.

11. Eine Person, die den Auftrag wahrnimmt, nach dem Aufbruch der Ersatzperson den Sohn des Gemeindevorstehers zu beobachten, um die vollständige Einhaltung aller Bedingungen durch den Sohn zu gewährleisten.

Drittens: Die Kosten der Aktion

1. 100 Pf. (Einhundert Pfund) – Honorar für die Ausstellung eines Personalausweises, der das Bild der Ersatzperson und den Namen des Sohns des Gemeindevorstehers aufweist.

2. 150 Pf. (Einhundertundfünfzig Pfund) – Kosten für die Ausstellung eines Totenscheins für die Ersatzperson, datiert auf den Tag, der der Rekrutierung dieser Person unmittelbar vorausgeht, zuzüglich eines Berichts über die speziellen Umstände des Sterbens der Person.

3. 20 Pf. (Zwanzig Pfund) – Entlohnung des mit dem Abnehmen von Fingerabdrücken Beauftragten, der die Abdrücke der Ersatzperson sowohl auf dem Personalausweis als auch auf dem Armeeausweis anbringt.

4. 45 Pf. (Fünfundvierzig Pfund) – Entlohnung der militärischen Begleitperson, die die Rekruten übernimmt und nach Alexandria bringt. Hier ist anzumerken, daß dieser Soldat als erster die Ersatzperson als vermeintlichen Sohn des Gemeindevorstehers behandeln muß.

5. 60 Pf. (Sechzig Pfund) – Aufwandsentschädigung für einen Freund, der in der Rekrutenkaserne in Alexandria arbeitet und die Überwachung der Ersatzperson in der ersten Zeit übernimmt, diese also ermutigt und auf richtiges Ver-

halten hinweist, der uns aber auch im Falle unvorhergesehener Ereignisse, die die Sache auffliegen lassen könnten, eine Warnung zukommen läßt, uns also als Verbindungsmann zur Verfügung steht.

6. 300 Pf. (Dreihundert Pfund) – Entgelt für den Rekrutierungsbeauftragten, der sich in der höchsten Gefahrenzone befindet.

7. 300 Pf. (Dreihundert Pfund) – Entgelt für den Geschäftemacher, der die ganze Operation organisiert und die Verbindung zum Gemeindevorsteher hält.

Anmerkungen:

1. In der Kostenaufführung erscheint nicht die Summe, die der Ersatzperson und deren Familie gezahlt wird, da dieses Geld nicht Bestandteil der Vereinbarung ist. Wir haben dem Gemeindevorsteher bereits zu verstehen gegeben, daß die Beschaffung der Ersatzperson ganz allein in seiner Verantwortung liegt.

2. Die Kosten für den Aufenthalt des Sohns des Gemeindevorstehers außerhalb des Dorfs, während der Dienstjahre der Ersatzperson beim Militär, trägt sein Vater. Das ist insoweit auch eine Sicherheitsmaßnahme, da niemand wissen kann, über wieviel Jahre sich dieser auswärtige Aufenthalt vielleicht erstreckt.

3. Es sind weder die Transport- und Aufenthaltskosten noch die Unterhaltskosten in die obige Aufstellung aufgenommen worden.

Ende des Memorandums

Als mir der Rekrutierungsbeauftragte gleich zu Anfang sagte, daß sich die Angelegenheit ausweiten würde, hatte ich ihm insoweit unrecht getan, als ich das für ein unsauberes Manöver seinerseits hielt. Jetzt hatte ich verstanden, was er damit meinte. Was ihn betraf, so waren alle Fragen geklärt. Das Essen war gekocht, nun lag der Rest bei mir und dem Gemeindevorsteher. Am nächsten Tag wollte ich ihn aufsuchen. Ich fuhr mit dem Auto, ließ es bei der Brücke stehen und machte mich zu Fuß zum Gemeindeamt auf. Nach dem Haus brauchte ich nicht zu fragen, ich kannte es. Unterwegs traf ich eine Menge Dorfjugend, und wer mich kannte, grüßte mich. Aufmerksam betrachtete ich die Gesichter und fragte mich, wer wohl der Ersatz sein würde. Wer von ihnen würde bei mir in der Bezirksstadt erscheinen, um als Sohn des Gemeindevorstehers Rekrut zu werden? Der Gemeindevorsteher empfing mich mit einem ganz normalen Händedruck. Er hatte zwar noch mit ein paar Leuten und ihren Problemen zu tun, trotzdem war ich über die laue Begrüßung ein wenig erstaunt. Nicht lange, und er gab einem Wachmann den Wink, mich zu seinem Haus hinüberzubringen. Der Mann bewegte sich mit äußerster Ehrerbietung, wahrscheinlich bedeutete der Besuch im Haus des Gemeindevorstehers eine hohe Auszeichnung, derer sich nur wenige erfreuen durften. Als er nur wenig später erschien, war er ein völlig anderer Mensch. Er nahm mich in die Arme, küßte mich und entschuldigte sich für die knappe Begrüßung im Gemeindeamt. Es seien doch Leute dagewesen, und da müsse er sich, um keine Aufmerksamkeit zu erregen, so benehmen. Wir kamen ins Gespräch, ich zeigte ihm meinen Plan, behauptete, daß er ganz allein mein Werk sei. Der Gemeindevorsteher schwieg, und als ich mit meinen Ausführungen am Ende war, sah er verwirrt aus. Er blieb lange nachdenklich, blickte hinauf zu einem kleinen Fenster, durch das schwaches Licht eindrang. Dann begann er zu sprechen. Er verfluchte die elende Zeit, die mich meiner Arbeit beraubt hatte. Ägypten würde auch weiterhin rückständig bleiben, sagte er, und die Ursache dafür – er wies mit seinen dicken, breiten Fingern in meine Richtung – läge auf der Hand: Man hindere die gescheitesten Söhne des Landes daran, sich an seiner Entwicklung zu beteiligen. Und warum? Weil jeder Verantwortliche Angst vor den klugen und ordentlichen Leuten habe. Daß ich zum Beispiel ohne Arbeit bliebe, sei ein regelrechtes Komplott und würde den Interessen Ägyptens geradezu widersprechen. Er sei mit dem Plan generell einverstanden, sagte er, auch wenn er ein paar Einwände habe. Erstens: Es sei völlig unnötig, sich den Vater der Ersatzperson per Scheck zu verpflichten, da dieser aus vielerlei Gründen zu schweigen habe und seinen Sohn ohnehin nicht gratis zur Verfügung stellen werde. Außerdem gebe es auf lange Sicht wichtige gemeinsame Interessen. Zweitens: Die Geschichte mit dem Aufenthalt seines Sohns, weitab vom Dorf. An dieser Stelle begann er mit einer langen Diskussion. Er wünsche das nicht, werde mir das auch ganz ehrlich und offen erklären. Er könne den Sohn nicht allein und weit entfernt leben lassen, weil dessen Mutter ihn für keine einzige Minute missen wolle. Er sei ihr einziges Kind und würde das auch auf immer und ewig bleiben. Dafür gebe es Gründe, die er mir nicht erläutern könne, weil es sich dabei um Geheimnisse seines Hauses und seines Familienlebens handele. Wenn sein Sohn wegfahren würde, dann bestimmt nicht ohne seine Mutter. Das hieße aber, in der Fremde ein zweites Heim einzurichten, was wiederum – psychisch, materiell und moralisch gesehen – ein großes Problem darstellen würde. Die Diskussion nahm kein Ende, jeder bestand auf seiner Meinung. Ich wollte auf jeden Fall den Erfolg der Operation gewährleisten, er konnte sich nicht von seinen Gefühlsargumenten lösen. Schließlich konnte ich ihn überzeugen, so daß er der Abreise seines Sohns – zusammen mit der Mutter – zustimmte. Nur auf den Ort konnten wir uns nicht einigen. Er würde mir also morgen, spätestens übermorgen, den anderen jungen Mann mit seinem Vater schicken, damit die Arbeit beginnen könne. Dann kamen wir endlich auf einen wichtigen Punkt zu sprechen – das Geld. Er hielte es für besser, sagte der Gemeindevorsteher, wenn ich zunächst alle Kosten auslegen würde und er mir dann, nach Abschluß der Sache, die entsprechende Summe gäbe. Ich verstand – er wollte eine Garantie in die Hand bekommen. Daran sind alle immer interessiert. Der häufigste Satz bei solchen Verhandlungen lautet: Wer garantiert mir denn, daß die Sache gut läuft? Oder: Warum soll ich gleich jetzt alles bezahlen? Machen Sie erst mal, und ich gebe Ihnen zum Schluß, was Sie wollen, vielleicht sogar mehr. In vielen Fällen ist diese Haltung vernünftig, vor allem, wenn es sich um kleinere Beträge handelt. Doch bei dieser Sache war eine gewaltige Summe erforderlich, es waren eine Menge Leute darin verwickelt. Jeder streckt erst mal seine Hand aus, bevor er was tut. Ich legte ihm also diese Situation dar. Als ich merkte, daß er noch immer zögerte, erklärte ich ihm frank und frei, wir würden erst dann anfangen, wenn wir auf Verrechnung eine bestimmte Summe erhalten, die für die ersten Ausgaben reicht. Er beschwerte sich über die viel zu hohen Kosten, vor allem, weil es ja etliches gäbe, das er selbst übernehme, zum Beispiel die Beschaffung der Ersatzperson, niemand könne sich vorstellen, was er dafür hinblättern müsse, und dann sei da ja auch noch der Aufenthalt seines Sohns in einer anderen Gegend. Die Diskussion endete mit einer verschwommenen Lösung – er verlangte zwei Tage Aufschub, woraufhin ich entschieden reagierte und meinte, in diesem Fall sei es besser, er schicke mir die Ersatzperson erst später ins Haus, weil ohne Geld nichts zu machen sei. Ich war wütend, ärgerte mich maßlos. In meinem Innersten tobte ein Sturm der Empörung angesichts dieses Wesens, das mir da gegenübersaß und das ich nicht verstand. Doch nachdem dann die Dienerin das Mittagessen hereingebracht hatte, verwandelte sich dieser Mann völlig. Er überschüttete mich mit Freundlichkeit, wurde liebenswürdig und unterhaltsam. Ich kam aus dem Staunen nicht heraus. Die Menschen sind seltsam, vor allem die auf dem Land. Wir saßen noch beim Mittagessen, als er meinte, mir gegenüber das Gefühl zu haben, aus einer Familie zu kommen und schon seit langem engste Beziehung zu pflegen. Ich solle mich doch stärker auf seine Seite stellen und weniger auf die der anderen Akteure. Wenn ich versuchte, die Geldausgaben einzuschränken, dann bekäme ich auf jedes Pfund, das ich bei den anderen einsparte, eine Provision. Ich stimmte freudig zu, auch weil damit endlich klar war, daß die Sache nun zustande kommen würde. Als ich ihn verließ, hatten wir uns für übermorgen verabredet.

Der Wachmann

In unserem Dorf gibt es das Sprichwort: »Zwei schmerzende Schläge auf den Kopf, und du kannst nicht mehr rechts von links unterscheiden.« So muß es gewesen sein, als es noch ruhig und ehrlich zuging, denn jetzt reicht schon ein Schlag aus, oder sogar ein kleiner Klaps, und du kannst nicht mehr aufstehen. Was mir heute zugestoßen ist, beweist, was ich sage. Aber erst muß ich mich vorstellen, offensichtlich bin ich jetzt in diesem Roman an der Reihe. Ich fange mein Kapitel mit dem Augenblick an, den ich nie im Leben vergessen werde. Die Erinnerung daran werde ich noch ins Grab mitnehmen, selbst wenn ich weiß, daß Gräber von armen Leuten wie uns ziemlich eng sind. Wenn ich mich recht erinnere, hat dieser Augenblick mit einem Klopfen an der Tür begonnen. Es war ein ganz normales, harmloses Klopfen, so wie das des Nachts Hunderte Male vorkommt. Die einfachen Leute schließen ihre Haustüren schon bei Sonnenuntergang ab, einerseits, um Ruhe zu haben, andererseits, weil so und so keiner mehr kommt, weder Nachbarn, die Hilfe brauchen, noch irgendwelche Amtspersonen. Es klopfte also an die Tür, und da war es schon fast Nacht. Ich war gerade von meinem Rundgang zurückgekehrt, bei dem ich das Gehöft und die Vorratsschuppen vom Gemeindevorsteher kontrolliere, und wollte schnell einen Happen zu Abend essen. Zu dieser Zeit sind die Menschen noch wach, und es herrscht noch Bewegung. Die Lichter, die aus den Häusern und Läden dringen, flößen dem Menschen Vertrauen ein und verweisen die nächtlichen Wesen in ihre Schranken. Ich hatte gerade den ersten Happen im Mund, da merkte ich, daß der hart genug war, um mir die Kehle zu zerreißen. Ich wollte nichts mehr essen. Ich winkte mit der Hand, damit abgeräumt wird und man mir ein großes Glas Tee macht. Meine Frau sah mich mit einem langen Blick an, ganz ruhig, wie der Morast im Kanal, der schon seit Jahren von keinem Tröpfchen Wasser mehr bewegt wird. Ich verstand – es war kein Zucker im Haus. Sie stand auf, wohl um bei der Nachbarin bis zur Ausgabe der Monatsration ein paar Löffelchen voll zu borgen. Wut packte mich.

Das Klopfen an der Tür erinnerte mich an die vielen Schicksalsschläge, die mich in der letzten Zeit getroffen haben. Ich fange mit dem ersten Schlag an. Auf den war ich zwar eingestellt gewesen, hatte ihn sozusagen erwartet, aber als er dann kam, nahm ich ihn doch als persönlich gemeinten Schimpf. Ich sollte aus dem Dienst ausscheiden. Die ganzen Jahre war ich regulärer Wachmann gewesen, nun hatte ich das vorgeschriebene Alter erreicht. Vom Bezirk war ein Brief gekommen, so klein, daß er in meine Handfläche paßte. Es waren nur zwei Blätter Papier. Der Angestellte vom Telefonraum nahm den Stempel mit meinem Namen, machte ihn im Stempelkissen feucht und drückte ihn auf das eine Blatt. Das behielt er, das andere gab er mir. Ab Ersten kommenden Monats, erklärte er, könne ich zu Hause bleiben. Ich blieb wie angenagelt stehen, dabei hatte ich doch alles verstanden. In den letzten Jahren hatte ich das bei meinen Kameraden mehr als einmal erlebt. Ich würde also nicht mehr abends losgehen, würde nicht mehr auf der Wachstation herumstehen. Ich würde nicht mehr das alte Gewehr, das ich so sehr liebe, in Empfang nehmen, auch nicht die zehn Patronen, würde nicht mehr, mit dem Gewehr über der Schulter, die Runde durchs Dorf machen, nicht mehr in kalten Nächten zu Eis erstarren und in heißen Nächten schwitzen wie im Backofen. Ich würde nicht mehr auf den Bänken vor den Häusern schlafen und bei einem Geräusch nicht mehr in das trostlose Schweigen der Nacht rufen: »Wer ist da? Sag, wer du bist?« Würden mich denn jetzt noch die Leute mit dem schönen Titel »Scheich der Wachmänner« anreden? Gleich nach dem Ausscheiden aus dem Dienst habe ich die Plackerei der Arbeit, Tag und Nacht unterwegs zu sein, vermißt, obwohl ich doch deshalb dauernd den Steinen mein Leid geklagt habe. Mein Einkommen hat auch schrecklich abgenommen, statt wie früher neun

Pfund und ein Viertel an Gehalt zu bekommen, kriege ich jetzt nur noch drei Pfund und drei Viertel Rente. Das hat natürlich Einfluß auf mein Leben, auf das, was ich ausgeben kann, und auch auf die Art, wie die Leute mit mir umgehen. Vom ersten Tag an gab mir der Krämer keinen Kredit mehr. Aber das Ausscheiden aus dem Dienst schmerzt mich noch aus einem anderen Grund. Ich wäre an der Reihe gewesen, zum Scheich der Wachmänner befördert zu werden. Ich war der älteste, und wenn der damalige Scheich in Rente gegangen oder ausgeschieden wäre oder auch gestorben wäre, hätte ich den Posten bekommen. So aber hatte ich das Gefühl von Müßiggang, mir war, als ob ich nicht mehr gebraucht würde. Ich verbrachte die Zeit nur noch auf dem Feld, gleichgültig, ob da was zu tun war oder nicht. Am liebsten hätte ich draußen auch gleich übernachtet, aber das konnten wir uns nicht leisten. Man hätte zwei Abendessen fertigmachen müssen, eins für zu Hause, eins für das Feld, und es hätte auch zweimal Tee und zweimal Frühstück gemacht werden müssen. Deshalb habe ich immer nur zu Hause gegessen, egal, wie spät ich zurückkam. Eines Tags jedoch, als ich am Gehöft vom Gemeindevorsteher vorbeikam – es war im Winter, und der Gemeindevorsteher saß in der Sonne, die man zu dieser Jahreszeit wie seltenes, teures Obst genießt –, da rief er mich jedenfalls, und ich ging hin. Er fragte mich, wie es mir, den Kindern und meinem Haus geht, und ich klagte mich über die schlechten Zeiten aus. Da hat er mich mit der Bewachung seines Gehöfts, der Vorratsschuppen und des Gartens beauftragt. Ich hatte noch gesagt, daß das doch der diensthabende Wachmann zu machen hat, der, der im Telefonraum mit drinsitzt. Richtig, antwortete er, so ist das schon seit seinem Urgroßvater, aber die Zeiten ändern sich eben. Schließlich handelt es sich hier um seinen Besitz, und da kann er sich auch aus eigenen Mitteln einen Wachmann zulegen. Um ihn herum saßen ein paar Männer, welche von denen, die nichts weiter zu tun haben, als ihm zu schmeicheln und bei allem zuzustimmen, was er sagt und tut. Einer von ihnen meinte, der Gemeindevorsteher will mir helfen, er ist eben ein großzügiger und gütiger Mensch. Er will mir kein Almosen geben, weil ich dann verletzt bin. Sein Besitz gehört zum Grund und Boden des Dorfs, und da muß er offiziell von der Wachstation kontrolliert werden. Wer das macht, das kann er selbst bestimmen. Der Gemeindevorsteher ist der Vertreter der Regierung, wenn man da sein Wohl beschützt, ist es, als schützt man die Regierung selbst. Da ist doch wohl klar, so dieser Speichellecker, daß ich diese ausgestreckte Hand ergreifen muß. Gleich am nächsten Tag habe ich mit der Arbeit begonnen. Sein Haus kannte ich schon, aber jetzt war ich der Privatwächter. Über den Lohn hatten wir nicht gesprochen, ich habe einfach auf sein Wort hin angefangen. Die großzügige und gütige Behandlung durch seine letzte Frau hat mich entschädigt, sie gab mir Abendbrot und Frühstück, schickte mir Tee, manchmal auch was zum Rauchen. Für mich war das alles ein Trost in diesen mageren Zeiten.

Heute abend war die letzte Frau krank, sie hat mir nichts geschickt. Ich habe mich nach ihr erkundigt, und da sagte man mir, sie liegt im Bett. Ich habe ihr gute Besserung gewünscht und ging nach Hause zum Abendessen. Irgendwie habe ich das Gefühl, die Frau ist nicht wirklich krank, sondern ein Geheimnis quält sie. In der letzten Zeit war ihr Gesicht so blaß, als gehört sie zu uns, den Armen. Die Augen sahen müde aus, und ständig hat sie gehustet. Sie war »leidend«, wie wir sagen, auch wenn ich nicht weiß, was für ein Leiden das ist und woran es liegt. In unserem Dorf gibt es entweder Arme, die ihren Kummer verstecken, oder es gibt Reiche, und die haben ihre besonderen Geheimnisse – es steht uns nicht zu, darüber etwas zu erfahren.

Wie gesagt, das Klopfen an der Tür hat mich an die anderen Schläge erinnert, auch wenn es da von Schlag zu Schlag Unterschiede gegeben hat. Mancher Schlag traf direkt auf den Kopf und ließ mich gleich ans Ende denken. Im Nu tauchte die Frage auf: Kommt jetzt der Tod, um mich von diesem Leben ausruhen zu lassen? Vor ein paar Tagen, als ich vom Gehöft des Gemeindevorstehers Schüsse gehört habe, habe ich mich gleich mitgefreut. Hat einer im Dorf etwas zum Freuen, dann freuen sich alle. Nie bin ich auf die Idee gekommen, daß es in meinem Dorf schlimm zugehen kann und die Freude des einen Kummer und Not für den anderen bedeutet. Als nun Schüsse vom Gehöft des Gemeindevorstehers zu hören waren, hat das keinen verwundert. Die Reichen haben immer etwas zu feiern, da schließt sich eine Freude an die andere an. Aber dann kam mein Sohn, und er sah so besorgt aus, wie ich ihn noch nie gesehen hatte. Bevor ich erzähle, warum, muß ich Ihnen erst meinen Sohn vorstellen. Er heißt Masri, ist der einzige Sohn. Er hat fünf Schwestern. Er ist gebildet, hat die Schule abgeschlossen, die es in unserem Dorf gibt. Weil mich der Schulbesuch in der Stadt Unterkunft, Essen, Kleidung und Büchergeld gekostet hätte und ich jemanden brauche, der mir auf dem Feld hilft, und im Haus muß auch noch ein Mann dasein, schließlich sind meine Tage gezählt, und jemand muß mich vertreten können, deshalb habe ich beschlossen, daß die Schule hier reicht. Masri war entschlossen weiterzulernen. Er war immer der Erste in der Schule. Die Söhne der reichen Leute sind zu uns gekommen, in unser kleines Haus, um mit ihm die Aufgaben zu lernen. Wir hatten Streit miteinander, beinahe wäre er aus dem Haus gegangen, doch dann haben wir uns auf eine Mittellösung geeinigt. Masri nimmt aus der Ferne am Unterricht teil, lernt bei den Schülern, die jeden Tag zur Oberschule in die Stadt fahren. Auch dabei hatte er Erfolg, war wieder der Erste. Als nun also Masri erschien, sah er sehr besorgt aus. Ich fragte ihn, was da los ist. Weshalb diese Freudentriller und Schüsse? Das ist der schwärzeste Tag in unserem Leben, antwortete er. Ich war überrascht. Aber dann sagte er, daß ein Gerichtsbeschluß über die Rückgabe des Bodens, der bei der Landreform dem Gemeindevorsteher weggenommen und an die Bauern verteilt worden war, erlassen worden ist. Die Polizei wird ihnen den Boden wegnehmen und ihn wieder an den Gemeindevorsteher zurückgeben. Ich stellte mir vor, daß sich nur die Besitzverhältnisse ändern, also der Gemeindevorsteher praktisch an Stelle der Landreform tritt. Aber da lachte Masri nur bitter. Er versicherte mir, der Gemeindevorsteher hat jedem, der ihm gratulieren kam, gesagt, er würde kein Stückchen Land zurücknehmen, auf dem noch ein Pächter sitzt. Er will den Boden für sich haben und darüber voll verfügen. Er will ihn bestellen, will darauf bauen, vielleicht auch ganz oder teilweise verpachten können. Ich blickte zu meinem Feld hinüber – drei Feddan. Ein kleines, viereckiges Stückchen Land, das ich seit wer weiß wie vielen Jahren bestelle. Ich schaute zum Stall, zum Wasserschöpfwerk. Das alles habe ich zusammen mit den Nachbarn gebaut. Da waren die Kampferbäume und Kanäle, die das Feld eingrenzen. Uns beiden, mir und Masri, wurde ganz schwach, ihm offenbar noch mehr als mir. Dabei war er immer stärker als ich, aber jetzt sah er kraftlos und verloren aus. Ich wußte nicht, was ich machen sollte, hätte so gerne vor Masri als unerschrockener und tatkräftiger Mann dagestanden. Das ist doch alles nur Geschwätz von Leuten, die nichts zu tun haben und den lieben langen Tag herumtrödeln, sagte ich. Niemand wird uns dieses Stück Land wegnehmen, und Masri beendete das Gespräch mit den Worten, für ihn ist das Thema erledigt, denn keine Macht in ganz Ägypten wird es schaffen, uns von dem Boden herunterzubekommen. Er ging weg, setzte sich am Anfang des Felds hin. Er steckte die Beine in den Kanal und fing an, Steinchen ins Wasser zu werfen. Er schaute zu, wie die kleinen Kreise größer wurden und die großen Kreise am Rand zerplatzten. Ich hatte noch viel Arbeit. Es waren die letzten Frühjahrstage, der Geruch des Sommers lag schon in der Luft und über den Feldern, die voller Schätze steckten. Das waren die schönsten Tage im Jahr, aber es gab auch viel zu tun. Wie oft habe ich morgens geglaubt, daß der Tag nicht ausreichen wird, um all das zu schaffen, was ich mir vorgenommen habe. Ich sah noch immer zu Masri und dem Feld hinüber und fühlte plötzlich, daß ich gar keine Lust mehr hatte, irgend etwas anzufangen. Ich nahm Hacke und Sichel, stellte alles unter dem Baum ab und ging zum Becken des Schöpfwerks, in dem etwas Wasser stand. Ich wusch mir das Gesicht und die Füße, überließ das Gesicht dem Abendwind, damit es trocknet. An sich hatte ich mich reinigen wollen, um alle Gebete nachzuholen, die ich tagsüber versäumt hatte. Aber ich war so verwirrt und zerstreut, daß ich nicht konnte. Ich sah zum Gehöft hinüber. Der Büffel, die Kuh und die Hammel wirkten verwaist. Wir standen beide auf, ich und Masri, und gingen früher als sonst nach Hause. Ich war über mich selbst verwundert, denn normalerweise höre ich erst auf zu arbeiten, wenn das Feld im Dunkeln verschwindet. Mir kam es vor, als schimpften mich die Bäume, Kanäle und die braune Erde aus, weil ich sie so früh verließ. Vor dem Haus des Gemeindevorstehers war solch ein Gedränge, daß wir nur mühsam weitergehen konnten. Ein Wachmann hielt uns an und drängte uns, etwas zu trinken. In den Gläsern war eine rote Flüssigkeit, die nach Wermut roch. Masri trat an den Wachmann heran, schob ihn aus dem Weg. Fast sah es aus, als würde es eine Schlägerei geben, aber da es etwas zu feiern gab, lachte der Mann nur über uns. Dabei hatten wir doch die Freigebigkeit des Gemeindevorstehers abgelehnt. Zu Hause wurde dann die Geschichte für uns etwas klarer. Es kamen andere Bauern, die auch Reformland gepachtet hatten, und die sagten, daß gegen uns ein Beschluß gefaßt worden ist, obwohl man uns nicht angehört hat. Das Urteil war sozusagen in Abwesenheit gefällt worden. Man hat uns nicht vorgeladen, weil wir damit angeblich nichts zu schaffen hatten. Der Gemeindevorsteher hat gegen die Regierung geklagt, was haben wir damit zu tun? Ein Bauer meinte, wir haben das Recht, das Urteil anzufechten, aber jemand anders erwiderte, dafür ist es zu früh. Wir sollten warten, bis der Gemeindevorsteher die Kopie der Urkunde hat und die Maßnahmen wirklich einsetzen. Wenn das der Fall ist, sagte er, fangen wir an, uns gemeinsam zu wehren. Mit einer Hand kann man nicht klatschen, also ist klar, daß wir zusammenstehen müssen. Es war auch eine Bäuerin dabei, ihr Mann ist gestorben, und sie ernährt nun ihre Kinder allein. Die Frau sagte, daß niemals das Wasser nach oben fließt, und der Gemeindevorsteher, was wir auch tun, uns den Boden wegnehmen wird. Da packte Masri der Zorn. Niemals, sagte er, wird das geschehen, und wenn wir den Boden mit unserem Leben bezahlen müßten. Am nächsten Tag redete das ganze Dorf nur über die Geschichte mit der Rückgabe des Bodens. Es gingen eine Menge Gerüchte um, die alle nur um eins kreisten: Der Gemeindevorsteher war entschlossen, den Boden zurückzubekommen.

Das Klopfen an der Tür brachte mich fast um den Verstand. Drei Tage hatten wir in Angst und Bange verbracht. Die Leute sagten, jeder Tag ist bei der Regierung so lang wie ein Jahr, also wird die Kopie der Urkunde erst in drei Jahren oder noch später beim Gemeindevorsteher eintreffen. An dem Tag, als der Beschluß bekannt wurde, hat sich der Gemeindevorsteher ein Auto bestellt. Der Angestellte vom Telefonraum ist mit eingestiegen. Sie sind in Richtung Bezirksstadt weggefahren. Alle sagten, wenn er zurückkommt, hat er die Kopie, und dann kann er am nächsten Tag den Beschluß durchführen. Mein Nachbar hat mir aber versichert, daß er den Gemeindevorsteher bei seiner Rückkehr beobachtet hat, und da war von der Kopie nichts zu sehen. Er hat irgendwie zerstreut ausgesehen, so, als würde ein ganzer Berg von Sorgen auf ihm lasten. Am dritten Tag kamen der Polizeioffizier und mit ihm drei Soldaten geritten, und zwar auf den weißen Pferden der Regierung, die immer, wenn sie erscheinen, Angst in den Herzen erregen. Der Offizier ließ alle Pächter von Reformland, gleich, wo sie waren, zusammenholen und hat uns dann auf dem Gehöft des Gemeindevorstehers, im Waffenraum, versammelt. Kurz zusammengefaßt, sagte er folgendes: Es liegt ein Beschluß vor, unseren Boden dem Gemeindevorsteher zu übergeben, weil der grundsätzlich ihm gehört. Der Boden war vor der Enteignung an niemanden verpachtet, und deshalb geht er auch ohne Pächter an den Gemeindevorsteher zurück. Falls jemand einen Pachtvertrag aus der Zeit vor der Enteignung hat, kann er bleiben. Aber alle Verträge von der Bodenreform sind ungültig, und der Boden muß dem Gemeindevorsteher sofort zurückgegeben werden. Er, der Offizier, hat als Angehöriger der Polizei nicht vergessen, daß auch er Ägypter ist und wir alle seine große Familie sind. Deshalb hat er es vorgezogen, uns wie eine Familie zu dieser Versammlung einzuladen, um uns in aller Freundschaft die Forderung mitzuteilen. Wenn wir richtig verstanden haben, dann wird alles bestens. Wenn wir uns aber weigern, dann steht zwischen ihm und uns das Gesetz. Es ist ganz klar, eindeutig, endgültig, daß kein Weg darum herumführt, dem Gemeindevorsteher seinen Boden zurückzugeben. Er, der Herr Offizier ganz persönlich, wird als Vermittler auftreten, damit sich der Gemeindevorsteher unserer Probleme annimmt. Er wird nicht damit einverstanden sein, daß wir ohne Boden sind. Wir sind eine Familie, und unser Leben wird von Liebe und nicht von Haß bestimmt. Hier herrscht Brüderlichkeit und nicht Zwietracht. Einer von uns stand auf und sagte: Was wird aus uns und unseren Kindern? Der Offizier antwortete: Ihr habt Gott, und außer Gott noch den Gemeindevorsteher. Er wird den verantwortlichen Stellen unsere Lage schildern, damit die sich unserer annehmen. Ägypten wird seine Söhne nicht ohne Boden und Arbeit lassen. Ägypten verhält sich hochherzig zu den Fremden, um wieviel mehr wird es sich so zu den eigenen Söhnen verhalten. Ein anderer Bauer sagte: Das ist doch aber eine Ungerechtigkeit. Darauf der Offizier: Es gibt einen Gerichtsbeschluß, und der muß verwirklicht werden. Was Gerechtigkeit oder Ungerechtigkeit betrifft, so wird das eben im Gericht entschieden, denn immerhin leben wir – dem Herrn sei Dank dafür – in einem Zeitalter, wo das Gesetz regiert. Keiner darf sich über das Gesetz erheben. Der Beschluß ist durchzuführen, und wenn einer im gesetzlichen Rahmen Beschwerde einlegen will, dann erst, wenn die Durchführung beendet ist. Gibt es ein Urteil zu unseren Gunsten, dann wird uns der Boden sofort wieder übereignet werden. Er selbst wird dann diesen Beschluß durchführen lassen, das verspricht er.

Gott sei Dank war Masri nicht dabei. Ich weiß nicht, was er mit dem Offizier gemacht hätte, wenn er mitgekommen wäre. Im Versammlungsraum brach Tumult aus, es wurde gestritten, geschrien und geweint. Mitten hinein sagte der Offizier: Seine Aufgabe ist die Durchführung des Beschlusses, und das beste ist, den Boden friedlich zu übergeben, er wird uns noch zwei Tage Frist geben. Wer den Boden in

Frieden aufgibt, dem wird nichts geschehen, wer aber sich weigert, gegen den muß der Offizier mit gesetzlichen Mitteln vorgehen, notfalls sogar mit Waffen. Es herrschte Aufruhr, aber der Offizier straffte den Oberkörper, setzte seine Schirmmütze auf und erhob sich. Die Soldaten, die mit ihm gekommen waren, und die Wachmänner salutierten. Er ging los, hinüber zum Gemeindevorsteher. Wir verließen den Raum und schlugen vor lauter Staunen die Hände ineinander. In der Menge wurden verschiedene Meinungen laut, offenbar hatte der Offizier genau das beabsichtigt. Manche verkündeten, sie werden Ägypten verlassen, weil jetzt das Unrecht um sich greift. Die nehmen von dem, der nichts besitzt, und geben dem, dem schon die ganze Welt gehört. Andere wieder meinten, es ist ehrenvoller für uns, daß wir Boden und Vieh verkaufen und von dem Geld Waffen besorgen, um zu kämpfen, selbst gegen die Regierung. Der Wortführer versicherte, daß der Offizier, wenn sich das in Oberägypten zugetragen hätte, den Raum nicht lebend verlassen hätte, und wäre da eine ganze Armee zur Bewachung gewesen. Wir sind auseinandergegangen, ohne uns auf etwas zu einigen. Das war um die Mittagszeit gewesen. Ich bin nicht mehr aufs Feld gegangen. Am späten Nachmittag kam dann Masri mit dem Vieh. Ich war die ganze Zeit über allein geblieben, war auf und ab gegangen. In meinem Kopf war alles verwirrt, ich wußte nicht, was ich tun sollte. Was für die anderen gut ist, sagte ich mir, ist auch für mich gut. Aber ich hatte besondere Beziehungen zum Gemeindevorsteher, ich war doch sein Wachmann, ging jeden Abend hin. Nein, sagte ich mir, ich werde das so lange nicht mehr machen, bis ich weiß, was er mit uns allen vorhat. Meine Frau beobachtete mich besorgt. Sie meinte, der Gemeindevorsteher würde uns den Boden bestimmt lassen. Schließlich bin ich sein Wachmann, und er mag mich. Ich schrie sie an, lehnte das ab. Ich faßte den Entschluß, meine Hand in die Hände der anderen zu legen, was auch immer geschieht.

Und dann dieses Klopfen an der Tür. Ein heftiges Klopfen. Der Hund, der gleich an der Tür schlief, sprang erschrocken auf, bellte laut los und wollte die Zähne ins Holz schlagen.

Ich stand auf, öffnete. Der diensthabende Wachmann aus dem Telefonraum hatte geklopft. Der Gemeindevorsteher will mich in einer wichtigen Sache sprechen, sagte er. Ich habe nicht lange überlegt, zog die Sandalen an. Doch da erklärte meine Frau, der Tee ist fertig. Der Wachmann setzte sich hin, und wir tranken zusammen Tee. Dann sind wir losgegangen. Ich dachte, bestimmt hat der Gemeindevorsteher auf einem seiner Felder eine Arbeit für mich, die ich morgen machen soll, und das wollte er mir noch vor dem Schlafengehen mitteilen. Wir kamen im Gemeindebüro an. Der Angestellte vom Telefonraum war da. Der Wachmann sagte, er hat mich hergebracht, weil der Gemeindevorsteher mich sprechen will. Der Angestellte bat mich, Platz zu nehmen, was mich sehr verwunderte. Dann schickte er den Wachmann los, damit er uns Tee bringt. Er rutschte auf dem hohen Sofa beiseite, um mir Platz zu machen. Weil ich noch immer zögerte, nahm er meine Hand und zog mich an seine Seite. Er fing an, über alles mögliche zu sprechen – was für ein gütiger Mensch der Gemeindevorsteher ist, daß er mich ganz besonders mag, daß er tausenderlei Dienste den Bewohnern des Dorfes erwiesen hat. Kein Haus gibt es im Dorf, dem er nicht schon geholfen hat. Aber, so immer noch er, das Auge haßt den, zu dem es aufschauen muß. Das war schon immer so in Ägypten. Der Gemeindevorsteher hat über mich gesagt, ich bin eine Sache und alle anderen eine ganz andere. Deshalb hat er jetzt abends nach mir geschickt, er will, daß ich ihm einen kleinen Dienst erweise. Er ist sich sicher, ich werde nicht ablehnen, denn dieser kleine Dienst liegt im Rahmen meiner Möglichkeiten. Allmählich fing ich an, mich zu ärgern. Wozu dieses ganze Herumgerede? Seit wir auf die Welt gekommen sind, war der Gemeindevorsteher immer der Sohn eines Gemeindevorstehers, kam er immer aus der Familie der Gemeindevorsteher. Wir aber wurden erschaffen, um das ganze Leben lang mit der Hacke umzugehen. Wenn wir sterben, stecken wir mit dem Fuß im Lehm, und vor lauter Bücken ist der Rücken krumm. Das ganze Leben stehen wir gebeugt. Es war immer so, daß der Gemeindevorsteher den Finger hebt, und schon legen wir los. Der braucht nicht lange zu reden, keine einzige Sekunde braucht er das. Ich bekam Angst, im ganzen Körper kribbelte es, ähnlich wie von Ameisen, wenn wir nachts auf dem Feld schlafen und alles mögliche Ungeziefer auf unseren Leibern herumwimmelt. Ich wollte dem Angestellten das erzählen, aber er sprach immer weiter, und da schwieg ich. Dann kam der Gemeindevorsteher. Ich stand auf. Ich sah, daß er mir die Hand entgegenstreckte. Er schüttelte sie. Irgend etwas, sagte ich mir, muß passiert sein. Bestimmt hat die Regierung den Beschluß über die Rückgabe des Bodens zurückgenommen. Ich freute mich, fühlte, wie ich mich nach diesem Boden sehnte. Ich stellte mir vor, wie ich gleich morgen wieder mit meinem Vieh hinausgehe. Die weiche, gepflegte Hand des Gemeindevorstehers lag in meinen harten Handflächen, die rissig waren wie unbewässertes Land. Die Ringe an seinen Fingern hatten Steine, und die Steine drückten mich. Die Hand des Gemeindevorstehers war schwer, sie sah fett aus, hatte pralles Fleisch und fühlte sich warm an. Ich schob mich näher heran, um sie zu küssen. Meine Lippen tauchten ein in die Falten von Fleisch. Seit dem letzten Fest, erinnerte ich mich, hatte ich kein Fleisch mehr gegessen. Schnell wollte ich in Gedanken durchzählen, wieviel Monate das her sein mußte, aber mein müder Kopf schaffte die schwierige Rechnerei mit Tagen und Monaten nicht. Der Gemeindevorsteher ließ mich die Hand küssen. Er denkt, das macht uns glücklich, deshalb hält er sie uns immer ganz lange hin. Ich küßte sie auch lange. Doch dann sagte er: »Gott bewahre, mein Sohn!« Er streckte die andere Hand aus, tätschelte mir den Rücken, ließ sie dort liegen, in der Gegend der Wirbelsäule. Ihr Gewicht sagte einem, daß das noch eine Hand aus guten alten Zeiten war, eine fette Hand. Nimmt man meine Hand, oder die von tausend anderen, denen es so wie mir geht, dann ist da nichts außer Haut auf den Knochen. Ein bißchen hatte ich Angst, daß ihn meine Knochen, die spitz wie Nägel oder Stacheln hervorstehen, schmerzen, aber da zog er schon beide Hände weg, die linke von meinem Rücken, die rechte aus meiner Hand. Er ging zum Sofa. Als er sich setzte und seinen Gilbab zusammenraffte, glaubte ich nicht richtig zu sehen. Das war genug Stoff, um für mich und meine ganze Familie daraus Kleidung zu machen. Er forderte mich auf, neben ihm Platz zu nehmen. Ich griff nach dem Saum meines ziemlich engen Gilbabs und setzte mich neben dem großen Sofa auf den Boden. Da schwor er bei der Gnade aller seiner teuren Toten, daß er das nicht zuläßt. Er packte meine Hand, zog mich zu sich hoch. Ein Wink, und alle anderen verschwanden, nur der Angestellte vom Telefonraum blieb. Auf dem kleinen Tisch vor uns stand eine Kanne mit Tee, und es gab drei große Teegläser mit einem goldenen Band in der Mitte. Als alle anderen hinausgingen, war ich höchst beunruhigt. Ich hatte Angst vor dem, was da geschah, und wünschte mir sehnlichst, daß einer von den beiden zu sprechen anfängt, damit die Warterei ein Ende hat und mir wegen all meiner bänglichen Fragen nicht mehr der Kopf wie ein Bienenstock summt. Dieses ganze ehrenvolle Getue wird nicht ohne Grund sein, dachte ich, da steckt doch irgend etwas dahinter. Ich war froh, als endlich alle Höflichkeitsfloskeln vorbei waren und der Angestellte direkt zum Thema kam. Der Dienst, sagte er, den der Gemeindevorsteher von mir will, ist schwer und leicht zugleich, ist kompliziert und einfach in einem. Es liegt nur an mir, und ob ich bereit bin zu helfen. Wir sind immer dem Gemeindevorsteher zu Diensten, sagte ich, woraufhin der Angestellte erst schwieg und dann den Gemeindevorsteher bat, selbst zu sprechen, damit ich glaube, daß er persönlich etwas von mir will. Der Gemeindevorsteher räusperte sich. Dann holte er ein Taschentuch, dünn wie Zigarettenpapier, heraus. Der Duft von Parfüm verbreitete sich im Raum. Er spuckte hinein, räusperte sich noch einmal. Ich merkte, daß ich einen Mann vor mir hatte, der sich sein ganzes Leben lang immer satt essen konnte und dessen Schlund jetzt vor lauter Essen verstopft war. Er hatte Schwierigkeiten mit der Stimme, weil die mit dem ganzen Geruch von Fleisch, Geflügel, Fett und gebratenen Zwiebeln beladen war. Der Gemeindevorsteher rückte näher an mich heran, fragte mich, was ich zum Thema Bodenrückgabe beschlossen hatte. Ich war erleichtert, endlich war der Zweck von all dem Hin und Her erreicht. Wir haben, sagte ich, noch nicht beschlossen, was wir tun werden. Bei dem Wort »wir« stutzte er.

»Wer – wir?« fragte er.

Ich sagte, wir, das sind die Bauern, die vom Boden vertrieben werden. Wir haben noch nicht entschieden, was wir machen. Die meisten von uns neigen dazu, falls notwendig, dem Offizier auch Widerstand zu leisten. Er wurde nicht wütend, sondern schien insgeheim zu lachen. Dann sagte er, daß ich anders als die anderen behandelt werden würde. Ich erwiderte, ein Mensch ist durch sein Wort gebunden. Gibt ein Mann sein Wort, dann gibt er sein Leben. Ich habe zusammen mit den anderen beraten, also muß ich auch zu ihnen halten. Weiter kam ich nicht. Ich würde eine andere Behandlung erfahren, unterbrach er mich, weil ich ihm einen Dienst erweisen soll. Wenn er mit mir eine Ausnahme macht, dann nicht um meiner schwarzen Augen willen. Der Dienst, den er von mir will, ist, daß Masri eine kleine Aufgabe anstelle des Sohns seiner jüngsten Frau übernimmt, die, die mir immer Abendbrot und Frühstück gibt und sich wie eine Tochter um mich kümmert. Tatsächlich liebt sie mich wie einen Vater, sagte er. Wenn Masri die Aufgabe übernimmt, bringt das unendlich viel Gutes. Der Angestellte mischte sich ein. Der Gemeindevorsteher erwartet meine Zustimmung, und natürlich wird alles gut bezahlt. Ich brauchte nur zuzustimmen, dann werde ich alles Weitere genau erfahren, auch was ich vom Gemeindevorsteher bekomme. Sie redeten und redeten, und ehe ich die ganze Geschichte begriffen hatte, verging die halbe Nacht. Ich saß da, hörte den abendlichen Lärm auf der Hauptstraße, die am Gehöft des Gemeindevorstehers vorbeigeht. Leute riefen sich etwas zu, Kinder kreischten, Männer schlossen Wetten ab. Einer suchte ein verlorengegangenes Huhn, ein anderer einen Hammel, der auf dem Rückweg vom Feld weggelaufen war. Ein dritter Mann fragte nach einem Bauern, der bei ihm Schulden hatte, ein vierter klagte darüber, daß sich in seiner Tasche und seinem Haus kein einziger Millim mehr finden läßt. Inmitten all dieses Rumors saß ich da und schluckte Tropfen um Tropfen von dem Gebräu, das sie mir vorsetzten. Der Angestellte sagte, was da von Masri verlangt wird, ist im Nu erledigt. Er geht in die Bezirksstadt, bekommt dort anstelle des jüngsten Sohns des Gemeindevorstehers ein wichtiges Papier und kommt wieder zurück. Das Geld für die Hin- und Rückfahrt gibt ihm der Gemeindevorsteher. Der fügte nun seinerseits noch etwas hinzu, was der Angestellte vergessen hatte. Masri soll das Papier, das für ihn keinerlei Bedeutung hat, noch am gleichen Tag in Alexandria abgeben, und dann kommt er, noch vor Sonnenuntergang, zurück. Für Masri ist das eine Kleinigkeit, der schafft doch noch viel mehr. Ich hatte mich insgeheim gefragt, warum nicht der Sohn des Gemeindevorstehers selbst in die Bezirksstadt geht. Jetzt fragte ich laut, und da kam der erste Schlag. Masri soll tun, so der Angestellte, als ob er der Sohn vom Gemeindevorsteher ist. Angst schlich sich in mein Herz. Ich fragte, was das für ein Papier ist.

»Der Rekrutierungsbescheid«, antwortete der Gemeindevorsteher, wobei er mit der Hand durch die Luft wischte, als ob das eine Sache ohne die geringste Bedeutung ist. Noch bevor ich wirklich begreifen konnte, fragte der Angestellte, ob ich einverstanden bin. Ich griff mich an den Kopf, wollte damit andeuten, wie verwirrt mein Verstand war. Der Gemeindevorsteher gab ihm ein Zeichen, und da hob der Angestellte den Deckel vom Topf, und ich bekam auf einen Schlag die ganze Geschichte zu riechen. Die Wörter purzelten nur so heraus, und weil er aufgeregt war, verspritzte er weiße Tröpfchen Spucke. Ein paar davon sammelten sich in einer Ecke seines Mundes und auf seiner Zunge, und wenn dann genügend angesammelt war, bekam ich alles ab, auf meine Kleidung und ins Gesicht. Verzweifelt bemühte ich mich, seiner Rede folgen zu können. Mehrmals versuchte ich, ihn zu stoppen, damit ich alles verstehe. Er war einfach zu schnell. Schließlich war ich nicht einmal mehr fähig, den Mund aufzumachen. Meine Kinnladen versagten den Dienst. Ich ließ die Hände fallen. Ein dicker Schweißtropfen kullerte vom Hals auf die Brust, unter meinen Gilbab. Ich merkte, wie er sich durch die Haare quälte und dann schnell weiter nach unten rutschte. Je länger er unterwegs war, um so kälter wurde er. Der Angestellte sagte: Vor zwei Tagen ist die Aufforderung für den Sohn des Gemeindevorstehers, der im gleichen Alter wie Masri ist, gekommen, daß er zur Armee eingezogen wird, richtiger gesagt, daß er seinen Militärdienst machen soll. Aus bestimmten Gründen, die hier nicht erklärt werden können, weil das zu lange dauert und es auch zu schmerzlich ist, will der Gemeindevorsteher seinen Sohn nicht losschicken. Bestimmte Umstände für diese Entscheidung kenne ich sicherlich, denn der Gemeindevorsteher hat mich immer behandelt, als gehöre ich zu seiner Familie. Deshalb hat er ja auch mich und keinen anderen als seinen Wachmann ausgesucht. Der Gemeindevorsteher hat nach allen möglichen Lösungen gesucht, hat aber keinen Ausweg gefunden. Ich weiß bestimmt, was das heißt, keinen Ausweg mehr zu kennen. Wenn der Sohn zur Armee geht, ist für den Gemeindevorsteher sein Haus, seine Familie, alles, was er aufgebaut hat, zerstört. Schließlich sind sie beide, der Gemeindevorsteher und er, doch auf eine Lösung gekommen, die überhaupt nicht schwer ist, nämlich daß eine andere Person anstelle des Sohns gehen muß. Da der Gemeindevorsteher mich lieber hat als seinen eigenen Bruder und er Masri als seinen Sohn betrachtet, soll Masri anstelle des Sohns des Gemeindevorstehers zur Rekrutierung gehen. Stimme ich zu, dann ist der Gemeindevorsteher bereit, mit mir über alles zu reden. Er wird mir geben, was ich verlange, ist er doch in der Lage, selbst Unmögliches fertigzubringen. Wichtig ist nur, daß ich dieser kleinen Bitte zustimme.

»Bist du einverstanden?«

Tiefes Schweigen. Dann fragte ich: »Mit was?«

Das war genau meine Frage. Jeder von beiden sah den anderen an. Auf dem Gesicht des Gemeindevorstehers zeichnete sich langsam Wut ab. Der Angestellte bat ihn, ruhig zu bleiben. Nur ganz allmählich begriff ich, was für einen »kleinen Dienst« sie von mir, oder genauer gesagt, von Masri, forderten. Mein einziger Sohn, von einem Haufen von Töchtern, sollte anstelle des Sohns des Gemeindevorstehers, der einer von vielen Söhnen war, Rekrut werden. Unaufhörlich bestürmten sie mich, mein Wort zu geben. Aber ich wollte weder gleich ablehnen noch gleich zustimmen. Wie immer, wenn ich vor schweren Problemen stehe, die Nachdenken erfordern, bat ich um eine Frist. Das lehnten beide ab. Der Angestellte sagte, ich will bestimmt nur Zeit gewinnen, um mich mit jemandem zu beraten und eine andere Meinung einzuholen, und das würde dem Gemeindevorsteher schaden. Entweder lehne ich den Vorschlag ab, oder ich stimme ihm zu, aber in beiden Fällen muß diese geheime Angelegenheit wie in einem tiefen Brunnen versenkt bleiben.

»Was ist mit der Hauptperson?«

»Mit wem?«

»Masri.«

»Wieso?«

Der Angestellte erklärte, Masri soll alles nur nach und nach erfahren, auf keinen Fall auf einmal. Niemand kann wissen, wie sich Masri gegenüber dieser Bitte verhalten wird. Die jungen Leute von heute sind unergründlich wie das tiefe Meer. Ich sagte, ich will mich mit mir selbst beraten, will in Ruhe nachdenken. Das kann ich auch hier tun, schlugen sie vor. Wenn ich bis morgen mit meiner Antwort warte, wird das schon in Ordnung gehen, antwortete ich. Ich weiß nicht, warum ich diesen Satz gesagt habe. Einer meiner schlimmsten Fehler ist es, daß mir manchmal Sachen herausfahren und ich gar nicht genau weiß, was sie bedeuten. Trotzdem freute ich mich, ich durfte gehen. Endlich waren sie bereit, mich in Ruhe zu lassen. Ich wollte aufstehen, aber der Gemeindevorsteher hielt mich fest. Die Welt, sagte er, ist ein Geben und Nehmen, und wer etwas tut, der bekommt auch seinen Lohn. Ob ich ablehne oder zustimme, ich kriege ein Entgelt. Wie ich mich entscheide, das hängt nur von meinem Gewissen ab, auch wenn er darüber unglücklich wäre, wenn ich ihn in dieser schwierigen Lage ohne Lösung sitzenlasse. »Wieviel Reformland hast du?« fragte er.

»Drei Feddan.«

Ich wies noch darauf hin, daß ich einen Pachtvertrag habe,

der im Register der Genossenschaft eingetragen ist. Seit fünf Jahren hören wir nun schon, die Landreform wird uns den Boden als Eigentum geben und die gezahlte Pacht wird mit dem Preis verrechnet. Aber die Tage verstreichen, und der Traum erfüllt sich nicht. Statt dessen haben wir nun von diesem Schicksalsschlag gehört, daß uns der Boden weggenommen wird. Der Angestellte unterbrach mich. Ihr, sagte er, und damit meinte er mich und den Gemeindevorsteher, ihr seid eine Familie geworden, denn der Dienst, den ich dem Gemeindevorsteher erweise, verbindet das Blut von zwei Familien zu einem Blut. Über diese Lüge und Heuchelei konnte ich innerlich nur lachen. Seit meiner Kindheit weiß ich, daß das Blut in den Adern des Gemeindevorstehers blau wie der bewölkte Winterhimmel ist und gut duftet. Aber das Blut von unsereinem, der anstelle eines Abendessens gleich zu Bett geht, ist rotes, schmieriges, stinkendes Blut. Wahrscheinlich sah mein Gesicht spöttisch aus, denn der Angestellte bemühte sich, mir es noch einmal genauer zu erklären. Er sagte, daß er das mit dem einen Blut ehrlich meint, denn wenn Masri anstelle des Sohns des Gemeindevorstehers zur Armee geht und dessen Blutspflicht nachkommt, dann ist das der größte Beweis dafür, wie sehr sich jetzt Ägyptens Söhne lieben. Früher hat es das nicht gegeben, selbst nicht in den Jahrhunderten vor der Zeitrechnung.

»Was auch geschieht, du wirst nicht von deinem Boden vertrieben«, mischte sich der Gemeindevorsteher ein. Er wiederholte das dreimal. Er holte das kleine vergoldete Buch aus der Brieftasche, das er zusammen mit Zehnpfundnoten, scharfkantig wie Messer, dort aufbewahrte. Ich hinderte ihn daran, auf das Buch zu schwören. Daraufhin sagte er, er wird den Pachtvertrag, der im Verlauf der Bodenreform ausgestellt wurde, aufheben, und dann kann niemand mehr etwas sagen. Ich werde den Boden behalten und ihn bestellen. Da er, der Gemeindevorsteher, den Boden einbringt, ich aber die jährliche Arbeitsleistung von mir und meinen Kindern, teilen wir uns in den Ertrag und die Kosten, wobei vom Ertrag natürlich die Bodenpacht abgeht, die ich ihm schulde. Die Pacht wird nicht, wie sonst üblich, jährlich berechnet, sondern richtet sich nach dem, was angebaut wird. Die Pacht für angepflanzte Baumwolle wiegt nicht die für angepflanzten Klee auf. Der Gemeindevorsteher holte weiter aus. Rechnen wir doch mal nach, sagte er, was du so bekommen wirst. Du hast einen Feddan und bist ein geschickter Bauer, läßt die veralteten Methoden sein, kümmerst dich nicht um das leere Geschwätz von Nationalproduktion, Interessen des Landes, Exportnotwendigkeiten, nie enden wollenden Plänen, lehnst die Methode der regelmäßigen Rotation von Kulturen ab, dann bringt dir der eine Feddan tausend Pfund im Jahr, weil du nämlich eher Gartenwirtschaft betreibst. Selbst bei der üblichen Anbauweise bekommst du mindestens sechshundert Pfund im Jahr raus, ich kann das sogar noch tiefer ansetzen, also nehmen wir an, der eine Feddan bringt dir nur vierhundert Pfund, man muß ja Pestizide, Dürrezeiten, Mißgunst, aber auch Schmiergelder und ähnliche Erleichterungen berücksichtigen, dann sind das immer noch zweihundert Pfund für dich. Bei drei Feddan sind das dann stattliche sechshundert Pfund. Während Masri Rekrut ist, erhältst du tausendachthundert Pfund oder auch so knappe zweitausend, wobei ich dir nicht einmal solche Sachen wie Vieh, Holz, Essen berechnen werde, denn wir sind schließlich eine Familie. Wenn du Erfolg zeigst und bei der Arbeit geschickt bist, ist es durchaus möglich, daß ich dir noch anderen Boden zur Verfügung stelle. Das wäre dann kein schriftlicher Vertrag, sondern eine geheime Absprache zwischen uns beiden. Ich werde einfach sagen, du arbeitest auf meinem Boden gegen Lohn. Und dann geht ja noch – so der Gemeindevorsteher – die Bewachung des Gehöfts weiter, also zehn Piaster pro Nacht, das macht drei Pfund monatlich. Da hat er, der Gemeindevorsteher, ein sicheres Gefühl und weiß, keiner traut sich an seinen Besitz heran. Das bedeutet, ich kriege drei Pfund im Monat nur dafür, daß ich bei ihm und nicht zu Hause schlafe. Aber weil ich ihm solch einen großartigen Dienst erweisen werde, hat er beschlossen, die Summe zu verdoppeln, er wird mir also zwanzig Piaster pro Nacht geben. Das sind dann sechs Pfund im

Monat, was so viel ist wie die Rente, die ich von der Regierung bekomme. Macht man die einfache Rechnung auf, so habe ich an jedem Ersten des Monats zwölf Pfund in der Hand, und das ist mehr, als ein Grundschullehrer oder ein Postangestellter oder ein Aufseher bei der Genossenschaft hat, und nur etwas weniger, was der Herr Offizier vom Stützpunkt kriegt, der immerhin die Verantwortung für die treuen Diener Gottes trägt. Er will die Rechnung aber noch vervollständigen, wobei er keineswegs neidisch auf mich ist, denn nur schamlose Leute sind neidisch, also um mal weiterzurechnen: Meine Familie wird zweiundsiebzig Pfund im Jahr zur Verfügung haben, das heißt, in drei Jahren wären das zweihundertsechzehn Pfund. Nehmen wir das Geld von der Bestellung des Bodens dazu, dann sind das zweitausendundsechzehn Pfund. Wenn Masri in der Armee ist, bekommt er drei Pfund und zehn Piaster an monatlichem Sold. Wahrscheinlich ist es kinderleicht, ihm, wenn er durch irgendeine Vermittlung zum militärischen Nachrichtendienst kommt, einen Verpflegungs- und Kleidungsaufschlag zukommen zu lassen. Da hat er dann fünfzehn Pfund monatlich, ganz abgesehen davon, daß er nichts für Essen und Verkehrsmittel ausgeben muß und weder für sich noch die Familie sorgen muß. Zu erwarten ist also ein Gehalt von einhundertachtzig Pfund jährlich, was über die ganze Dienstzeit gesehen fünfhundertvierzig Pfund macht. Nun kann man ganz einfach zusammenrechnen, und da kommen dann zweitausendfünfhundertundsechsundfünzig Pfund am Schluß raus. Jetzt ist Ende Juni 73. Wenn Masri am 1. Juli einrückt, kommt er am 1. Juli 1976 wieder zurück. Das ist eine so kurze Zeitspanne im Leben, daß man kaum mitkriegt, wie sie vergangen ist, sozusagen ein knapper Augenblick. Will er zu diesem Datum aber nicht entlassen werden, dann dient er ab 1. 7. 1976 in den bewaffneten Streitkräften und bekommt das hohe Gehalt, also mindestens zwanzig Pfund, viele haben sogar vierzig Pfund, das hängt ab von Empfehlungen und Belobigungen der Führung, aber auch von der Geschicklichkeit des Soldaten und seiner Fähigkeit, möglichst viele Tressen, Auszeichnungen und Orden zu erwerben. Das Gehalt wird bis zu seinem Ausscheiden gezahlt, und an dem betreffenden Tag legt ihm dann der Kompaniechef eine Liste vor, und er kann völlig frei entscheiden. Erste Möglichkeit: Er bleibt bei der Armee und wird ein »Verlängerter«, das ist die beste Stufe bei den Freiwilligen. Da kriegt er mindestens fünfzig Pfund. Wenn er das fünf Jahre lang macht, kommt er schon an das Gehalt eines Offiziers, im Rang eines Leutnants. Nun ist ja Masri noch jung, das bedeutet also, daß er mit dem Gehalt eines Generalmajors in Rente geht, was dem Rang des Chefs der Sicherheit im Bezirk entspricht. Hast du dir das – so der Gemeindevorsteher – jemals vorstellen können? Nicht einmal im Traum hast du an so etwas gedacht. Dann ist da die zweite Möglichkeit: Masri will nicht länger bei der Armee bleiben, auch das steht ihm frei. In diesem Fall übergibt ihm die Organisations- und Verwaltungsabteilung der obersten Heeresleitung der bewaffneten Streitkräfte ein offizielles Schreiben für die Institution, bei der er eine zivile Anstellung haben möchte. Masri, als Sohn vom Land, wird bestimmt alle Angebote in einer Stadt ablehnen. Statt Bürgermeister, Amtsanwalt, Ingenieur oder Arzt zu werden, zieht er es sicher vor, als Lehrer zu arbeiten, und zwar hier, in unserer Dorfschule, um so den armen Kindern auf dem Land das Licht der Wissenschaft zu bringen. Er hat doch so sehr darunter gelitten, vom weiteren Schulbesuch ausgeschlossen zu sein. Deshalb wird er die Fackel ergreifen, um allen Menschen das Licht des Wissens zu geben. Und weißt du – so der Gemeindevorsteher –, was so ein Staatsangestellter bekommt? Ich gab ihm keine Antwort. Mein Mund war trocken, und mein Herz schlug heftig in der Brust, ich konnte es deutlich hören.

»Der kriegt so viel, wie fünfzig Feddan bringen«, sagte der Angestellte.

Der Gemeindevorsteher machte weiter: Ein Feddan ist zweitausend Pfund wert. Dann kommt noch die Abstandszahlung dazu, und zwar im Wert eines halben Feddans. Die Stellung bringt ihm also mindestens einhunderttausend Pfund. Da sollte ich mal darüber nachdenken, wer hier eigentlich wem einen Dienst erweist. Aber nein, widersprach der Angestellte, darum geht es doch nicht. Hier steht nur das allgemeine Interesse im Vordergrund, das von uns, das vom Dorf und das von Ägypten, unser aller Mutter. Einen Augenblick lang herrschte plötzlich Schweigen. Dann kam der Angestellte dicht an mich heran und fragte, ob ich während des letzten Ramadans in der Schicksalsnacht genau aufgepaßt habe. Wenn ja, dann ist alles klar. Wenn aber nicht, dann geschieht hier gerade mit mir ein Wunder. Was der Gemeindevorsteher alles erklärt hat, das gehört zu den sehr seltenen Wundern. Wünsche werden wahr, die kein Mensch zu träumen wagt. So etwas geschieht nur einmal, oder genauer gesagt, das geschieht nur auf einen Schlag. Niemand würde das glauben. Da sagte ich, daß ich nie auf die Idee gekommen bin, die Schicksalsnacht hat etwas mit uns, den Armen, zu tun. Schon zu Zeiten unserer ersten Vorfahren war das Glück ein Freund der besseren Leute, der Reichen, jedenfalls von denen, die eigentlich gar kein Glück brauchen. Aber wir... Der Angestellte kroch noch näher an mich heran, und plötzlich forderte er mich auf, den Mund zu öffnen und die Oberlippe hochzuziehen. Er sah sich meine Zähne an, hob sogar meinen Kopf hoch. Meine Zähne, sagte er, haben überhaupt nicht die Glücksstellung, es fehlt die entsprechende Lücke zwischen den beiden Vorderzähnen. Der Angestellte war verwirrt, aber der Gemeindevorsteher half ihm auf die Sprünge. Er schlug mir auf den Schenkel, ziemlich stark sogar, es schmerzte, und rief, daß ja Masri genau solche Zähne hat. Weißt du denn nicht mehr, sagte er zu mir, als Masri seine ersten Schritte gemacht hat, da habe ich gesagt, das ist ein Glückskind. Er schwor, mir damals gesagt zu haben, daß das Glück unter Masris Füßen liegt.

»Ihm zu Füßen liegt«, verbesserte der Angestellte.

»Richtig, ihm zu Füßen.«

Ich kann mich an das Gespräch damals nicht mehr erinnern, aber ich bin sicher, Masri hat eine Spalte zwischen den Zähnen, und viele haben oft gesagt, er ist ein Glückskind. Jedenfalls bin ich aufgestanden und wollte mich verabschieden. Aber nein, sagte der Gemeindevorsteher, er kann es nicht zulassen, mich aus seinem Haus ohne Abendessen gehen zu lassen. Er klatschte in die Hände, und der Angestellte ging hinaus, um zur Eile anzutreiben.

Gott sei Dank habe ich es geschafft, dieses schwierige Gespräch wiederzugeben. So etwas bin ich nicht gewöhnt, noch nie habe ich in meinem Leben mit solch gewaltigen Zahlen zu tun gehabt. Ich hatte Zweifel, ob ich es schaffe, das alles zu erzählen. Ob ich es richtig gemacht habe? Ich bin nicht sicher. Aber jedenfalls habe ich das erzählt, was ich weiß, und das reicht.

Die Dienerin kam herein. Auf dem Kopf trug sie eine riesige Messingplatte, zugedeckt mit einem so schönen Tuch, wie ich es bisher nur bei Beerdigungen von Reichen gesehen habe. Der Gemeindevorsteher nahm das Tuch weg. Dampf stieg von den Schüsseln und Tellern auf. Gänsebeine, vielleicht auch Putenbeine, ragten hoch, sie sahen rot aus. Mir lief der Speichel, und meine Eingeweide regten sich. Ich hatte das Gefühl, daß mein Bauch so groß wie der Kanal ist, der mein Feld bewässert, und daß ich seit Jahrhunderten nicht gegessen hatte. Die Art, wie auf der Platte alles angerichtet war, machte mir klar, das alles war kein Zufall. Es war ein Festessen, lange vorher zubereitet. Ich setzte mich gegenüber vom Gemeindevorsteher hin. An meiner Seite saß der Angestellte. Nicht weit weg stand ein Wachmann, ein ehemaliger Kollege von mir. Er hielt einen Krug, ein Glas und ein Handtuch in den Händen. Ich freute mich über das Essen, das hatte ich nicht erwartet. Solch schöne Sachen hat man mir noch nie vorgesetzt. Bei mancherlei Anlässen hatte ich diese Platte schon hinaustragen dürfen, nachdem die Gäste des Gemeindevorstehers gegessen hatten. Auf dem Weg vom Gemeindebüro habe ich mich dann hinter eine Tür oder dicht an eine Mauer gestellt und habe die Reste gegessen oder sie eingepackt und mit nach Hause genommen. Der Gemeindevorsteher sagte laut »Im Namen Gottes«, und dann streckte ein jeder die Hände aus. Ich entdeckte etwas, das wie eine Forke, zum Getreideworfeln, aussah, nur war das Ding viel kleiner und aus Metall. Die Forke ist ja aus Holz. Man nennt das wohl Gabel. Messer und Löffel kenne ich, zu Hause habe ich ein Messer, das noch von meiner Hochzeit stammt. Die Löffel hat der Tischler auch zur Hochzeit gemacht, zusammen mit der Truhe und dem Tablett. Ich wurde verlegen – esse ich mit der Hand oder nicht? Der Gemeindevorsteher nahm die Gabel und das Messer und schnitt ein Stück von der Gans, oder der Pute, ab. Ich war erschrocken: Durfte ich einfach mit der Hand zugreifen? Bestimmt war der Gemeindevorsteher dann verärgert. Ich war ganz bedrückt. Ich wollte lieber meinen Anteil am Essen nehmen und dann irgendwo einfach für mich allein essen, ohne all diese Geräte. Ich haßte sie, hätte sie am liebsten auf der Stelle aus dem Fenster geworfen. Ich ließ also Gabel und Messer dort, wo sie waren, und griff nach dem Löffel. Ich habe eben nur das gegessen, was mit dem Löffel zu essen ist. Suppe, Reis, Gemüse, Salat. Zwischen dem Gemeindevorsteher und den verschiedenen Sorten Essen besteht eine alte Bekanntschaft, er ist an alle seit Jahrhunderten gewöhnt. Es ist eine Art Liebesbeziehung, was mir völlig abgeht. Wenn er sich über das Essen beugt und den Mund mit Fleisch vollstopft, dann sieht sein Gesicht richtig entspannt aus. Man hat den Eindruck, daß das für ihn die schönste Sache auf Erden ist. Nach dem Essen habe ich mich verabschiedet. Der Gemeindevorsteher gab mir für meine Antwort eine Frist von zwei Tagen, und bevor ich wegging, ermahnte mich der Angestellte, Masri nur nach und nach in die Sache einzuweihen. Ich habe versprochen, daß alles gut geht, und bin losgegangen. Ich hatte Schwierigkeiten, die Beine zu heben. Mein Rücken war furchtbar krumm, und mein Gesicht kam dem Boden immer näher. Ich bin nicht nach Hause gegangen, sondern zum Vorratsschuppen vom Gemeindevorsteher. Über die Sache mit Masri konnte ich nicht aufhören zu staunen. Wegen ihm, und durch ihn, habe ich schon viel über die Welt erfahren. Als er noch klein war, habe ich nur das Stückchen trocken Brot gekannt, um das ich Gott jeden Tag aufs neue bat. Ich habe dieses Stückchen Brot oben und unten geküßt, bevor ich es in den Mund steckte. In der Nacht, in all diesen finsteren, langsam dahinschleichenden Stunden, wollte ich nichts weiter als schlafen. Morgens ging ich zum Waffenraum, nahm das Gewehr in Empfang und betete insgeheim, der Gemeindevorsteher sieht mich nicht. Denn immer, wenn er mich zufällig entdeckt hat, mußte ich den ganzen Tag über auf seinen riesigen Feldern arbeiten. Mein ganzes Leben lang hatte ich Hunger. Hunger nach Schlaf, Hunger nach Brot, Hunger nach Kleidung, Hunger nach Ruhe. Das ganze Leben ist ein einziger Hunger. Ich wollte über die Sache nicht länger nachdenken, aber das war einfach unmöglich. Sollte ich zustimmen, daß Masri anstelle des Sohns vom Gemeindevorsteher zur Armee geht? »Unmöglich.«

Unwillkürlich war mir dieses Wort plötzlich herausgerutscht. Doch damit war es nicht getan, die Angst um Masri ging deshalb nicht weg. Von dem Augenblick an, als ich aus dem Haus des Gemeindevorstehers kam, hat sich die Angst um Masri in mir festgekrallt. Nun mach dich nicht fertig, habe ich mir gesagt, es wird schon der Moment kommen, wo ich die Augen schließe, mir meine alte, wie ein Sieb löchrige Schlafdecke übers Gesicht ziehe und mir sage: Nun kannst du kommen, Schlaf. Und dann schnarche und pfeife ich los, wie all die anderen, die ich nachts immer gehört habe, wenn ich Wache hatte. Der Schlaf verbreitet einen Duft, den ich richtig riechen kann. Der Schlaf teilt die Leute in zwei Gruppen, die eine kann sich ausschlafen, die andere nicht. Die Reichen scheinen tiefer zu schlafen, und trotzdem, wenn ich nachts an ihren Palästen vorbeiging, hatte ich immer Angst, daß meine Schritte sie aufwecken könnten. Ich war zwar da, um sie vor Bösewichtern zu schützen, aber ich durfte sie auch nicht wach machen. So ging es mir damals, als ich noch diente. Ich hatte mir immer gesagt, wenn du erst einmal in Rente bist, dann schläfst du so lange, wie du willst, ohne aufzuwachen. Ich ging in den Ruhestand, aber nach wenigen Tagen war ich wieder Wachmann – beim Gemeindevorsteher. Dann kam die Geschichte mit Masri, und da konnte ich dann überhaupt nicht mehr schlafen. Meinem Gesicht kann man die Spuren von diesem Leben ohne Schlaf deutlich ansehen. Habe ich »mein Gesicht« gesagt? Ich will es Ihnen gern beschreiben. Da ist mehr als eine Warze, die Augen sind immer gerötet, selbst von weitem sieht man, daß das Weiße im Auge rot ist. Die Lider haben keine Wimpern, irgendwo sind sie in den langen, schlaflosen Nächten verlorengegangen. Meine Nase funktioniert anders als der Wasserhahn, der neben unserem Haus ist. Aus ihm fließt kein einziger Tropfen, seit man ihn angebracht hat.

Als es an die Tür geklopft hatte, dachte ich, sie sollen mich alle in Ruhe lassen. Dauernd reden die Leute über Masri. Wie kann der Sohn von einem Habenichts so hervorragend sein? Wieso ist er dermaßen klug? Von wem hat er den Verstand? Masris Mutter hat neulich gesagt: Der Keks in der Hand einer Waise scheint ein Ding der Unmöglichkeit zu sein. Mit Masri ist es seltsam. Als er die Grundschule abschloß, war ich unsicher. Bildung ist besser als alles andere, und es war ein alter Traum von mir, daß Masri eines Tags durch die Tür kommt und wie alle Gebildeten ein richtiger Effendi ist. Masri war immer ein sehr guter Schüler, im ganzen Dorf war er deshalb bekannt. Immer war er der Erste in seiner Klasse, ja in der ganzen Schule. Er wußte alles, obwohl er nur die Grundschule besuchte. Weil er so gut war, kamen auch viele noble Herren zu mir, klopften an meine Tür und fragten mich, ob Masri nicht ihren Söhnen beim Lernen helfen könnte. Dann könnten sie sicher sein, daß auch ihre Söhne Erfolg haben. Masris Tüchtigkeit erklärten sich die Leute ganz einfach so: Kinder von armen Leuten sind klug, die von reichen Leuten sind dumm. Mir wollte das nicht einleuchten. Ein Reicher hat, was er will, und kann sich jeden Wunsch erfüllen. Er besitzt genug, um klug zu sein, einfach deshalb, weil er mit seinem Geld so viel Klugheit kaufen kann, wie er will. An dem Tag, als Masri den Grundschulabschluß gemacht hat, gab es ein neues Problem. Eine Oberschule gibt es nur in der Bezirksstadt, und die anderen höheren Schulen, wie die für Handwerk, Landwirtschaft oder Lehrer, die waren sogar nur in der Provinzhauptstadt, der großen Stadt, wo auch der Polizeipräsident und der Gouverneur sitzen. Ich hatte Streit mit Masri. Er wollte zur Oberschule, zum Sprach- und Literaturzweig, und von da weiter zur Universität, um dort, so Gott will, nach langen Jahren als Lehrer zu arbeiten. Für mich ist aber ein staatlicher Lehrer in der Dorfgrundschule der schönste Beruf, den man sich vorstellen kann. Masri weigerte sich. Dauernd redete er von Oberschule und Hochschule. Er will das machen, was er sich vorgenommen hat, sagte er. Gegen den Lehrerberuf hat er nichts, aber nur dann, wenn er in der Fakultät für Literatur oder Jura studiert hat. Das erste wäre ihm lieber. Ich sah ihn verblüfft, aber auch voller Bewunderung an. Ich verstand gar nichts, war völlig verwirrt. Wieso kannte sich Masri in diesen Dingen so gut aus? Zuerst war ich einverstanden, sollte er sich doch seinen Lebenstraum erfüllen. Aber dann wurde mir klar, daß es für ihn völlig unmöglich war, woanders eine Schule zu besuchen. Er mußte ein Zimmer haben, dafür brauchte er Möbel, mußte Wasser und Licht bezahlen. Er mußte in der Stadt ordentlich gekleidet sein, das war teuer, mußte essen und dann noch jede Woche das Geld für die Hin- und Rückfahrt haben. Dazu kommen noch die Kosten für Bücher, Hefte, Schreibsachen. Ich bin aber arm, lebe von der Hand in den Mund. Natürlich, da sind die drei Feddan Land, ich verdiene etwas als Wachmann, ich bin an zwei Stück Vieh beteiligt. Aber in all den vergangenen Jahren mußte ich auch neun Münder versorgen, die weit offenstanden und jeden Tag nach Essen und Kleidung schrien. Da ist Masri, dann sind da die fünf Töchter, dann die Mutter der Kinder und dazu noch meine Mutter und meine Schwiegermutter. Von wo sollte ich das Geld nehmen, um noch ein Zimmer in der Stadt zu bezahlen? Dort, wo alles so teuer ist, wo sie einem die Kuhl-Schminke von den Augen stehlen und einem noch Wasser und Luft verkaufen. Ich konnte es einfach nicht. Die Leute im Dorf wollten natürlich alle wissen, wie es mit Masri weitergeht. Mehr als einmal sprach mich jemand an und erklärte mir, Masri müßte unbedingt in der Stadt weiterlernen. Ich konnte darauf nur antworten: Das Auge blickt weiter, als die Hand reicht, was soll ich also tun? Da wurde dann manch einer wütend, und die Leute sagten: Es gibt keine Macht noch Stärke als bei Gott. Ich finde, die Welt ist wirklich unvernünftig – gibt dem Ohrringe, der keine Ohren hat. Den Grund dafür weiß nur Gott allein. Als ich dann mit Masri auf dem Feld war, habe ich ihn zu mir gerufen. Ich habe ihm gesagt: Du bist der einzige Sohn, ansonsten gibt's nur noch die fünf Mädchen. Ich kann die Kosten in der Stadt nicht bezahlen. Ich habe drei Feddan gepachtet, die uns eines Tags gehören werden. Ein einziger Feddan ist schon eine sichere Grundlage. Natürlich, jetzt haben wir den Boden nur gepachtet, aber ich vertraue fest darauf, daß wir in nicht allzu ferner Zeit den Tag erleben, an dem er uns gehört. Wir haben zwanzig Jahre darauf gewartet, da muß der Tag jetzt kommen. Wenn es soweit ist, dann gehört dir der Boden ganz allein. Deine Schwestern hoffen nur darauf, verheiratet zu werden. Da bleibt dann der Boden für dich, er wird dir die Bildung ersetzen. Also laß uns Umschau nach einem anständigen Mädchen halten und ein kleines Nest für euch bauen, auch wenn es nur ein Nest von armen Leuten ist. Ich war zu Ende mit meiner Rede. Masri sah zu mir auf, und noch bevor er etwas sagte, wurde mir klar, daß er in den wenigen Minuten während des Zuhörens zehn Jahre älter geworden war. Er war zornig, knirschte mit den Zähnen, in seinen Augen standen Tränen. Ich konnte richtig hören, wie er die Zähne aneinanderrieb. Dann stieß er hervor, er wird auf jeden Fall weiterlernen. Für ihn gibt es nichts, das er für unmöglich hält. Er ist nicht dafür geschaffen, Boden zu bestellen, der ihm nicht gehört. Er wird dann eben am Fernkurs teilnehmen.

»Fernkurs?«

Seine Antwort auf meine erstaunte Frage zeigte mir, daß uns Welten trennten. Er erklärte mir, was das heißt. Er kann auf der Oberschule in der Bezirksstadt lernen und bleibt trotzdem hier. Er lernt zu Hause, ganz auf sich allein gestellt, und legt am Ende des Schuljahrs die Prüfungen ab. Das dauert drei Jahre, und er ist sich absolut sicher, daß er es schafft.

Ich weiß wirklich nicht, warum ich Ihnen das schon wieder erzähle. Vielleicht, weil ich hier herumstehe und wieder einmal den Besitz vom Gemeindevorsteher bewache. Ich trage übrigens das Gewehr, das er gekauft und mir dann überlassen hat. Die Wahrheit ist, ich will mich vor dem Problem mit Masri drücken. Doch es geht nicht. Zuerst war ich eher dafür, die ganze Sache rundum abzulehnen. Nichts auf der Welt, auch nicht die schönsten Schätze, ist den Staub an Masris Füßen wert. Aber als dann der Gemeindevorsteher mir alles erläutert und so vieles versprochen hat, war das Nein nicht mehr ganz so einfach, wie ich anfangs geglaubt habe. Vor allem ist die Sache mit dem Boden schwierig. Gerade gestern habe ich gehört, daß schon in mehr als einem Dorf das Land wieder an die alten Besitzer zurückgegeben worden ist. Ob wir nun wollen oder nicht, der Gemeindevorsteher kriegt seinen Boden. Ich aber habe Hunger, und was der Gemeindevorsteher da alles gesagt hat, ist ein so großer Happen, daß ihn nicht einmal meine ganze Familie verschlingen kann. Deshalb habe ich gezögert, und wegen dieses Zögerns mußte ich mich über mich selbst wundern. Im Moment, als der Gemeindevorsteher sprach, da wollte ich ablehnen, aber dann, als mir alles durch den Kopf ging, da fing ich an zu zögern. Dann kam die Nacht, und ich war noch viel unsicherer. In den nächsten Nächten sollte ich dann überhaupt kein Auge mehr zutun. Alles schien ein Traum zu sein, und ich war seltsamerweise völlig munter, was mir noch nie zuvor passiert ist. Jede dieser Nächte war furchtbar lang und nahm kein Ende. Wenn dann der graue, öde Morgen kam, hatte ich das Gefühl, daß die Stunde der Entscheidung noch ein Stück näher gerückt war. Die Dämmerung kommt leise, man merkt nichts. Es herrscht eine befremdliche Stille. Jedenfalls ging ich wie immer in die Moschee, nahm pflichtgemäß die Reinigung vor, betete, quälte mich weiter mit Nachdenken, faßte den Entschluß, mich mit jemandem zu beraten. Aber die Angst vor einem Skandal, vor dem Gerede der Leute, hat mich davon abgehalten. Ich bewache also wieder das Gehöft und die Vorratsschuppen des Gemeindevorstehers. An dem Morgen nach dem Gespräch mit ihm habe ich mit dem Kontrollgang mehr Zeit zugebracht als sonst. Und jetzt komme ich endlich zum Wichtigsten von meiner ganzen Geschichte. Was hat sich zwischen mir und Masri an jenem schrecklichen Morgen abgespielt, nachdem ich endlich wieder heimgekehrt war? Ich muß Sie um Entschuldigung bitten, denn mir ist klar, daß Sie genau das von mir wissen wollen. Trotzdem – ich werde es, was auch immer geschehen mag, nicht erzählen. Ich kann es nicht, schaffe es nicht. Es fällt mir zu schwer, darüber zu reden. Ich würde dann Masri verraten, und wie kann ich das tun? Wahrscheinlich ärgern Sie sich jetzt über mich, schlagen empört die Hände zusammen. Sie werden denken, daß ich mich über Sie lustig machen will, nur das erzähle, was ich erzählen will, und am wichtigsten Punkt die Flucht antrete. Was zwischen mir und Masri an jenem betrüblichen Morgen geschah, ist ein Geheimnis. Versuchen Sie, es irgendwie herauszubekommen, von mir werden Sie nichts erfahren. Ich bemühe mich aber, mich an meine letzten Gedanken zu erinnern, die mir nach dem Ende der Geschichte mit Masri durch den Kopf gegangen sind. Immer, wenn ich zur Moschee gehe, erklärt der Imam: Würdet Ihr die verborgene Zukunft kennen, dann würdet Ihr die Wirklichkeit wählen. Wenn etwas im Dorf passiert, sagen die Leute: O Herr, wir bitten dich nicht, dein Urteil von uns zu nehmen, wir bitten dich nur, es möge freundlich ausfallen. Gibt es ein Unglück, stirbt ein Mensch, verbrennt ein Haus, wird die Ernte überschwemmt, dann blicken die Leute zum Himmel auf und stammeln: Es hätte noch schlimmer kommen können.

Bis vor kurzem war ich noch davon überzeugt, daß es richtig ist, so zu reden. Aber seit mich dieses Unglück getroffen hat, sage ich mit lauter Stimme: Hätte ich die verborgene Zukunft gekannt, hätte ich nie und nimmer das gewählt, was mir zugestoßen ist.

Der Freund

Montag nachmittag, zwei Uhr dreißig.
22. Oktober 1973
12. Babih 1690
26. Ramadan 1393

Hätte ich das Talent all jener Erzähler, die seit der Zeit, da die Kunst des Romans anerkannt ist, Geschichten aufschreiben, dann könnte ich in angemessener Form der schwierigen Aufgabe nachkommen, die vor mir steht. Ich meine damit den Part, der mir bei dieser traurigen und seltsamen Erzählung zukommt. An sich ist mein Teil nur ein Unterkapitel, aber die anderen meinen, ich kann damit, wie sie es nennen, die Situation retten. Ich schreibe das für Sie in einem wichtigen Augenblick auf. Es ist zwei Uhr dreißig, Montag, den 22. Oktober. Diese Angaben zeigen, daß er nicht genug Zeit hatte. Er war vierundzwanzig Jahre, vier Monate und neun Tage alt. Soll das etwa reichen? Ich denke, nein. Warum ich meine Geschichte mit lauter Rätseln und Zweideutigkeiten anfange? Vielleicht, um alles deutlicher zu machen? Ich habe eine Entschuldigung für mein Herumgerede, das schwer zu verstehen ist. Es geschieht aus der Angst heraus, Sie hören eventuell gerade hier mit Lesen auf, vor allem dann, wenn Sie merken, daß mein Kapitel zwar nicht besonders lang, aber traurig und deprimierend ist – und das zu einer Zeit, da Sie im Siegesrausch leben und ganz Ägypten von glücklichem Lachen und jubelnder Freude beherrscht ist. Ja, gerade jetzt erfahren Sie ein Glück, wie es den Vorfahren nie zuteil wurde und die Nachfahren es nicht mehr erleben werden. Werden Sie da mein Kapitel trotzdem lesen?

Ich fange am besten damit an, Ihnen eine Szene zu beschreiben. Ich sitze im hinteren Teil eines schwarzen Wagens, das heißt, schwarz war er einmal, denn vor lauter Sonne ist er nun eher grau. Das Nummernschild hat die Farbe von Wüstensand, und das Wort »Armee« steht drauf. Vor mir steht ein Holzkasten, innen drin ist Masri. Der Fahrer ist ein Soldat, neben ihm befindet sich ein Krankenwärter. Zwischen beiden sitzt ein verwundeter Soldat, den wir unterwegs aufgelesen haben. Wir haben die Stadt Suez hinter uns gelassen, fahren jetzt in Richtung Kairo, und zwar mit dem Auftrag, Masris Leichnam abzuliefern und auf dem Rückweg Medikamente aus dem Hauptdepot des Sanitätsdienstes mitzunehmen. Unentwegt muß ich auf den Kasten starren. So gut es irgend ging, habe ich ihn festgemacht, damit er nicht beim ständigen Schaukeln des Wagens hin und her rutscht. Mir gegenüber befindet sich ein kleines Fenster, gibt die Sicht auf ein Stückchen Landschaft frei und hilft mir, die Geschwindigkeit des Wagens abzuschätzen. Ich versuche, die Wegweiser zu lesen, um zu wissen, wie lange wir noch bis Kairo brauchen. Neben mir ist ein kleines Radio, das schnarrende Geräusche von sich gibt. Ab und an ist der Empfang deutlich, aber wenn der Wagen in eine andere Richtung schwenkt, verlieren sich die Wörter und Sätze wieder. Masri ist gestern vormittag gefallen. Ich glaube noch immer, er sei für etwas längere Zeit eingeschlafen. Ich stelle mir vor, daß er noch lebt und von seinem Leib noch immer Wärme ausströmt, die durch die Ritzen des Kastens aufsteigt. Als wir ihn aufgehoben haben, um ihn in den Kasten zu legen, war der Körper noch beweglich, war er noch nicht erstarrt. Mir kam es vor, als würde in seinen Adern Blut fließen und das Herz schlagen. Am liebsten hätte ich mir eingeredet, daß die Anstrengungen der letzten Zeit zu viel für ihn gewesen waren und er nur ohnmächtig war und gleich wieder aufwachen würde. Jetzt, und sicher auch in Zukunft, kann ich nicht glauben, daß Masri wirklich gefallen ist, obwohl ich seinen Leichnam vor mir habe. Ich habe dafür einen guten Grund. Der Tod auf dem Schlachtfeld verbreitet einen besonderen Geruch, tausendmal habe ich ihn in den letzten Tagen zu riechen bekommen. Bei Masri merke ich davon nichts. Selbst wenn ich monatelang mit ihm auf diesem Wagen fahren müßte, ich würde den Geruch nicht wahrnehmen. Die Zeit vergeht langsam, sie schleicht dermaßen, daß einem ganz übel davon wird. Ich könnte mit Masri reden, könnte mich überzeugen, daß er wirklich gefallen ist. Aber der Kasten ist sorgfältig geschlossen worden. Ich rutsche näher heran, versuche, durch die Ritzen zu lugen. Nichts bewegt sich. Mir fällt das Radio ein. Ich nehme es hoch, drehe an den Knöpfen, versuche, etwas mitzubekommen. Der Wagen schlägt eine neue Richtung ein, ich kann etwas hören. Die geschliffene, kühle, gesetzte Stimme des Sprechers tönt:

»Die Führung der Republik hat eine Erklärung an die Nation gerichtet, in der das Einverständnis Ägyptens mit der vom Sicherheitsrat vorgeschlagenen Feuereinstellung verkündet wird. Der Sicherheitsrat hat gestern abend eine Einigung erzielt, nachdem von seiten der Sowjetunion und der Vereinigten Staaten von Amerika der dringende Antrag gestellt worden war, die Situation im Nahen Osten erneut zu erörtern.«

Der Wagen dreht in eine andere Richtung, das Geräusch des Motors wird lauter, und die Stimme des Sprechers verschwindet. Ich sehe zum Kasten, er wackelt nicht, obwohl der Wagen schwankt. Vielleicht versucht Masri genau wie ich zuzuhören, die Meldung zu verstehen und zu begreifen. An und für sich ist es nicht schwer, den Sinn des Wortlauts zu erfassen, nur hat ein jeder, vor allem aber wir Soldaten, das Recht, diesen Sinn auf ganz persönliche Weise zu verstehen und eigene Überlegungen dazu anzustellen. Der Kasten wackelt nun doch. Mir kommt es vor, als ob Masri das Rätsel erfaßt hat und anfängt, es zu lösen, denn die Bewegung des Kastens wirkt diesmal irgendwie nervös, oder so, als versucht jemand, seine Unzufriedenheit auszudrücken. Ich weiß nicht recht, vielleicht will er auch noch etwas sagen, sozusagen im allerletzten Augenblick, bevor alles endgültig vorbei ist.

Mir scheint, das sind alles Hirngespinste eines Mannes, den Erschöpfung und Müdigkeit vorzeitig haben altern lassen. Ich bin noch immer müde, auch jetzt, beim Schreiben.

Dabei behaupten die Leute, daß man, wenn man nur kurze Zeit ruht, sich gleich wieder frisch fühlt. Ich habe mich ausgeruht, aber müde bin ich trotzdem. Die Mattigkeit haftet mir an. Mein Herz erschauert, es spricht für Sie diese Worte im Rausch der Erschöpfung. Ich kann nicht anders, ich muß es schreiben: Der Mensch stolpert von Lebensabschnitt zu Lebensabschnitt und verliert sich dabei immer mehr, ohne zu merken, was mit ihm geschieht. Mein ganzes Leben verblaßt angesichts des Geheimnisses, das ich in mir trage. Nichts, was ansonsten in meinem Leben geschah, kann da mithalten. Vergebens suche ich immer wieder nach Vergleichbarem, nach Ähnlichem. Ist jemals auf der Welt eine Geschichte wie die mit Masri vorgekommen? Ich denke nicht. Aber ich muß mich konzentrieren, darf nur über Masri und was mit ihm geschah, schreiben. Alles andere wäre Verrat an ihm. Ich darf auch nicht dem für Mörder so verhängnisvollen Irrtum anheimfallen, die einzelnen Etappen der Tat säuberlich voneinander zu trennen. Alles hängt immer mit allem zusammen. Ich werde nur von Masri erzählen, und dann werden Sie sehen, in welchem Ausmaß die Dinge ineinandergreifen. Würde man auch nur ein einziges Kapitel herauslösen, dann käme nur dummes Zeug heraus.

Für die Geschichte von Masri gibt es einen ganz bestimmten Anfang. Das ist jener Tag, an dem ich ihn kennengelernt habe, der Tag, an dem er in der Einheit eintraf. Nie werde ich vergessen, wie ich zum erstenmal seine Stimme hörte. Es ist ja die Stimme, die man als erstes erfaßt. Erstaunlich, Luft wird ausgeatmet, und wir können sie hören. Masris Stimme klang schüchtern, und doch schwang da etwas wie der Hilferuf eines Menschen mit, der sich allein fühlt und eine stützende Hand braucht. Ich sah ihn mir an. Seine Augen glänzten warm.

Halt, ich glaube, die für ein Gespräch geltenden Regeln von Sitte und Anstand verletzt zu haben. Zur Entschuldigung kann ich sagen, daß ich niemanden gefunden habe, der mich Ihnen vorstellt. In diesem Roman fehlt uns eben der Autor, der sonst solche Aufgaben, stellvertretend für uns, übernimmt. Also werde ich das wohl selbst tun müssen. Ich bin der Freund von Masri. Gute und schlechte Umstände haben mich zu dem Menschen gemacht, der ihm am nächsten stand. Immer sind es irgendwelche Umstände, die die Schicksale der Menschen in Berührung bringen, sie miteinander verquicken, ja sogar ohne unser Zutun in Verwirrung geraten lassen. Ich stelle mir jetzt selbst die Frage, was mich dazu gebracht hat, eine so enge Beziehung zu Masri aufzunehmen. Warum habe ich mich in sein Problem dermaßen tief hineinziehen lassen? Wieso spiele ausgerechnet ich in dieser traurigen Geschichte eine Rolle? Die Antwort ist: Ich weiß es nicht. Zumindest gibt es keinen eindeutigen, klaren Grund dafür. Eher erwächst alles aus einem Geflecht von Gegebenheiten – die erste Begegnung, ein Händedruck, damals, an jenem Morgen. Ein neuer Schub Soldaten war in der Einheit angekommen. Als Diensthabender im Büro der Kompanie kam mir die Aufgabe zu, sie zu begrüßen. Bei diesem ersten Kennenlernen wird immer das gleiche gesagt – Name, Qualifikation, Datum der Einberufung, Datum der Ankunft in der Einheit, Wohnort, Tätigkeit, gewünschte Arbeit nach der Entlassung, Art der militärischen Ausbildung. Es war eine kleine Gruppe. Nur acht junge Männer hatte die Kaserne geschickt. Der diensthabende Unteroffizier der Einheit führte sie in ihre Unterkunft, wo sie sich einrichten und ein wenig ausruhen sollten. Da sie erst nach zehn Uhr eingetroffen waren, also nach der Ausgabe der Tagesration an Verpflegung, baten sie darum, sich draußen in den umliegenden Läden etwas zu essen kaufen zu dürfen. Der Unteroffizier gab ihnen eine Stunde Ausgang, und alle trafen wieder pünktlich ein. Es war ihnen deutlich anzumerken, daß sie jetzt viel entspannter waren. Der Transporttag lag hinter ihnen, jener Tag, der im Leben von Rekruten immer besonders hart ist. Der Unteroffizier brachte sie zur Registrierung in mein Büro. Sie stellten sich in einer Reihe auf, und einer trat vor, um mir von allen die erforderlichen Papiere mit den notwendigen Daten zu geben: Name, Dienstgrad, Datum der Einberufung, Bescheinigung über die letzte Soldstufe im Rekrutenlager, Bescheinigung über die letzte Zahlung, Bestätigung des militärischen Grads. Sieben waren für den Krankentransport ausgebildet, nur einer als Krankenwärter. Das war der, der mir die Papiere der Gruppe übergeben hatte. Seine bescheidene Art ließ mich aufmerken, oder auch – seine unsoldatische, schlaffe Haltung, wie wir das in der Armeesprache nennen. Es fehlte ihm an Härte, an Exaktheit. Seine Achselklappen waren mit keinerlei Tressen geschmückt. Trotzdem war klar, daß er der Wortführer der Gruppe war, wobei er sich aber offensichtlich nichts daraus machte, diese Stellung im Umgang mit seinen Kameraden für sich auszunutzen. Als ich ihn mir so betrachtete, hatte ich sofort die Idee, daß er für keine Führungsposition geeignet war. Aber die Worte wollten mir nicht über die Lippen. Glauben Sie mir, er strahlte eine Güte aus, die mich einfach hinderte, meinen Eindruck auszusprechen. Noch immer sah ich ihn an. Er hatte knorrige Finger, kräftige Hände. In seinen Augen lag ein Ausdruck von seelischer Qual. Mir kam er wie ein schwaches Wesen vor, das nach Hilfe ruft, wie ein Träumer, der die Trauer in seinem Herzen nie zugeben würde. Masris Gesicht hatte die Farbe des Nilschlamms. Als ich begann, die Daten zu registrieren, wollte er unbedingt als letzter an die Reihe kommen. Auch das sprach dafür, daß er eigenartig war, denn als Anführer der Gruppe konnte er den Vortritt vor allen anderen beanspruchen. Schließlich war er dran und nahm militärische Haltung an. Da sein Name schlecht leserlich war, fragte ich ihn danach. Er nannte nur den Vornamen, nicht den Namen des Vaters, nicht den der Familie. Die mußte ich aber wissen. Ich fragte nochmals, bekam endlich eine Antwort. Ansonsten machte er noch folgende Angaben: Grundschule, wohnhaft in einem Dorf im Nildelta, militärische Ausbildung in der Rekrutenkaserne in Alexandria, danach Einsatz im Rekrutierungsstab in Hilmija as-Saitun, dann Zuordnung zu den medizinischen Diensten und Einsatz in einem Sanitätsstützpunkt, schließlich kam die Anweisung, in einem Militärkrankenhaus in Kairo anzutreten. Das war das Krankenhaus, in dem ich Dienst mache. Da er keine Adresse in Kairo hatte, gab er die von seiner Familie im Dorf an. Was er denn vor der Einberufung gemacht habe? Er sei Student gewesen. Bei dieser Antwort tauchte in meinem Kopf zum erstenmal eine Frage auf: Student und trotzdem einberufen? Wie konnte das sein? Ich wollte ihn fragen, warum er nicht von seinem Recht Gebrauch gemacht hatte, die Einberufung hinausschieben zu lassen. Doch vor lauter Arbeit vergaß ich es. Noch immer mit seinen Papieren beschäftigt, fragte ich ihn nach der Anzahl der Geschwister. Zuerst sagte er, er sei der einzige Sohn, habe drei Schwestern. Ich ließ den Kugelschreiber fallen, wollte ihn gerade erstaunt anfahren, warum er sich dann nicht den Aufhebungsbescheid besorgt habe, da schlug er sich, noch bevor ich überhaupt den Mund aufmachen konnte, an die Stirn und sagte: »Richtig, wie konnte ich das nur vergessen?« Er habe noch eine Menge Brüder, er sei der Jüngste. Er stotterte ein bißchen herum, als er die Sache zu erklären versuchte. Die Familie sei eben sehr groß, und er würde sich häufig verzählen, wenn er alle nennen solle. Außerdem würden ihm hier zum erstenmal so viele persönliche Fragen gestellt.

Nun ist es so – ich bin ein Sohn der Stadt, und deshalb kommt mir alles, was mit dem Land zu tun hat, wie eine schöne, seltsame Frucht vor. Dieser Bauer da, der aus einem Dorf kam, von dem ich nicht einmal wußte, wo es lag, schien mir eine Welt für sich zu sein, voll von Geheimnissen und Geschichten. Es war doch zu seltsam, daß er Student gewesen ist, trotzdem Rekrut wurde und sich nicht einmal an alle Geschwister erinnern konnte. Er habe ein Fernstudium gemacht, deshalb sei die Zurückstellung vom Militär nicht möglich gewesen, hatte seine Erklärung gelautet. Ich war davon nicht überzeugt, schon allein deshalb nicht, weil er selbst nicht gerade zufrieden dabei aussah. Was er sagte und wie er es sagte, machte auf mich den Eindruck, als steckten dahinter noch andere Geschichten. Vielleicht würden sie für mich eines Tages zur Brücke werden, um in seine seltsame Welt einzudringen. Vielleicht hatten wir sogar beide schon das Gefühl, daß wir, auf diese oder jene Weise, einmal offen miteinander reden würden. Das Herz kennt Dinge, die der Verstand nicht einmal ahnt. Habe ich als menschliches Wesen nicht das Recht, meine Liebe an einen Freund zu verschenken? Ich spürte zutiefst – dieser junge Mann wurde vom heißen Wunsch gequält, sich einem anderen Menschen anzuvertrauen, ein anderes Wesen zu finden, dem er all seine Geheimnisse anvertrauen konnte. Sobald ein Mensch mich ruft, versuche ich, in seiner Seele zu lesen, und so wenig das sein mag, was ich verstehe, bin ich doch bereit, ihn zu lieben.

Es gab verschiedene Vorfälle, und ich begriff, sein Name mußte anders lauten als in den Papieren, und sein Leben mußte einen anderen Verlauf gehabt haben, als es dort geschrieben stand. Nur mit einer Angabe hatte er überhaupt keine Schwierigkeit: mit seinem Geburtsdatum. Schon am ersten Morgen, beim Appell, als der diensthabende Offizier die Namen aufrief, um die Vollzähligkeit zu prüfen, bemerkten alle, daß Masri keine Antwort gab, als sein Name an der Reihe war. Der Offizier wiederholte den Namen mehrere Male, hätte ihn beinahe als abwesend eingetragen, wenn nicht ein Kamerad Masri aufmerksam gemacht hätte, daß doch sein Name ständig genannt wurde. Erst da meldete er sich, woraufhin der Offizier ihn aufforderte, endlich aufzuwachen und sich die Ohren zu waschen. In einem Ton, der eher höhnisch als spöttisch klang, fragte er: »Gibt's noch jemanden, der seinen Namen nicht weiß?«

Die Geschichte wiederholte sich. Er schien taub zu sein. Ich war der einzige, der sich über sein Verhalten Gedanken machte. Er war keineswegs ein Dummkopf. Ich wußte, wie gescheit und aufgeweckt er war. Er konnte durchaus hören, sogar sehr gut. Er besaß schnelles Reaktionsvermögen, handelte schnurstracks und richtig. Nach einer Woche reichte es dem Kompaniechef, und er schickte ihn zum Arzt. Die Ohren waren in Ordnung. Damit war zwar diese Geschichte erledigt, aber die Verständigungsschwierigkeiten dauerten trotzdem an. Glauben Sie mir, ich hatte das Gefühl, der junge Mann bewegte sich, als wäre er sich selber fremd. Wenn er in der Kolonne marschierte, dann sah es aus, als würde nicht er seine Füße aufsetzen. Wenn er sprach, dann fielen die Wörter, als hätte er sich dazu durchringen müssen. Die Augen schienen von ganz anderem zu reden. Das Aufleuchten der Augen, die innere Erregtheit, seine Gefühle, der Herzschlag – nur das hatte etwas mit ihm zu tun. Wirklich, ich weiß nicht, wie ich das anders ausdrücken könnte. Eines Abends kamen wir ins Gespräch. Er redete lange über die armen Teufel, die, statt zu Abend zu essen, gleich schlafen gehen müssen und sich gerade noch so ernähren können. Ich war überrascht, daß er etwas von diesen Menschen wußte, wo doch sein Vater, das stand in den Papieren, Gemeindevorsteher war. So einer, davon kann man ausgehen, gehört immer zur reichen Schicht. Ich machte keinen Hehl aus meiner Verwunderung, gerade ihn von den Armen sprechen zu hören. Im Eifer des Gefechts stieß er hervor: »Ich bin selbst einer von...« Er sprach nicht zu Ende, und ich stellte nicht die Frage, die mir auf den Lippen brannte. Schweißtropfen perlten plötzlich auf seiner Stirn, trotz des kühlen Herbstwetters. Ich wollte nicht weiter bohren, wollte ihn nicht fragen, wie er behaupten kann, arm zu sein, wenn sein Vater Gemeindevorsteher war.

Eines Nachts hatten wir zusammen Dienst. Er mußte sich um zehn Uhr abends bei mir zur Wache und um vier Uhr morgens zur Ablösung melden. Abends verlief alles normal, aber am Morgen schien er erregt zu sein. Er sah zwar müde aus, doch zugleich auch hellwach. Ich nahm ihm das Gewehr und die Munition ab. Keine der zehn Patronen fehlte. Damit war mein Dienst beendet. Er war schon ein paar Schritte in Richtung Schlafsaal gegangen, da stieß er plötzlich hervor: »Heute nacht habe ich begriffen, wie mein Vater in den letzten Jahren gelitten hat.«

»Dein Vater?«

Die Wörter sprudelten nur so heraus, er konnte kaum das eine vom anderen trennen. »Er war Wachmann.«

Mit Müh und Not konnte ich mich beherrschen und tun, als wäre das nichts Besonderes. Mir war klar, hier hatte ich es mit etwas sehr Ungewöhnlichem zu tun. Was war das für eine Geschichte? Die folgenden Tage brachten die Offenbarung. Wir sprachen viel miteinander, umkreisten aber immer das eigentliche Problem. Es schien, er war zu erschöpft, um die Last, schwer wie Eisen und kalt wie Bleikugeln, noch länger zu tragen. Doch ich wollte ihn auch nicht zum Sprechen drängen. Ich sagte mir, daß die Menschen eben ihre Heimlichkeiten haben, und er hat ein Recht darauf, seine persönlichen Geheimnisse für sich zu behalten. Wann genau, in welchem Moment das erträgliche Maß seines Leids überschritten war, daran kann ich mich nicht mehr erinnern.

Es gab grundsätzliche Instruktionen, die die neuen Soldaten zu beachten hatten. Für uns gehörten sie zur Routine des Alltags, und keiner hielt sie für etwas Besonderes. Eine dieser Anweisungen betraf die Erkennungsmarke und die Adresse von Angehörigen, denen die persönliche Habe, die finanzielle Abfindung im Falle des Todes und die schriftliche Würdigung des Gefallenen rechtlich zustanden. Es gab strenge Vorschriften, die uns zur Verteilung der Erkennungsmarke an jeden Soldaten und zur Anfertigung eines Durchschlags der »Todeserklärung«, wie wir das nannten, verpflichteten. Diese Erklärung wurde vom Soldaten ausgefüllt und von der Einheit bestätigt. Als Masri mit diesen Formalitäten an der Reihe war, war das wie eine Schlüsselszene. Er nahm die Erkennungsmarke, betrachtete sie, fragte, was das zu bedeuten habe. Der Offizier erklärte ihm, die Marke sei aus Metall. Name, Nummer und Blutgruppe des Soldaten seien darin eingeritzt. Sie werde um den Hals gehängt, die Kette sei auch aus Metall und bleibe, wenn ihm im Gefecht etwas zustieße, auf jeden Fall erhalten, was wichtig sei, weil man damit den Gefallenen identifizieren könne. »Das klappt selbst dann, wenn der Tote nur noch Kohle ist.« Die Marke sei in jedem Fall der einzige und ewige Zeuge dafür, daß sie von einem Helden getragen wurde. Dann wurde Masri die Erklärung gegeben, mit der der Unterzeichner anerkennt, festlegt, ja fordert, daß die Armee im Falle seines Märtyrertods die finanzielle Entschädigung an Familie Soundso, mit Angabe des Verwandtschaftsverhältnisses, der Adresse und der nächstgelegenen Poststelle, übergibt. Unter der Rubrik, wo der Soldat unterschreibt, gibt es ein Kästchen, wo der Kommandant beglaubigt, daß der Soldat eigenhändig unterzeichnet hat. Die Erklärung wird gestempelt und kommt dann in die Dienstakte. Stirbt der Soldat, dann ist das das einzige Dokument für die Regelung des Nachlasses und aller anderen Formalitäten. Nun waren natürlich alle aufs äußerste verwundert, als Masri sich weigerte, die Erklärung auszufüllen. Er hatte die Spalte frei gelassen, in die der Name des Nutznießers und dessen Verwandtschaftsgrad eingetragen werden mußten. Ansonsten hatte er nur seinen Namen hingeschrieben und unterzeichnet. Der Offizier fragte nach dem Grund, aber Masri lehnte jegliche Erläuterung ab. Man schlug ihm vor, wenigstens in der Rubrik Verwandtschaftsgrad etwa den Vater, die Mutter, eine Schwester zu vermerken. Aber auch das wollte er nicht. Nach zwei Tagen hatte er sich dann dafür entschieden, drei Wörter, und keinen einzigen Buchstaben mehr, hinzuschreiben, nämlich: »Die gesetzlichen Erben.« Damit hatte es sich. Obwohl wir ihn darauf hinwiesen, daß wir verpflichtet sind, auf die äußerst präzise Ausfüllung der Erklärung zu achten, meinte er, so sei es ausreichend. Das sei die beste Lösung. Alle glaubten, der Grund für sein Verhalten läge sicher in momentanen Zwistigkeiten innerhalb der Familie und bestimmt würde er demnächst erscheinen und den Namen des Nutznießers eintragen wollen. An dem Tag, als der Offizier ihm diese Erklärung gegeben hatte, war das Faß – wie es immer so schön in Geschichten heißt – offenbar übergelaufen. Jedenfalls kam Masri gegen Mittag zu mir und wollte mich in einer wichtigen Angelegenheit sprechen. Wir verabredeten uns für den Abend, gleich nach dem Jubelappell für Vaterland und Fahne. Die Hochrufe waren vorbei, doch Masri hatte sich verdrückt. Ich suchte nach ihm, fand ihn aber nicht. Wahrscheinlich brachte er es doch nicht fertig, über sich zu reden.

Am nächsten Abend begegneten wir uns zufällig in dem kleinen Café, das sich hinter dem Gelände der Einheit befand. Er kam zu mir und fragte mich, ob diese Erklärung an die Militärregistratur geschickt werde. Ich sagte ihm, daß ich das nicht wisse. Die zweite Frage kam mir dann sehr sonderbar vor. Könnte jemand berechtigt sein, an der Erklärung etwas zu verändern? Ich kannte mich in diesen Dingen nicht sonderlich aus, hielten wir doch dieses Papier für reine Routine, die nichts weiter bringt. Ich mußte erst einmal selbst überlegen, um eine möglichst richtige Antwort zu geben. Nein, sagte ich, ich sei überzeugt, daß die Erklärung nur durch die betreffende Person annulliert werden könne. »Wenn sie dann neu geschrieben ist, muß sie, wie bei der ersten Fassung, wieder beglaubigt werden. Das ist alles nicht so einfach.«

Zunächst war ich beim Sprechen völlig auf das konzentriert, was ich da sagte. Aber als ich dann zu weiteren Erläuterungen über die Kompliziertheit von solchen Änderungen ansetzte, sah ich, daß er irgend etwas in seiner Tasche suchte. Er hatte es gut versteckt. Er holte nämlich zunächst den Militärausweis heraus, zog ihn aus der Schutzhülle und klappte die beiden Hälften auseinander. Ein Stück Papier kam zum Vorschein, genau in der Größe des Ausweises zusammengefaltet. Hingebungsvoll und völlig in sich vertieft, glättete er sorgfältig und in aller Ruhe die Knicke. Dann legte er das Papier auf den Tisch, drehte es um und schob es mir zu. Ich wußte mit diesem plötzlichen Überfall nichts anzufangen. Als ich ihn fragend ansah, wies er mit den Augen auf das Papier. Ich solle erst einmal lesen. Seine einzige Bedingung sei, keinerlei Fragen beantworten zu müssen. Das Papier vor mir war eine Kopie. Ganz oben stand: »Ministerium für Bildung und Erziehung«, und darunter: »Verwaltung für Prüfungsangelegenheiten Kairo«. Es handelte sich um ein Zeugnis, das den Abschluß der Grundschule bestätigte. Der Zensurendurchschnitt wies aus, daß der Prüfling für die Oberschule geeignet war. In allen Fächern hatte er ausgezeichnete Ergebnisse – mehr als neunzig Prozent der erreichbaren Punkte. Ich war noch ganz in dieses Zeugnis vertieft, da schlug er mir auf die Hand. Ich schreckte auf. Er wies auf den Namen. Ich las den Namen – »Masri«. Wieder streckte er die Hand aus, es war die eines Bauern, und tippte auf das Foto. Dann zeigte er auf sein Gesicht. Bis dahin war mir nichts aufgefallen, doch jetzt, beim Blick auf das Foto, verstand ich überhaupt nichts mehr. Zunächst dachte ich, die Gesichter ähneln sich und mein Gegenüber hat mehrere Vornamen, einen für den normalen, einen für den offiziellen Gebrauch. Jetzt, dachte ich, will er, daß der Name berichtigt wird und er ein Dokument erhält, mit dem ihm seine Identität unter beiden Namen bestätigt wird. Zwei Offiziere der Einheit müßten das unterzeichnen, im Büro des Generalstabs der Einheit würde es bestätigt werden, und dann ginge es an die Militärregistratur. Bestimmt sollte ich mich darum kümmern, weil ich in der Verwaltung saß. Doch abrupt riß er mich aus meiner gedanklichen Rundreise durch die verschiedenen Büros mit dem kurzen Satz: »Das bin ich.«

Sprach's und wies mit dem Finger auf das Foto. Das Bild zeigte einen jungen Burschen vom Land, mit einem Anflug von einem Lippenbart, das Kinn rasiert, noch ehe die Barthaare richtig sprießen konnten, die Strähnen auf dem Kopf wuschelig verteilt. Die Krawatte, die er trug, sah abgenutzt und zerknittert aus. Es war genau die Art Krawatte, die jedem Kandidaten für das Foto der Prüfungszulassungsakte vom Besitzer des Fotoladens umgehängt wird. Die jungen Leute nehmen sie gerne, weil es ihnen wie ein gutes Omen erscheint. Im Unterschied zu diesem knittrigen Stück Stoff schienen Jackett und Hemd jemandem zu gehören, der reich war. Wenn es sich vielleicht um den Sohn eines Gemeindevorstehers handelte, dann borgten sich die anderen Antragsteller die Kleidungsstücke in der Hoffnung aus, man würde sie auch für einen solch reichen Sohn halten. Masris Finger glitten langsam, aber mit solchem Druck über das Papier, daß ich glaubte, gleich könnten die Buchstaben getilgt oder das Papier zerrissen sein. Mit einem der Fingernägel blieb er am Buchstaben M hängen, dem ersten des Namens – »Masri«. Er schaute auf und sagte: »Das ist mein Name.«

Ich muß es erneut sagen – ich verstand nichts. Das war für mich zu schwer. Ich war verwirrt, lachte, um die Situation zu entschärfen. Ich hob fragend die Hände. »Was soll diese ganze Geschichte?«

Er blickte nach draußen. Wir saßen noch immer in dem kleinen Café. Die Nacht fiel nieder, und in seinen Augen spiegelten sich die Lichter der Straße, in der gewöhnliches Treiben herrschte.

»Was für Geschichte? ... Geschichte, Geschichte ... Puh...«

Ich erinnere mich genau. Nach dem dritten Mal, als er das Wort »Geschichte« wiederholt hatte, sprudelte es nur so aus ihm heraus. Alle Einzelheiten jenes Tages, an dem sein Vater mit ihm über die Sache gesprochen hatte, mußten schlagartig wieder in seinem Gedächtnis auferstanden sein. Er schien richtig glücklich zu sein, sprechen zu können. Es war, als könne er endlich seinen Durst an einer berauschenden Quelle löschen, der Quelle jener Geschichte, die er erzählte. Er begann, die geheimnisvollen Zeichen eines rätselhaften Siegels zu entziffern, eines nach dem anderen. Zum erstenmal konnte er die in seinem Gedächtnis durcheinanderwirbelnden Dinge für sich selbst ordnen. Er, der ansonsten nie viel sprach, begeisterte sich geradezu an der eigenen Stimme. Ein eiserner Ring war von seinem Herzen gefallen. Er erzählte, und ich spürte, daß in dem Maß, wie die Nacht weiter vordrang, sein Innerstes immer wacher wurde. Seine Augen wurden größer und größer, ließen ihn das Leben völlig neu betrachten. Er beschrieb den Alltag seiner Tage und Nächte, redete darüber, daß er keine höhere Schule besuchen konnte und auf dem halben Weg stehenbleiben mußte, sprach vom bewundernden Getuschel der Leute, wenn er durch die Gassen des Dorfs ging. Dann kam er schließlich zum Schrecklichsten – dem Tag, an dem sein Vater mit einer Bitte an ihn herangetreten war. Was ich da hörte, war entsetzlich. Nie hätte ich mir das vorstellen können. Ich war auf alles mögliche eingestellt, nur nicht auf das, was Masri mir erzählte. Zum erstenmal nannte ich ihn im Innern bei seinem Namen, was mir anfangs schwerfiel, denn zu seinem Gesicht gehörte für mich der Name, unter dem ich ihn seit seiner Ankunft in der Einheit kannte. Nachdem ich mir seine schmerzliche Geschichte angehört hatte, schossen mir die verschiedensten Fragen durch den Kopf. Ich wollte sie verschieben, auf ein nächstes Gespräch warten. Aber der bittere Geschmack war da, setzte sich fest, so daß ich mir sagte, nun müsse ich die Sache auch bis zum Ende durchstehen. Da war vor allem eine Frage, die auf meinen Kopf einschlug, als wäre sie aus Stein. »Warum hast du zugestimmt?«

Seine Stimme klang ruhig. »Ich hatte keine andere Wahl.«

Diese Antwort befriedigte mich keineswegs. Es kam mir vor, als wollte er sich vor allem selbst von dieser Rechtfertigung überzeugen, bevor er es bei mir versuchte. Er hatte immer noch mit sich zu ringen, deshalb redete er so viel. Er bitte mich, sagte er, nicht zu denken, er habe das wegen des Geldes getan. Mit Geld habe das nichts zu tun gehabt, er habe einfach für sich und seine Familie keinen Ausweg gesehen. »Mir war klar, wir müssen den Boden, ob wir wollen oder nicht, an den Gemeindevorsteher zurückgeben. Wir sind zu den verantwortlichen Stellen gegangen, haben gefragt, wie wir denn leben sollen, wenn man uns den Boden nimmt. Die Antwort lautete: ›Das ist nicht die Frage. Gebt erst mal den Boden zurück, dann könnt ihr beim Gericht Klage erheben. Am Gericht ist Platz für alle, jeder lebt jetzt in der blühendsten Zeit der Gerechtigkeit, die Ägypten jemals gesehen hat.‹ Eine reine Irreführung, denn hier handelte es sich ja weniger um eine Strafsache als um eine politische Angelegenheit. Angesichts dieser Situation gab es unter den Leuten ganz unterschiedliche Haltungen. Einige beschlossen, den Boden zurückzugeben und dann Klage einzureichen, während andere erst von ihm lassen wollten, wenn sie ihn mit ihrem Blut getränkt hatten, selbst wenn sie der Regierung hätten trotzen müssen. Dann gab es welche, mit denen der Gemeindevorsteher gefeilscht hatte. Dazu gehörte auch mein Vater. Der Rekrutierungsbescheid war gekommen, und da hat der Gemeindevorsteher meinem Vater den Ausgleich vorgeschlagen: Sohn gegen Boden. Mein Vater hat akzeptiert, die ganze Familie war froh über diese Lösung, nur ich – ich habe ohne jede Diskussion abgelehnt, wobei das Wort ›Diskussion‹ ziemlich fremd ist für Leute unseres Schlages. Es reichte ein Blick, um zu verstehen, daß die Familie dieses Opfer von mir erwartete. Warum überhaupt ›Opfer‹? Das Angebot war durchaus eine Lösung, und so überlegte ich, ob ich vielleicht wirklich aus dem Dorf weggehen sollte. Vielleicht würde ich meine Zukunft dort, beim Militär, finden? Glaube mir, ich hatte auch früher schon daran gedacht, mich als Freiwilliger zu melden. Ich hatte sogar schon ein Annonce aus einer Zeitung ausgeschnitten, die ein Freund mitgebracht hatte. Die Vorteile waren gewaltig. Also – ich habe zugestimmt. Und seit diesem Tag weiß ich nicht mehr, was mit mir geschehen ist. Ich weiß nicht, wie ich nach Alexandria gekommen bin, wie das mit meinem Transport nach Hilmija as-Saitun und dem Rest der Reise, bis hier, in die Einheit, war.«

Bevor ich weitererzähle, muß ich noch ein paar Bemerkungen machen. Das eigentliche Problem bestand in Masris Art zu denken und die Welt aufzunehmen. Er, der kein redseliger Typ war, ließ an diesem Abend Unsicherheit erkennen. Seine Worte schwankten einerseits zwischen der Entschlossenheit, Rache zu nehmen, was er auch direkt sagte, und andererseits dem Gefühl, sich in den Abgrund tiefster Verzweiflung fallen zu lassen. Masri war verloren. Nie hätte er das jemandem selbst gesagt, aber ich habe es aus dem, wie er erzählte, herausgehört. Niemand kann nachfühlen, welch brennende Wunde das Feuer hinterläßt, das einen beim Sprechen der einzelnen Buchstaben des Worts »verloren« erfaßt. Es war ein Feuer, das mich versengte. Das schmerzende Gefühl wird wohl für immer ganz allein mich peinigen, denn ich bin unfähig, es Ihnen nahezubringen. Damals, an jenem Abend, beherrschte mich der Gedanke, daß ich – aus diesem oder jenem Grund – verantwortlich dafür bin, was mit Masri geschehen ist, diesem jungen, von Sehnsüchten erfüllten Burschen. An ihm zeigten sich viele Widersprüche unseres Landes: Freude am Leben und zugleich Bereitschaft, dem Leben zu entsagen, Dreistigkeit und Scheu, Mut und Angst, friedfertiges Äußeres und rebellisches, widerspenstiges Inneres. Ich habe mich lange damit herumgequält, das richtige Wort zu finden, mit dem ich Masri beschreiben kann. Vielleicht ist es das – argwöhnisch. Oder – ein Zweifler? Oder einfach ein junger Bursche? Jung – das wäre er geblieben, selbst wenn er neunzig Jahre alt geworden wäre, und damit meine ich keineswegs den Typ eines Weiberhelds. Ich versichere Ihnen, solche Erfahrungen hatte er in seinem kurzen Leben nicht gemacht. Nachdem er mir seine Leidensgeschichte erzählt hatte, fragte ich mich, ob er vielleicht glücklicher gewesen wäre, wenn er wenigstens das hätte kennenlernen können, von dem die Leute vierundzwanzig Stunden am Tag reden und was sie Liebe nennen. Ich weiß es nicht. Das Jungenhafte an Masris Wesen kam von seiner Art, skeptisch zu sein, mißtrauisch. Da er dem Leben spontan begegnete, verlor er, beim geringsten Zusammenprall mit der Realität, den Glauben an die ganze Welt. Hatte das vielleicht zu seinem Schicksal beigetragen? Ich kann darauf keine Antwort geben, und zwar aus dem einfachen Grund, weil ich ihn vor der Rekrutierung nicht gekannt habe. Alles, was ich hier über ihn sage, ist das Ergebnis eigener Überlegungen. Masri war kein Glück beschieden. Jede Generation hat ihr eigenes Schicksal. Wir, die Kinder Ägyptens, sind davon geprägt, daß ... soll ich fortfahren?... daß unsere Sehnsucht größer war als unsere Möglichkeiten. Wir haben den Fuß aufgesetzt, aber keinen Boden gefunden. Wir haben die Köpfe emporgereckt, um an die Wolken zu stoßen, doch da fehlte der Himmel. Und in dem Augenblick, als wir den Finger auf die Realität unserer Generation legen wollten, da hat uns unser Führer verlassen, starb einfach weg, als wir ihn am meisten brauchten.

Diese Sätze sind mir versehentlich herausgerutscht. Hätte ich mir Zeit zum Nachdenken genommen, wäre es möglicherweise dazu nicht gekommen. Doch ich schreibe in einem Zustand völliger Verwirrung. Allein schon die Erinnerung an Masri und seine Geschichte läßt mich erschauern. Nein, ich werde die Sätze von Unglück und Schicksal nicht streichen. Sie sind geschrieben, und damit basta. Kommen wir also zu Masri zurück. Sein Leben bestand aus einer Kette unendlicher Qualen. Trotzdem bin ich nicht bereit, das, was ihm zugestoßen ist, mit Worten wie göttlicher Ratschluß, Schicksal, auf der Stirn geschriebenes und auf Anhieb erkennbares Unglück zu beschreiben. Hier geht es um einen sehr viel größeren Betrag. Als ich sein Dorf aufsuchte, habe ich die Antwort auf meine bohrenden Fragen gefunden, und zwar beim Anblick des gewaltigen weißen, noch in der Nacht leuchtenden Schlosses des Gemeindevorstehers und der Hütte von Masris Familie, von der es zuviel behauptet wäre, sie als Haus zu bezeichnen. Ich habe die Antwort gefunden beim Anblick des massigen, elefantenähnlichen Gemeindevorstehers und des ausgemergelten Vaters von Masri, dessen Haut sich so straff über die Knochen spannte, daß man erwartete, sie würden sie gleich durchbohren.

Ich merke, wie ich mich drehe und wende, nur um nicht auf die Frage zu kommen, die viel Zeit braucht. Sie lautet: Warum ist Masri an die vorderste Front gegangen? Hat er einen ehrenvollen Tod gesucht? Doch dafür hätte es dutzendfach Gelegenheit gegeben, angefangen von der Verteidigung des Bodens, um den da gefeilscht worden war. Ich habe keine Lust, die Frage in Zusammenhang mit Vaterland und Patriotismus zu bringen. Sicher, wir alle lieben Ägypten, jeder auf seine ganz persönliche Weise. Aber welches Ägypten? Das ist die Frage. Lieben wir das Ägypten, in dem Menschen vor Hunger krank werden, oder lieben wir das Ägypten, in dem die Menschen an Fettsucht sterben?

Ich habe Masri das Wort entrissen, weil ich etwas klarstellen wollte. Doch nun merke ich, daß aus der Erklärung Geschwätz geworden ist. Soll also Masri weiterreden.

»Ich bin anstelle des Sohns vom Gemeindevorsteher zum Militär gegangen, um meine Familie zu beschützen. Sie haben mich darum gebeten, also ging ich. Merkwürdig ist, daß sie das Geld dafür noch immer nicht bekommen haben. Wir haben nachgegeben, verzichtet, und wenn am Anfang noch alles klar war, so nicht am Ende. Ich hatte schon mit dem Fernstudium angefangen, und als dann Ferien waren, habe ich jedem im Dorf erzählt, daß ich doch nun entdeckt habe, wie schwer, ja unmöglich es für mich sei, die höhere Schule zu besuchen. Ich habe beschlossen, sagte ich, mich als Freiwilliger bei der Armee zu melden. Alle meinten, das sei eine vernünftige, ehrenhafte Lösung, vor allem, weil ich bei der Armee einen Abendkurs besuchen könne, und wenn ich dort das Abitur machte, dann könne ich zur Universität oder einer Militärhochschule gehen. Wenn ich die absolvierte, dann stehe das Tor zu Beförderungen weit offen. Nachdem ich zur Armee gegangen war, erfuhr ich, daß der Gemeindevorsteher die Sache in die Länge zog und meinem Vater den Boden nicht zurückgab. Auf Grund des neuen Gesetzes hat er ihn erst weggenommen, überließ dann meinem Vater ein kleines Stück davon, das er bestellen konnte, aber nur zeitlich begrenzt und mit einem am Ertrag prozentualen Anteil. Er lehnte es schlechtweg ab, wenigstens diese Ungerechtigkeit zu Papier zu bringen. Ich war furchtbar wütend und wollte, als ich auf Urlaub war, den Gemeindevorsteher aufsuchen. Mein Vater hinderte mich daran. Das Problem würde sich, sagte er, schon irgendwie lösen, und mein Eingreifen mache die Dinge nur noch komplizierter. Ich fand das nicht, wollte auf jeden Fall zum Gemeindevorsteher. Aber er war verreist, ständig war er in dieser Zeit unterwegs. Dann war mein Urlaub zu Ende, und ich mußte zur Einheit zurück. Eins ist sicher, das muß gelöst werden«, fügte er entschlossen hinzu.

Ich fragte ihn, ob er eine Lösung sehen würde. »Kann man nicht zusammen mit den anderen Bauern Druck auf ihn ausüben und ihn zwingen, sein Versprechen zu halten?«

Masri lehnte das strikt ab und sagte, daß er nicht mehr wage, den anderen im Dorf in die Augen zu sehen, weil sein Vater nicht mitgemacht habe, als sie sich gegen den Gemeindevorsteher stellten. Er habe sich dadurch von allen isoliert. »Sicher, die anderen Bauern haben nichts erreicht. Aber der größte Fehler war, den Boden abzugeben und einen Prozeß anzustrengen. Damit hat das Problem die politische Dimension verloren und ist lediglich zu einem von Tausenden Streitfällen geworden, auf die man an den Gerichten seit Jahren eingestellt ist. Aber«, fuhr er fort, »auch wenn ich mich für meinen Vater schäme, so ist das nur wiedergutzumachen durch eine einzige Sache, und zwar, indem man alles aufdeckt.«

»Wie das?« fragte ich überrascht.

»Ich bitte um ein Gespräch beim Herrn Kommandanten und erzähle ihm alles von Anfang bis Ende.«

»Aber du bist in die Sache verwickelt und wirst zur Rechenschaft gezogen werden«, warnte ich.

»Trotzdem, anders komme ich nicht zur Ruhe.«

»Und was wird aus deiner Familie?«

»Hast du schon jemals gehört, daß jemand verhungert ist?« fragte er entschlossen. »Wir werden eben wieder bei Null anfangen. Ich werde für meine Familie die Verantwortung übernehmen, von nun an, bis ich sterbe.«

»Das geht nur, wenn du vor dem Gemeindevorsteher und seiner Macht im Dorf keine Angst hast.«

Er schwieg einen kurzen Moment und sagte dann: »Angst und Gier, beides ist Gift.« Als er weitersprach, sah er sehr ernst aus. »Von jetzt an werde ich niemanden mehr fürchten.«

Wir hatten lange miteinander geredet, und ich merkte, daß es Masri peinlich war, meine Zeit so lange in Anspruch genommen zu haben. Er sah auf die Uhr, es war bereits kurz nach Mitternacht. Ich erinnerte daran, daß wir im Monat Ramadan waren, und sagte, mir persönlich sei es lieber, bis zur letzten Mahlzeit der Nacht wach zu bleiben, anstatt noch kurz zu schlafen. Das verderbe einem nur den Appetit, und hinterher käme man auch nicht mehr zur Ruhe. Auf seine Frage, ob ich nicht nur aus Höflichkeit so rede, schwor ich, auf jeden Fall, mit oder ohne Gespräch, bis zur letzten Mahlzeit wach zu bleiben. Bei uns, in der Stadt, sei man das so gewohnt.

Ich sage Ihnen offen und ehrlich: Ich war einfach glücklich, mit Masri zu sprechen. Endlich konnten meine vielen Fragen beantwortet werden. Ich war froh über seinen Entschluß, mir alles zu erzählen. In dem Moment, als davon die Rede war, daß er den Vorschlag des Gemeindevorstehers akzeptiert hatte, befiel mich das Gefühl, einen Freund, den ich liebte, verloren zu haben. Aber dann, als er erklärte, er fürchte sich vor nichts mehr, da hatte ich diesen Freund wiedergewonnen. Ich war entschlossen, ihm bis zum bitteren Ende zur Seite zu stehen.

Er unterbrach mich in meinen Gedanken. »Stell dir vor, was geschieht, wenn ich sterbe. Weißt du, was meine Familie dann durchmacht? Wer aus meinem Tod Nutzen zieht?«

»Lassen wir es, über den morgigen Tag nachzudenken und Vermutungen über die nächste Zeit anzustellen. Uns genügt, daß wir im Moment zusammensitzen können. Laß mich dich an die Hand nehmen, um mit dir all das durchzustehen, was du mir heute nacht erzählt hast. Ich weiß nicht, ob ich dich zu deinem Entschluß, furchtlos zu sein, beglückwünschen soll oder ob ich dir besser sagen sollte, daß das der Beginn von unendlichen Schwierigkeiten ist, auf die du dich einstellen mußt.«

»Die Schwierigkeiten kümmern mich nicht, ich bin bereit, sie in den Griff zu bekommen.« Ich solle ihm ruhig gratulieren, sagte er. Was heute abend geschah, sei wichtig, weil er sich selbst, den alten Masri, wiedergefunden habe. Er würde ohne Zögern sich daranmachen, diese Selbsterkenntnis umzusetzen.

»Herzlichen Glückwunsch...«, erwiderte ich lachend und wollte gerade seinen Namen hinzusetzen, doch da hielt ich inne, weil ich an den neuen Namen noch nicht gewöhnt war.

»Sprich es ruhig aus: ›Herzlichen Glückwunsch, Masri!‹«

Wir nahmen uns vor, gleich am nächsten Morgen die Sache anzupacken. Masri sollte beim Morgenappell einen Termin beim Kommandanten beantragen und sich vergewissern, daß diese Bitte auch ins Dienstbuch eingetragen wurde.

Beim Morgenappell meldete sich Masri, bat darum, den Kommmandanten sprechen zu dürfen. Der diensthabende Offizier wollte wissen, in welcher Angelegenheit, worauf Masri erwiderte, es handele sich um etwas Persönliches und er wolle nicht vor den anderen darüber sprechen. Dem Offizier reichte das nicht, aber Masri war entschlossen, nichts weiter zu sagen. Daraufhin versicherte der Offizier, seinen Wunsch ins Dienstbuch einzutragen, das dem Kommandanten, sobald er in der Einheit eingetroffen sei, vorgelegt werden würde. Nach dem Appell war Masri nicht in der Lage, irgend etwas zu tun. Er war so verstört, daß ich schon daran dachte, mit ihm hinauszugehen und mich mit ihm in das Café zu setzen. Aber es war Ramadan, und wir mußten fasten. Ich achtete also darauf, ihn ständig bei mir zu behalten, und erledigte einige anstehende Aufgaben. Ich spürte, wie er angesichts der Situation, die ihn erwartete, innerlich bebte. Es war zehn Uhr, um zwölf würde der Kommandant das Dienstbuch einsehen. »Zwei Stunden noch«, sagte ich zu Masri. Ein wenig später erfuhren wir, daß der Kommandant auswärts gebraucht wurde. Im Generalstab sei eine dringliche Besprechung angesetzt worden. Danach würde er erst noch im Führungsstab der medizinischen Dienste vorbeischauen, und niemand wisse genau, ob er danach noch hier vorbeikomme oder gleich nach Hause gehe. Es scheint mir schier unmöglich, das ganze Ausmaß von Masris Niedergeschlagenheit zu beschreiben, als er das erfuhr. Verwunderlich war, daß er gleichermaßen wütend wie aufgebracht war. »Heute ist nichts mehr zu machen«, sagte ich zu ihm. »Aber das ist kein Grund, sich dermaßen aufzuregen. Heute ist Mittwoch, morgen Donnerstag, und selbst wenn der Kommandant am Freitag nicht kommt, dann ist doch der Sonnabend nicht mehr weit weg.« Aber Masri stürmte los und hämmerte mit der geballten Faust an die Tür des Büros. Ich versuchte, ihn zu beruhigen – vergebens. Am Abend verstand ich, was los war. Masri schien die ungewöhnliche Gabe zu besitzen, Geschehnisse voraussehen zu können. Folgendes ereignete sich: Nachmittags, um zwei Uhr, war der Kommandant noch immer nicht erschienen. Dann eben morgen, sagte ich. Aber am Abend, ungefähr gegen sechs, tauchten plötzlich fast alle Offiziere auf, vorneweg der Kommandant. Es mußte etwas Außergewöhnliches geschehen sein, das sagten alle. Ansonsten wären um diese Zeit weder die Offiziere und der Kommandant erschienen, noch hätte er sofort lange Sitzungen mit seinen Adjutanten und dem Stabsoffizier des Krankenhauses, dem Chef für Verwaltung und technische Dienste und dem Kompaniechef anberaumt. Im Nu verbreitete sich die Nachricht: Der Ausnahmezustand war ausgerufen worden. Alle Soldaten der Einheit hätten anwesend zu sein, und die, die beurlaubt waren, müßten zurückgerufen werden. Keinerlei Ausgangserlaubnis, wie auch immer begründet, durfte gewährt werden. Für einige von uns kam das nicht überraschend, denn gestern waren Reservisten eingetroffen. Das war an sich nicht unnormal, weil sie hier bisweilen zur Ausbildung antreten mußten. In diesen ersten

Oktobertagen waren sie aber in voller Ausrüstung erschienen, doch kaum jemand hatte sich dafür interessiert. Es ergingen weitere Instruktionen. Einige Spezialkommandos erhielten den Befehl, sofort an die Front zu gehen. Alle dringlichen Aufgaben sollten umgehend abgeschlossen werden, damit die ganze Truppe Zeit bekomme, sich auf die neue Lage einzurichten. Der Kommandant ließ Masri zu sich rufen, da, wie er sagte, niemand wisse, wie der morgige Tag aussehe. Als Masri die Uniform anzog und sich auf den Weg zum Dienstzimmer machte, schien ihn das alles nicht zu kümmern. Schon nach wenigen Minuten kam er zurück. Er sah glücklich aus. Ohne mir zu erzählen, was sich abgespielt hatte, ging er direkt in den Schlafsaal und begann seine Sachen zu packen. Auf meine Fragen antwortete er nicht, sondern machte eilends weiter. Mir blieb nichts weiter übrig, als ihn gewaltsam zu stoppen und zu zwingen, endlich zu erzählen, was vorgefallen war.

»Ich gehe an die Front«, antwortete er knapp.

»Was genau ist passiert?«

»Nichts. Anstatt dem Kommandanten den Sachverhalt zu erklären, habe ich ihn darum gebeten, so schnell es irgend geht, an die Front versetzt zu werden.«

»Und dein Problem?«

»Ich habe es nicht fertiggebracht, über mich zu reden, wenn Ägypten vor einem Befreiungskrieg steht.«

»Woher willst du etwas von Krieg wissen?«

»Ich habe so ein Gefühl.«

»Aber der Ausnahmezustand wurde schon öfter erklärt, deshalb hat es noch lange keinen Krieg gegeben.«

»Das hier riecht anders«, erklärte er.

»Aber dein Problem!« schrie ich ihn an.

»Das kann warten, ein paar Tage, ein paar Monate, selbst ein paar Jahre. Die Befreiung des Landes kann nicht warten.« Er machte eine Pause und fuhr fort: »Der erste Teil ist die Befreiung des Landes. Wenn das erledigt ist, können wir uns den Problemen im Land selbst zuwenden, und das wird dann der zweite Teil der Befreiung sein. Da kannst du dich drauf verlassen.«

»Hast du denn dem Kommandanten wenigstens deine Geschichte angedeutet?« fragte ich.

»Das ist nicht die richtige Zeit dafür.«

»Wenn dir das unangenehm ist, dann laß mich doch das machen.«

Er lehnte ab. Unter normalen Umständen, meinte er, gebe es zwischen ihm und dem Sohn des Gemeindevorstehers hunderterlei Unterschiede, jetzt aber seien sie beide gleich. Ob da jemand einen anderen Namen habe oder anders aussehen würde, das sei nicht mehr wichtig. Jetzt zähle nur noch die Ehre, das Land zu befreien, da spielen Namen und Personen keine Rolle. Genau das habe er auch dem Kommandanten gesagt, wenn auch mit anderen Worten. Ginge er an die Front, habe er erklärt, dann würde er innerlich endlich zur Ruhe kommen und seine Selbstachtung wiederfinden.

Das waren seine Worte, und mir drängt sich noch immer die Frage auf, ob es der Tod war, den Masri suchte. In welcher seelischen Verfassung war er an die Front gegangen? Hatte ihn Protest erfüllt, oder hatte er sich aufs Sterben eingestellt? War er bereits das Opfer eines inneren Kampfes geworden, bevor er noch dem äußeren Feind gegenübergestanden hatte? Ich bin völlig durcheinander, und während ich schreibe, habe ich das Gefühl, das Blut eines anderen Menschen fließt in mir, eines Menschen, der mir sehr nahestand und für den ich Verantwortung trug. Masri ist verloren – ein Satz, den er sich selbst sicher mehr als einmal gesagt hat. Was kann ich jetzt noch für ihn tun, außer beim Erinnern und Schreiben zu weinen? Welchen Wert hat alles noch? Der, der stirbt, bleibt allein, denn die anderen Menschen, selbst die, die ihm am nächsten standen, leben wie immer weiter. Wo lag seine Schuld, wo meine? Die einzige Gewißheit, die mich seine Geschichte gelehrt hat, ist, daß es auf dieser Welt keine Gerechtigkeit gibt. Erst wenn wir uns dazu entschließen, die menschliche Würde zu achten, können wir von Gott Gerechtigkeit fordern. Verweigert Er sie uns, müssen wir uns einen anderen Herrn suchen. Gerechtigkeit bedeutet nur eins: Stärke und Kraft dem geben, dessen Recht schwach ist. Ich bitte Sie von ganzem Herzen – fragen Sie mich nicht: Und du, was hast du für Masri getan? Warum läßt du die Geschichte am Himmelsrand schweben und verhängst sie mit einem Flor von Geheimnissen und Legenden? Wo bleibt dein Glaube an die Kraft des Menschen, sein Schicksal selbst in die Hand zu nehmen?

Kehren wir lieber zu Masri zurück. Er war von dem Gedanken, an die Front zu gehen, in seltsamer Weise besessen. Ich versuchte, mit ihm zu reden, doch er mied mich. Ich werde das nie verstehen. Die ersten Instruktionen betrafen Spezialgruppen, mit denen Masri nichts zu tun hatte. Jeder Soldat ist ja für etwas Bestimmtes ausgebildet, in der Armeesprache nennt man das »Aufgabengebiet im Kriegsfall«, also Krankenträger, Röntgenologen, Laboranten, Feldköche. Masri war als Krankenwärter ausgebildet, und obwohl seine Gruppe noch gar nicht angefordert war, bestand er auf seinem Fronteinsatz. So etwas hatte ich noch nie erlebt, denn etliche versuchten, um diesen Befehl herumzukommen. Wer unter seinen Verwandten hochgestellte Persönlichkeiten hatte, wer der Schwiegersohn von einem hohen Offizier war, wer sonst schon immer mal hat anrufen lassen, um extra Urlaub zu bekommen, der brachte es auch jetzt zuwege, daß das Telefon läutete und eine weiche, an keinen Kummer gewöhnte Stimme darum bat, doch seinen Verwandten bitte nicht an die Front zu schicken. Das sei doch nur ein einfacher Soldat, und was könne der jetzt schon am Suezkanal ausrichten? Immerhin würde man ja bedeutende Interessen vertreten ... Der eine betrieb ein für das Land wichtiges Handelsgeschäft, der andere hatte eine große Familie zu ernähren, der dritte wiederum mußte im Ausland einer Aufgabe nachgehen. Was würde denn schon ein einfacher Soldat beschleunigen oder verzögern können? Wie gesagt, Masri war eine einzigartige Ausnahme. Entweder wollte er so eilig an den Suezkanal, um dort eine Lösung seines Problems zu finden, oder er wollte sich von langen Jahren geduldigen Leidens reinigen.

Dann geschah, was ich nicht mehr erwartet hatte. Er kam plötzlich zu mir und wollte mit mir reden. Er war erregt, wie ich es nie zuvor an ihm bemerkt hatte. So wenig damals das Geld der Grund gewesen sei, erklärte er, warum er sich anstelle des anderen habe rekrutieren lassen, so wenig sei es jetzt feige Flucht, wenn er das Problem nicht mehr aufwerfen wolle. Der wahre Grund sei der, daß er Ägypten dienen möchte. Er liebe dieses Land, und das einzige, was ihn je im Leben mit Glück erfüllt habe, sei, daß dieses Land und er den gleichen Namen tragen. Er wisse zwar nicht, ob sein Vater ihn mit Absicht oder rein zufällig so genannt habe, aber er liebe seinen Vater schon allein deshalb, weil er ihn durch den Namen an dieses über alles geliebte Land gebunden habe. Zum erstenmal sah ich Masri in solcher Aufregung. Sein Gesicht glühte und war schweißbedeckt.

Während er sich auf den Fronteinsatz vorbereitete, wurde er ein neuer Mensch. Vor dem Aufbruch wollte man wissen, ob er an der »Todeserklärung« noch etwas verändern möchte. Falls ja, müsse er das noch erledigen. Masri wollte nichts verändern, aber er nahm mich beiseite und erklärte mir, ich sei der einzige, der von seinem Geheimnis wisse, und wenn er wirklich nicht zurückkehren würde, sei ich für die Berichtigung verantwortlich. Sein Leben sei schon voller Ungerechtigkeiten gewesen, da wolle er nicht dort noch – im Jenseits – davon verfolgt werden.

Ich habe hier nur meinen Bericht über das Vorgefallene abzugeben. Niemand, auch ich nicht, ist daran interessiert, Sie mit Gefühlsduseleien zu überfallen. Es geht mir nicht darum, daß sich Ihre Augen wegen Masri mit Tränen füllen sollen. Lassen Sie uns gemeinsam und so ernsthaft wie möglich über das Geschehene nachdenken. Ich werde Ihnen nicht meinen Abschied von Masri beschreiben. Ich werde nicht den Aufbruch in bleicher Herbstnacht schildern, werde nicht die letzten Worte, die in einer solchen Stimmung gesagt werden, wiedergeben.

Am darauffolgenden Tag kam der Befehl, weitere Soldaten ins Frontlager zu schicken. Ich bat darum, bei diesem Transport dabeizusein. Ich wollte in Masris Nähe kommen. Unser Wiedersehen war ergreifend. Der junge Mann, der seine schwere Geschichte mit sich schleppte, hatte sich in einen vielbewunderten Soldaten verwandelt, und obwohl er nur einen Tag vor mir in der Stellung eingetroffen war, kam es mir vor, als hätte er dort schon Jahre verbracht. Er nahm mich an die Hand, zeigte mir alle Ecken und Winkel. Er liebte die Stellung, als wäre das das Haus seiner Familie. Während der wenigen freien Momente zwischen den Vorbereitungen und Maßnahmen schien er wieder den Wunsch zu verspüren, über seine Probleme zu sprechen. Aber die Umstände ließen es nicht zu. Freitag mittag war ich an der Front eingetroffen, und vierundzwanzig Stunden später sollte der Krieg beginnen. Die Zeit war knapp, aber wir alle waren so begeistert und aktiv, daß sie uns unendlich lang vorkam. Kaum war die vorgesehene Truppenstärke erreicht, da wurde damit angefangen, Schützengräben auszuheben und Säcke und Beutel mit Sand zu füllen. Wir stellten Zelte für die Verwaltung, zum Schlafen, für die Untersuchungen und Operationen auf. Das größte Zelt sollte für Kranke sein, die auf den Abtransport warten mußten. Beim letzten Zelt, das für die Obduktion gedacht war, fühlten wir Beklommenheit, als wir den Boden eben machten, die Pflöcke einschlugen und die Seile festzurrten. Alle Zelte mußten mit Tarnmaterial verdeckt werden. Für die Transportautos wurden Gruben ausgehoben, damit sie verborgen standen. Die Küche mußte eingerichtet und unterirdische Lager für Medikamente, Munition, Waffen und Trockennahrung angelegt werden. Nachdem dieses gewaltige Arbeitspensum geschafft war, hatte ich noch einige Verwaltungsaufgaben zu erledigen. Ich legte Bücher an für die Tagesbefehle, Registrierung der Truppenstärke, eingegangene und weitergeleitete Instruktionen, den Dienstwechsel und die entsprechenden Protokolle. Wir arbeiteten hart, aber begeistert, wie wir waren, spürte kaum jemand Erschöpfung. Noch spät in der Nacht hatte der diensthabende Offizier Mühe, uns zum Schlafen zu bewegen. Unsere Truppe hatte weder die Aufgabe, Verletzte zu behandeln und zu retten, noch die Gefallenen aufzunehmen. Die Einheit trug die Bezeichnung »Sanitätsstation Nr. 1«, was auf die Funktion hinweist. Es war eine medizinische Einrichtung in vorderer Frontlinie, die die »heißen« Fälle, so der Militärjargon, in Empfang nahm, untersuchte und dann entsprechend weiterleitete. Bei leicht Verwundeten wurde Erste Hilfe geleistet, und dann wurden sie wieder in ihre Stellung zurückgeschickt. Die mit halbschweren Schäden wurden untersucht und in entsprechende Einrichtungen eingewiesen. Dann waren da noch die Gefallenen, mit denen wurde wie sonst üblich verfahren.

Wir hatten den Befehl erhalten, einen Zug zusammenzustellen, bestehend aus Trägern und Krankenwärtern, der in vorderste Kampfeslinie zog und dort die Sanitätsflagge hißte. Den internationalen Abkommen entsprechend, war der Angriff solcher Einrichtungen verboten. Der Kommandant sollte die Einteilung für diesen Dienst vornehmen. Zu jener Zeit, also Sonnabend früh, befand sich die Front am westlichen Ufer des Suezkanals. Wir standen beim morgendlichen Appell. Es war sieben Uhr. Masri befand sich rechts neben mir, bekleidet mit einem Overall, den er offensichtlich über Nacht unter das Kopfkissen gelegt hatte, damit er gebügelt aussah. Der Kommandant verkündete, er würde diejenigen ins Kampfgebiet schicken, die freiwillig vortreten. Masri hob den Arm an und ließ ihn eine vage Linie gen Himmel zeichnen. Ein Ruck ging durch seinen Körper, als er mit fester Stimme rief: »Effendi!«

Noch bevor er Erlaubnis erhalten hatte, trat er hinter unsere Reihe und lief um die angetretene Truppe herum. Er stellte sich unmittelbar vor den Kommandanten hin und salutierte. Der fragte, was los sei, und Masri erklärte, er wolle der erste sein, der an die vorderste Front gehe. Der Kommandant war erfreut, beglückwünschte ihn zu diesem Entschluß und befahl, Masris Namen als ersten auf die Liste zu setzen. Ich wollte bei Masri bleiben, doch als ich mich meldete, wurde ich wegen der Verwaltungsaufgaben zurückgestellt. Mein Arbeitsplatz war in der Einheit. Ich kann nicht anders – ich muß den Moment, in dem ich ihn zum letztenmal sah, beschreiben. Nachdem der erste Zug zusammengestellt war, wurde Masri als Zugführer eingesetzt. Die Männer gingen los, um Verbandmaterial, Medikamente, Verpflegung, Feldflaschen mit Wasser und Gasmasken in Empfang zu nehmen. Das geschah alles so schnell, daß ich mit Masri kein Wort wechseln konnte. Ich beobachtete, wie er mit einem anderen Soldaten eine Krankentrage aufhob. Alle Ausrüstungsgegenstände, die er erhalten hatte, waren irgendwie an seinem Overall befestigt. Er stand auf einer kleinen Anhöhe, mit dem Profil zu mir. Hinter ihm erstreckte sich, so weit das Auge reichte, Wüstensand. Der Zug setzte sich in Bewegung, er drehte sich noch einmal zu uns um. Ich hatte es geahnt – auf seinem Gesicht standen Schweißtropfen, obwohl ein schwacher Herbstwind wehte. Ich erinnere mich noch ganz genau daran, denn sein Gesicht glänzte, weil Sonnenstrahlen es beschienen. Der Zug setzte sich langsam in östlicher Richtung in Marsch. Masri schlug eine harte Gangart an, und angesichts seines vornübergebeugten Körpers konnte man glauben, ihm sei etwas zugestoßen. Vielleicht halten Sie es für eine Übertreibung, wenn ich sage, sein Körper sah wie ein Bogen aus, der in Richtung Osten gespannt war. Das war das letzte Mal, daß ich ihn gesehen habe.

Fünfzehn Tage waren vergangen. Wegen der schweren Bedingungen war die regelmäßige Ablösung des Zugs vorgesehen. Die Leute aus Masris Truppe kehrten zurück, nur er nicht. Er blieb dort draußen, und die Geschichten über ihn wurden zu einem Heldenepos, von dem wir nicht so recht wußten, wie wir damit umgehen sollten. Die Worte kamen einem nur mühsam über die Lippen, denn die Sprache hätte alt und gehoben tönen müssen, und daran waren wir nicht gewöhnt. Diese Sprache fehlte uns, doch nur bis zu jenem Tag – Sonntag, dem einundzwanzigsten Oktober. Es waren die letzten zehn Tage des Monats Ramadan, jetzt zeigte sich der Mond erst zu später Stunde. In diese Zeit fiel die Schicksalsnacht, und die Männer der Nachtpatrouille wollten genau aufpassen. Der Abend senkte sich, und kurz vor Mitternacht brachte man Masri, auf einer Krankentrage seines Zugs. Am Hals hatten ihn Granatsplitter getroffen, er war am Bauch verwundet, sein linkes Bein war gebrochen. Er hatte, obwohl verletzt, noch eine ganze Weile weitergearbeitet, hatte niemandem etwas gesagt, bis er schließlich ohnmächtig geworden war. Erst als er dalag, hatten seine

Kameraden die schweren Verletzungen entdeckt. Er hatte viel Blut verloren, und eine Wunde war entzündet. Als er ins Lager gebracht wurde, ließ ich alles stehen und liegen. Ich stand am Eingang des Untersuchungszelts und konnte den Gesichtern der Ärzte ansehen, daß es hoffnungslos war. Trotzdem befahl der Kommandant, alles, auch das Unmöglichste, zu tun. Fieberträume packten ihn, ich wich nicht von seiner Seite. Bei allem, was er stammelte, ging es ihm nur um eins, und darum flehte und bettelte er mich in jeder nur erdenklichen Wendung an: Ich solle seine Familie aufsuchen – es müsse ihnen Gerechtigkeit zuteil werden. Ich würde seine Geschichte kennen, würde wissen, daß er Masri und nicht der Sohn vom Gemeindevorsteher sei. Ich müsse auf jeden Fall und unter allen Bedingungen die Sache aufklären. Solange er lebte, habe er seiner Familie nicht helfen können, so solle ihnen wenigstens sein Tod festen Boden unter den Füßen verschaffen, angesichts der ungewissen Zukunft, die auf sie zukomme. Ich nahm diese Worte nicht ernst, denn ich konnte mir nicht vorstellen, daß Masri zum Sterben geboren worden sei. Er mußte einfach leben. Hätten wir ihn doch nur in ein Krankenhaus in einer Militärbasis oder in das eines Bezirks bringen können, die besser ausgestattet waren. Das Fieberdelirium hielt bis zum nächsten Tag an. Ich erhielt den Auftrag, nach Kairo zu fahren und aus dem Zentrallager Medikamente zu holen. Ich überlegte, ob ich mich nicht befreien lassen konnte, um bei Masri zu bleiben, doch ich genierte mich. Wir suchten einen Wagen mit einer verschließbaren Transportfläche. Ich fand heraus, daß das einzig taugliche Auto der Leichenwagen war. Die Ladefläche war groß, man konnte sie abschließen, also war das ein idealer Platz für Medikamente. Wir waren noch mit dem Beladen und dem Ausstellen der Papiere, die wir unterwegs für die Militärpolizei brauchten, beschäftigt, da läutete der Telefonapparat, mit dem wir mit der Heeresleitung verbunden waren. Der Telefonist hob ab. Es war der Befehl, ab achtzehn Uhr fünfundvierzig das Feuer einzustellen. Noch bevor sich in unseren Herzen die Trauer festsetzen konnte, hörten wir, daß Masri im Sterben liegt. Ich rannte zum Zelt hinüber. Seine Augen hatten jeglichen Glanz verloren, er lag erstarrt da. Ich streckte die Hand aus, legte seine Beine gerade hin, brachte seine Arme seitlich an den Körper und schloß ihm die Augen. Wir benachrichtigten den Kommandanten, und er befahl uns zu warten, damit wir den Leichnam mit nach Kairo nehmen und ihn dann in sein Heimatdorf zur Beerdigung brachten. Es ging alles sehr schnell. Der Leichnam wurde hergerichtet und der Totenschein ausgestellt.

Dann saß ich also auf der Ladefläche des Wagens. Das Radio spielte noch immer. Ich drehte am Knopf, eine sonore Stimme drang an mein Ohr. »Um sechs Uhr fünfundvierzig erließen der Minister für Verteidigung, General Ahmed Ismail Ali, und der Oberbefehlshaber der bewaffneten Streitkräfte an alle militärischen Formationen einen Appell, in dem es heißt: Die oberste Heeresleitung hat den Befehl erlassen, am zweiundzwanzigsten Oktober 1973, um achtzehn Uhr fünfundvierzig, Kairoer Zeit, das Feuer einzustellen, wenn die feindlichen Truppen sich zu dieser Zeit an die Übereinkunft halten.«

Wir kamen am Abend in Kairo an. Durch das kleine Fenster konnte ich das übliche Treiben beobachten. Nur siebzehn Tage waren vergangen. Ein kleines Mädchen hielt einen Brotfladen in der Hand, den sie, weil er so heiß war, zwischen ihren Fingern hin und her schob. Ein junger Mann und ein Mädchen hielten sich an den Händen, und die geheime Zwiesprache ihrer Augen ließ sie in eine dunkle, einsame Straße abbiegen. Eine alte Frau bettelte die ersten Nachtschwärmer an. Wir erreichten das Krankenhaus. Fernab vom Kriegsschauplatz gelegen und eingetaucht in eine schweigsame und sich auf die lange Nacht vorbereitende Stadt, war die Stille des Krankenhauses trotzdem vom Geruch des Kampfes erfüllt. Wir hatten den Hintereingang benutzt, um Masri in den Obduktionssaal zu bringen. Der Kasten wurde geöffnet. Da es verboten war, das Licht anzustellen, herrschte völlige Dunkelheit. Es war mir nicht möglich, Masris Gesichtszüge zu erkennen. Am liebsten hätte ich ein Streichholz angezündet, um noch einen letzten Blick auf sein erschöpftes, müdes Gesicht zu werfen. Aber auch das war nicht erlaubt, und da ich von der Front kam, konnte ich den Ernst der Lage besser als sonst jemand einschätzen. Der diensthabende Wärter ging weg, um in einem der Läden draußen zwei große Stangen Eis zu kaufen. Wir brachen sie in kleine Stücke und legten sie um den Leichnam. Ich fragte nach den Medikamenten, die wir holen sollten. Das Zentrallager hatte bereits morgens alles verschickt. Die nächste Lieferung würde erst in drei Tagen eintreffen. Die Umstände wollten es so, ich konnte meinen teuren Toten in sein Heimatdorf begleiten. Über die Fahrt dorthin und die Geschehnisse im Dorf wird Ihnen der Offizier im nächsten Kapitel berichten. Mir reicht das, was ich Ihnen zu erzählen hatte. Als Kairoer könnte ich jetzt vielleicht behaupten, daß das meine erste Reise in ein Dorf war. Ich habe tatsächlich immer in der Stadt gelebt. Es war zwar nicht mein erster Ausflug aufs Land, aber ich habe zum erstenmal ein Dorf wirklich kennengelernt. Über das, was ich dort erlebt habe, möchte ich noch etwas sagen. Ich weiß, einige von Ihnen werden fragen, was hat das mit dem Krieg auf ägyptischem Boden zu tun? Geschichten über den Krieg gibt es schon zur Genüge, wahrscheinlich deshalb, weil solche Romane und Erzählungen, geschrieben von den Liebedienern der Macht, für sie und für die Macht selbst so lange eine fette Pfründe darstellen, bis es einen neuen Krieg gibt.

Ich will meinen Bericht mit der Fahrt ins Dorf zu Ende bringen. Aus mir unerfindlichen Gründen war ich vor allem darauf aus, Masris Familie kennenzulernen – den Vater, die Mutter, die Schwestern. Ich kannte sie alle, Masri hatte sie in den langen Nächten, in denen wir miteinander gesprochen hatten, für mich erstehen lassen. Aber jetzt konnte ich seinem Vater zum erstenmal wirklich gegenübertreten. Er hatte ein offenes Gesicht, man sah ihm an, was er fühlte. Doch stärker noch fühlte ich mich zu seiner Mutter hingezogen. Gleich beim ersten Blick drängte sich mir unwillkürlich ein Wort auf die Lippen: eine Bäuerin. Ich versuchte, mich an alles zu erinnern, was ich über diese Frau gehört hatte. Ich sprach mit ihr, beseelt von dem brennenden

Wunsch, ich könne sie die enge Beziehung spüren lassen, die mich mit ihrem einzigen Sohn verbunden hatte. Als sie mir antwortete, waren die Wörter mit Tränen vermischt. Jeder Laut holte aus dem Brunnen des Auges eine Träne herauf und entriß der öden Brust ein verstörtes Schluchzen. Ihr Weinen glich dem Gurren von Tauben in ihrem Schlag. Auf einmal merkte sie, daß ich, ein Fremder, vor ihr stand, in dessen Gegenwart es sich für sie nicht gehörte, zu weinen. Sie bemühte sich um ein Lächeln, schluckte die Tränen hinunter. Die krampfhaft aufgesetzte Miene konnte die Trauer nicht verwischen. Als ich mich auf dem Rückweg befand, war mir nach Heulen zumute. Masris Familie hatte mir in allen nur denkbaren Formen ihre Liebe zeigen wollen.

Nach den darauffolgenden Ereignissen, von denen Sie noch erfahren werden, habe ich lange gegrübelt. Darf ich sagen, worüber? Ich bitte Sie darum. Ich hatte vor dem Gehöft des Gemeindevorstehers gesessen. Es war tiefe Nacht, und die fremdartigen Geräusche schienen nach jemandem zu rufen, der ihre Geheimnisse ergründete. Drinnen im Haus fand die Untersuchung statt, doch ich saß draußen. Wie Meereswellen schoben sich in meinem Kopf die Gedanken zusammen und verteilten sich wieder. Auf dem Weg ins Dorf hatte ich das unermeßliche Leid und die unendliche Armut gesehen. Ich flehte Gott um Gnade für unser elendes Land an. Wann endlich, fragte ich mich, wird Gott Ägypten von Sorgen, Not und Gram erlösen? Niemand kann es wissen, aber ich bin fest überzeugt, lange kann das so nicht mehr weitergehen. Wo war denn Gottes Gerechtigkeit in Masris Leben gewesen? Gäbe es Gerechtigkeit, dann würden die Armen auch die Mittel haben, sich selbst zu verteidigen. Das Recht ist auf ihrer Seite, nur wer will schon behaupten, daß das im Kampf gegen die Macht von Wert ist? Das Recht allein bewirkt gar nichts. Im Gegenteil, es ist ein Gewehr, das nach hinten, in die Brust dessen schießt, der es in den Händen hält. Das Recht ist ein zerbrochenes Holzschwert. Die Menschen in Masris Familie besitzen nichts als ihre Hände. Doch der Gemeindevorsteher, der Allgewaltige, wiederholt unaufhörlich, daß seine Macht von Gott gegeben ist. Das scheint sogar zu stimmen.

Wenn es also so ist, daß Gott sich die Reichen ausgewählt hat und er beschlossen hat, allein ihr Herr zu sein, dann bleibt den Armen nichts weiter übrig, als sich ihren eigenen Herrn zu suchen. Wer weiß, vielleicht finden sie ihn, und möglicherweise wartet er schon auf sie seit der Zeit, da sich zwischen den Armen und den Reichen die gewaltige Kluft aufgetan hat, die mit jedem Tag größer wird.

Da kehren wir also vom Krieg heim, nur um einzig und allein erleben zu müssen, daß in unserem Land eine blutige Zeit begonnen hat. Sind wir aus einem Krieg zurückgekommen, nur um zu entdecken, daß ein anderer Krieg schon auf uns wartet? Ich denke, wir haben einen Fehler gemacht. In dem Krieg, der gestern beendet worden ist, gab es nicht nur vorne einen Feind. Es stand auch hinter uns ein Feind. Jeder Schuß, der in Richtung des geraubten Sinai ging, hätte sich mit einer Kugel treffen müssen, die nach hinten, in Richtung des geknechteten Ägypten geht, besetzt von Feinden anderer Art – von Armut, Unterentwicklung, Unrecht, Gewalt. Wir haben das nicht gemerkt. Wir haben all unsere Kraft auf einen äußeren, erkennbaren Feind gerichtet und haben den in Ruhe gelassen, der sich wie eine bösartige Geschwulst verbreitet und dem Auge verborgen bleibt. Ja, es gibt für uns eine Entschuldigung. Wir dachten, unsere Familien würden diese Aufgabe für uns übernehmen. Doch unsere Hoffnung wurde enttäuscht. So steht also diese Aufgabe – jetzt – vor uns, und wir dürfen sie nicht hinausschieben. Das Geschwür würde sich im Leib des Landes festsetzen, und die Behandlung würde immer schwerer fallen. Wer weiß, vielleicht wird die Gefahr so ernst, daß die einzige Behandlungsmöglichkeit ist, den ganzen Körper auszurotten. Zwei Wege, die gleichermaßen bitter sind.

Die Lektion, die ich heute gelernt habe, sagt mir, daß unser Land einer Katze gleicht, die ohne jedes Erbarmen die eigenen Jungen verschlingt. Frisch geschlüpfte Fischbrut – die Großen fressen die Kleinen. Sehen wir doch nur mal genau hin, wie unser Land jetzt aussieht. Eine seltsame Welt, vermint und sicher, schwierig und leicht, liebenswert und zum Hassen, überfressen und ausgehungert. Aber auf jeden Fall ist das unser Land. Und da fängt das Problem an: Wie und wann wird es uns wirklich gehören? Wem wird es gehören? Denken Sie nicht auch, daß der Satz »Das ist unser Land« in sich eine Menge Bedeutungen trägt?

Ich wünschte mir ... herrje, was bleibt uns noch anderes in dieser Zeit als Wünsche ..., ich wünschte mir, der Krieg wäre nicht zu Ende. Dann könnte ich mein Blut hingeben, die letzten Tropfen für die Verteidigung des Nildeltas, und das wären dann auch die letzten in meinem Kapitel in diesem Roman. Die Zeit der Kriege ist vorbei, jetzt hat die Zeit der Reden angefangen, und da das eine Wort das nächste entfacht, wird auf ägyptischem Boden wohl nur noch geredet werden. Ich sage noch einmal, ich wünschte mir ... ach, lassen wir das. Ich habe nur noch eins zu tun, nämlich zu überlegen, wie ich mich selbst zum Schweigen bringe. Ich packe meine Hand, zwinge sie, mit dem Schreiben aufzuhören. »Schweigen ist besser als Reden« – so heißt die Devise in einer Zeit, wenn die Leute in einem Meer von Wörtern ersaufen.

Der Offizier

Gott sei Dank habe ich ihn nicht gekannt und kein einziges Mal gesehen. Nie sind meine Augen ihm begegnet. Ich bin erst vorgestern in der Einheit eingetroffen, trotzdem mußte ich gleich mit meinen Papieren zum Kommandanten. Ein Tag war nur vergangen, und schon hatte ich einen unangenehmen Auftrag am Hals. Alle anderen hatten sich anscheinend vor dieser deprimierenden Sache gedrückt. Ich hätte am liebsten auch abgelehnt, wollte aber die neue Stellung nicht gleich mit Entschuldigungen und Ausflüchten beginnen, schon deshalb nicht, weil sich der Kommandant, als ich ihm meine Papiere vorlegte, nur für eins interessierte. »Aktiver Offizier oder Reserve?«

So natürlich wie möglich erwiderte ich: »Reserve, Effendi.«

Er sah nicht gerade glücklich dabei aus, eher wirkte er verunsichert. Man hatte mir gleich gesagt, daß ich als Offizier der Sozialen Dienste im wesentlichen die Aufgabe habe, die Gefallenen in ihre Heimatorte zu bringen und den Familien den Leichnam zu übergeben. Es gab außer mir noch zwei Offiziere der Sozialen Dienste in dieser Einheit: eine junge Frau im Rang eines Oberleutnants und eine ältere Dame im Rang eines Majors. Natürlich konnte keine von beiden Frauen diesen Auftrag übernehmen. Ich hörte mir also die Instruktionen an und ging hinunter. Von Anfang an war für mich nichts so unangenehm wie der Obduktionssaal. In den beiden letzten Tagen konnte ich erleben, wie eine Menge Leute ständig in der Nähe herumstanden und darauf warteten, den Leichnam eines Verwandten in Empfang zu nehmen. Das schien ganz normal und alltäglich zu sein. Als ich aber nun unten ankam, war überhaupt niemand da. Ich war überrascht. Doch dann las ich die Adresse des Toten, und da war alles klar: Der Mann stammte nicht aus Kairo. Ich ging zum Kompanieführer, einem Offizier im

Rang eines Kapitänleutnants, stellte mich ihm vor, begrüßte ihn und bat darum, die Begleitpersonen für diesen Auftrag zu bestimmen. Er drückte auf den Klingelknopf und beauftragte den eintretenden Adjutanten, den Chef vom Kompaniebüro herzubringen, weil der für die Einteilung zuständig war. Wie es die Instruktion vorsah, brachte der für die Registratur zuständige Soldat die offizielle Adresse des Toten in zweifacher Ausfertigung. Das Original mußte ich ihm unterschrieben zurückgeben, die Kopie blieb bei mir. Während ich schrieb, fragte ich: »Wissen Sie, wie man dahin kommt?«

»Nein«, erwiderte er knapp.

Um vor mir selbst die Sache ein bißchen herunterzuspielen, versuchte ich es mit der Redensart: »Wer fragt, verirrt sich nicht.«

Der Soldat trat ab, kehrte aber gleich wieder mit dem Leiter der Registratur zurück. Der bat darum, daß ein Freund des Gefallenen mich auf dieser Fahrt begleiten dürfe. Er habe dem Toten sehr nahegestanden, und bestimmt kenne er auch den Weg in dieses Dorf.

»Gibt es was, das ihn daran hindern könnte?« fragte ich.

»Im Gegenteil, er möchte Sie gerne begleiten.«

In diesem Augenblick trat ein Soldat im Kampfanzug ein. Er grüßte erst den Offizier, dann mich. Es gebe zwingende Umstände, erklärte er, auf Grund derer er darum bitte, ins Dorf des Gefallenen mitzufahren.

»Sind Sie ein Landsmann?« fragte der Kompanieführer.

»Nein.«

»Warum wollen Sie dann unbedingt dort hin?«

»Aus persönlichen Gründen.«

Der Offizier erklärte, prinzipiell nichts dagegen zu haben. Nur gebe es das Problem, daß er – der Soldat – seit seinem Fronteinsatz nicht mehr der Einheit selbst, sondern der Sanitätsstation Nr. 1 unterstellt sei, und deshalb müsse er von dort die offizielle Erlaubnis erhalten, die Fahrt anzutreten. Er sei doch nur hier, in der Einheit, um eine Lieferung Medikamente in Empfang zu nehmen. Könne denn dieser Auftrag warten, bis er wieder zurück sei? Der Soldat sagte, die

Medikamente würden erst wieder in drei Tagen vorrätig sein. Was also würde dagegen sprechen, selbst wenn er keine offizielle Genehmigung habe? Der Kompanieführer war einverstanden. Ich befürchtete zwar insgeheim, daß es im Auto ein wenig eng werden würde und die Militärpolizei uns unterwegs Scherereien machen könnte, aber andererseits war der Mann offensichtlich der einzige, der den Toten gekannt hatte. Möglicherweise kannte er auch die Familie und wußte, wie man zu diesem Dorf kam. Also war es besser, ihn mitzunehmen, als in Gottes weiten Fluren herumzuirren und sich zu verfahren. Außerdem würden wir garantiert erst in der Nacht ankommen. Das war mein erster Auftrag, und ich wollte Erfolg haben. Die Begleitmannschaft wurde zusammengestellt: ein Soldat, ein Unteroffizier, der Fahrer und – wegen eventueller Pannen – ein Mechaniker, ein Zivilist. Aus dem Büro holte ich eine Bescheinigung, daß diese Personen mit mir dienstlich unterwegs seien, dazu die entsprechende Fahrtengenehmigung. Als ich aus dem Zimmer kam, schloß sich mir der Freund des Gefallenen an. Er sah verstört aus. Mich interessierte das nicht weiter, weil ich es für normal hielt, daß er um seinen Freund trauerte. Wer weiß, vielleicht war er in seinen Armen beim Gefecht gestorben? So etwas ist immer, menschlich gesehen, schwer zu ertragen. Wir mußten noch auf ein paar Papiere warten. Mir fiel auf, daß der Soldat nicht eigentlich traurig, sondern bedrückt aussah. Ich fing an, ihn zu beobachten. Was hatte er? War das Unruhe? Angst? Vielleicht doch nur Trauer. Seine rechte Hand zitterte. Ich kann mich noch gut daran erinnern, daß ich den Eindruck hatte, er wolle mir irgend etwas sagen, traue sich aber nicht. Möglicherweise wartete er, von mir ermutigt zu werden. An sich neige ich dazu, leicht mit Leuten in Kontakt zu treten und im Nu mühelos jede Distanz abzubauen. Aber hier schwieg ich, glaubte, er sei durch die Anwesenheit eines neuen Offiziers verschreckt. Wie dumm bin ich doch gewesen. Seinem Gesicht war anzusehen, wie es in ihm arbeitete. Er drückte, quetschte die Hände ineinander, daß das Blut fast stockte. Dann wieder rieb er sich nervös die Stirn.

»Ist was, Soldat?«

Seine Lippen öffneten sich leicht, er holte Luft, aber die Wörter und die Stimme erstarben ihm auf der Zunge. Er sagte nichts. Ich hatte meinerseits nun wiederum nicht genug Zeit, um abzuwarten, ob er reden würde. Ich ließ ihn stehen und ging weiter. Die ganze Zeit über hatte ich das Gefühl, eine schwere Last liege auf seinen Schultern. Wenn er ein Geheimnis mit sich herumschleppt, dachte ich, dann wird er schon irgendwann darüber sprechen. Als ich im Dorf angekommen war und die Geschichte von A bis Z erfuhr, habe ich mir Vorwürfe gemacht. Ich fühlte tiefe Reue. Hätte ich ihn doch nur angehört, ihm die Hand gereicht, mein Herz gegeben. Doch andererseits – hätte das etwas geändert? Wäre dann etwa nicht passiert, was geschehen war? Ich denke nicht. Das Problem war ja viel größer und ging viel tiefer.

Ich holte mir den Unteroffizier heran, beauftragte ihn, sich zu überzeugen, daß die Sachen des Toten alle beisammen waren.

»Vergessen Sie nicht das Foto, das von Masri in der Einheit gemacht wurde«, fügte der Freund hinzu.

»Was für ein Masri?« fragte ich.

»Der Gefallene.«

Ich dachte, »Masri« wäre ein Spitzname. In den Papieren stand ja nur der offizielle Name. »War das eine Art Kosename?«

»Geben sich arme Leute Kosenamen?« Doch dann fuhr er fort: »Der Name in den Papieren ist richtig. Ich habe ›Masri‹ nur im übertragenen Sinn gemeint, müßten nicht alle Kinder dieses Landes ›Masri‹ heißen?«

Das erschien mir einleuchtend. Als er mich dann aber unterwegs warnte, nicht den Namen »Masri« zu erwähnen, begriff ich, daß mehr dahinterstecken mußte. Aber große Bedeutung maß ich der Geschichte noch immer nicht bei.

Ich ging ins Verwaltungsbüro, fragte die Abteilungsleiterin, ob ich bestimmte Vorschriften zu beachten hätte. Es gebe doch sicher ein Büchlein, wo das alles aufgeschrieben sei, eine Art Arbeitsanleitung. Sie solle mir das mitgeben, dann fühlte ich mich sicherer.

Sie lächelte. »Weder gibt es ein Buch noch schriftliche Anleitungen«, erklärte sie mir und fügte hinzu, es sei üblich, sich das Notwendige von denen sagen zu lassen, die solche Aufträge schon mal ausgeführt hatten. Sie gab mir Papier und Stift, forderte mich auf, alles mitzuschreiben. Ich wehrte ab. Ich habe ein gutes Gedächtnis, da sei das nicht nötig.

Wie ein Feldwebel fuhr sie mich an: »Das behaupten alle, aber wenn sie dann die Dinge erledigen müssen, haben sie das meiste vergessen.« Also gehorchte ich und begann zu schreiben.

»Zehn Hinweise für die angemessene Form der Bestattung gefallener Soldaten, die beim Tod eines Angehörigen der bewaffneten Streitkräfte (Soldaten/ Unteroffiziere) zu beachten sind:

(Für Offiziere, so erfuhr ich später, gab es andere Hinweise, sie unterschieden sich gewaltig von denen hier.)

1. Es ist zu prüfen, ob der Totenschein oder eine Bestätigung über den eingetretenen Tod in Form des durch die Druck- und Publikationsabteilung der bewaffneten Streitkräfte ausgestellten Musters vorhanden ist. Die Erklärung über den eingetretenen Tod muß korrekt ausgefüllt, von zwei Augenzeugen unterzeichnet und durch die Führung der Einheit und den Kommandanten beglaubigt sein. Sie muß Angaben enthalten über Tag, Uhrzeit, Ort des eingetretenen Todes und kurz auf die näheren Umstände eingehen.

2. Falls ein Totenschein auf Grund der militärischen Operationen nicht ausgestellt werden konnte, muß der Untersuchungsausschuß den Tod durch die monatlich zusammentretende Kommission bestätigen und oben genannte Erklärung ausfüllen lassen.

3. Die Adresse des Gefallenen muß aus einem amtlichen, von einem Offizier, zumindest aber einem Adjutanten, beglaubigten Dokument hervorgehen. Die Adresse ist das einzige Mittel, mit der Familie schnell in Kontakt treten zu können. Falls die Adresse einem Verzeichnis entnommen werden muß, dann ist es am günstigsten, auf die Verzeichnisse zurückzugreifen, die während der militärischen Ope-

rationen angelegt werden, da diese gewöhnlich die genauesten sind.

4. Es ist eine Kopie der Hinterlassenschaftserklärung des Kämpfers, ausgefüllt von seiner Hand, mitzuführen, die Auskunft über den Nutznießer der finanziellen Entschädigung nach Eintritt von dessen Tod, während des Dienstes oder während des Kampfeinsatzes, gibt. Befinden sich in der Dienstakte mehrere solcher Erklärungen, dann ist die zuletzt ausgestellte zu verwenden.

5. Es ist die persönliche Habschaft des Gefallenen, die er zur Zeit des Ablebens bei sich trug, zuzüglich des amtlichen Protokolls, zu übernehmen, um sie dem Nutznießer zuzustellen. Dieser bestätigt per Unterzeichnung des Protokolls, keine weiteren Ansprüche zu stellen.

6. Mitnahme von Geldmitteln für die Bestattung sowie für eine eventuell dringende Unterstützung der Familie gemäß den geltenden Bestimmungen für Soldaten und Unteroffiziere.

7. Es muß bei der der Einheit nächstgelegenen Gesundheitsbehörde, auf Grundlage der von der Einheit bestätigten Todesbescheinigung, eine Todesurkunde und eine Bestattungsgenehmigung eingeholt werden.

8. Vor dem Abtransport in den Heimatort ist zu prüfen, ob der Tote im Obduktionssaal der Einheit für die Bestattung vorbereitet, ins Leichentuch eingehüllt und in einen fest verschlossenen Kasten gelegt wurde.

9. Nach Ankunft im Heimatort des Toten sind die örtlichen Behörden aufzusuchen, ist der Friedhof zu besichtigen, um sich dann mit der Familie des Gefallenen bekannt zu machen. Zur Bestattung sind nur die Familienangehörigen, im Beisein der örtlichen Verantwortlichen, zuzulassen. Der Tote ist direkt und ohne Öffnung des Kastens vom Armeewagen ins Grab zu transportieren.

10. Nach Beendigung der Dienstreise ist vom Offizier der Sozialen Dienste ein Bericht über den Erfolg der von ihm unternommenen Aktivitäten anzufertigen, in den auch Empfehlungen für künftige Verbesserungen in diesem Bereich einfließen sollten, wobei ihm durchaus zusteht, konkrete Vorschläge für etwaige Veränderungen zu unterbreiten.«

Ich ordnete die Bögen, auf denen ich diese zehn Punkte notiert hatte, studierte sie sorgfältig und machte mich dann an die Arbeit. Zunächst rief ich den Unteroffizier zu mir, der mich begleiten sollte, und beauftragte ihn, sich um den staatlichen Totenschein und die Bestattungsgenehmigung zu kümmern. Er nahm auch die beglaubigte und abgestempelte Kopie der Nutznießererklärung an sich. Außerdem sollte er die Vorbereitung des Toten für die Bestattung kontrollieren, wozu, aber das wußte er, nicht unbedingt das Waschen gehörte. Einen anderen Soldaten schickte ich los, um die Fahrerlaubnis für den Wagen und einen schriftlichen Auftrag für das Auffüllen mit Benzin, auch im Reservetank, zu bekommen. Wir legten fest, uns in zwei Stunden vor dem Obduktionssaal zu treffen. Ich machte mich an die persönliche Habe des Gefallenen, um erst einmal die sachliche Seite erledigt zu haben. Als ich damit fertig war, ging ich hinaus. Auf den Straßen flanierten junge Mädchen und Burschen, Hunderte von Menschen gingen ihren ganz alltäglichen Beschäftigungen nach. Schlagartig wurde mir klar, wie groß die Kluft zwischen diesen Leuten und uns war. An sich hatte ich mich mit einigen Freunden für die Zeit nach der Abendmahlzeit verabredet, um ihnen von meinem ersten Tag als Offizier in der Armee zu erzählen. Ein Wunder müßte geschehen, wenn ich zu diesem Zeitpunkt wieder zurück wäre. Da es mir gänzlich unmöglich erschien, überlegte ich, einen der Freunde anzurufen und mich zu entschuldigen. Aber über den Grund durfte ich erst sprechen, wenn ich zurückgekommen war, und überhaupt konnte ich am Telefon nicht viel sagen, weil die Verhältnisse im Land das nicht zuließen. Selbst eine ganz normale Aufgabe konnte im Nu zu etwas Geheimnisvollem und Wichtigem aufgebauscht werden. Meine Freunde und ich trafen uns gewöhnlich in einer Wohnung in Agusa, die wir zu viert gemietet hatten. Nur einer aus der Clique machte wie ich seinen Dienst bei der Armee. Der zweite Freund war als einziger Sohn in der Familie befreit worden, und der dritte hatte es mit bestimmten Mitteln, über die ich nicht reden will, geschafft, sich zu drücken. In der Wohnung gab es kein Telefon. Jeder nutzte sie nach Belieben, und wenn er nicht gestört werden wollte, mußte er vorher den anderen Bescheid sagen. Ich beschloß, mich erst nach meiner Rückkehr zu melden und statt dessen nach Hause zu gehen, um frische Wäsche, Pyjama, Rasierapparat und Handtuch zu holen. Aber dann ließ ich es sein, denn man hatte mir gesagt, daß ich mich im Dorf des Gefallenen nicht länger als eine Stunde, vielleicht sogar nur wenige Minuten aufhalten würde. Für dessen Familie sei mit mir nur der verschlossene Kasten verbunden, in dem ihr Sohn liegt, also würde niemand mich bitten, länger zu bleiben. Ich mußte an meine Freundin denken und an den wunderbaren Abend, den wir zusammen in der Wohnung in Agusa verbracht hatten. Sie war angenehm füllig und hatte helle, zarte Haut. Ich hatte mir die Wohnung rechtzeitig reserviert gehabt, und meine Freunde hatten mir zugezwinkert und mir einen hübschen Abend gewünscht. Ich war wütend geworden. Das Mädchen konnte ich nun auch nicht mehr erreichen, und wenn ich zum nächsten Treffpunkt nicht erschiene, würde mich das lange Diskussionen, mit Streit, Vorwürfen, Entschuldigungen und Begründungen, kosten.

Ich wollte nicht länger nachdenken. Um mich abzulenken, beschloß ich, mich um meinen Auftrag zu kümmern. Ich ging zum Büro der Verwaltung. Dort saßen zwei Zivilangestellte und ein Offizier herum. Unter kolossalen Schreibtischen lagen dicke Teppiche, in denen man die Schuhe verstecken konnte. Obwohl es noch nicht Winter war, verbreiteten die Heizkörper rötlichen Glanz. Die Telefone schrillten und überbrachten Informationen über Gesundheit, allgemeines Wohlergehen, Fleischpreise. Der eine versprach, per Beziehung Hühner zu besorgen, der andere teilte den Dollarkurs auf dem Schwarzmarkt mit, der dritte erkundigte sich nach einem passenden Ort für einen netten Abend. Im vollen Glauben, daß diese Leute ehrfürchtig reagieren und alles Erdenkliche tun würden, legte ich die Papiere auf den Tisch, aus denen hervorging, daß ein Sohn Ägyptens vor zwei Tagen fürs Vaterland gefallen war. Ich erlebte eine Überraschung. Der Angestellte, der hinter dem vergitterten

Schalter saß, sah erst grimmig auf die Papiere, dann auf seine Uhr. »Sie kommen zu spät«, fauchte er.

Ich hatte ihn beobachtet, als er die Papiere in der Hand hielt. Sein Gesichtsausdruck hatte sich nicht verändert. Jedenfalls gab er mir alles zurück, nicht ohne zu erklären, daß der Stempel auf dem Totenschein zu undeutlich sei. Der Schein müsse nochmals gestempelt werden. Auf meinen Hinweis, die Truppe des Gefallenen befinde sich an vorderster Front, hatte er die kurze Antwort parat: »Selbst wenn ...«

Ich redete auf ihn ein. Der Mann sei doch schon vorgestern gefallen. Mit einem Wink bedeutete er mir zu schweigen, dann wies er auf das Türchen rechts von sich. Ich solle das dem Bürochef erzählen. Der saß mit einer langen Gebetskette da und murmelte nur ihm Verständliches vor sich hin. Ich sprach ihn an, er reagierte nicht. Endlich schien er mit dem Gebrabbel fertig zu sein. Die rechte Hand spielte mit den Kugeln der Kette weiter, die linke griff nach den Papieren. Er starrte und starrte, und da er wieder die Lippen zu bewegen begann, konnte ich nur hoffen, daß es dieses Mal ums Lesen ging. Als er vom Einwand des anderen Angestellten hörte, kam die Antwort: »Er hat recht.« Die Bestimmungen würde eben so lauten, und man müsse sich daran halten. Es gab eine lange Diskussion, ermüdend und sinnlos. Schließlich war er zu einem Kompromiß bereit. Ich solle schriftlich bestätigen, daß der Stempel auf der Bescheinigung gültig sei. Falls das nicht zutreffe, müsse ich mit meiner Unterschrift die volle Verantwortung tragen.

Ich kehrte völlig erschöpft zum Krankenhaus zurück. Da die anderen mit ihren Papieren noch nicht fertig waren, setzte ich mich hin und rief einen der Freunde an, um mich zu entschuldigen. Dann war endlich, am späten Nachmittag, alles beisammen. Wir trugen den Kasten mit dem Toten zum Wagen, stellten ihn in den Laderaum. Der Mechaniker, der Soldat und der Unteroffizier nahmen dort Platz, und in der Fahrerkabine saß zwischen mir und dem Kraftfahrer der Freund des Gefallenen. Als wir Kairo hinter uns gebracht hatten, rechneten wir aus, daß wir erst nach der Abendmahlzeit im Dorf ankommen würden. Also wollten wir unterwegs essen, genauer gesagt, in Tanta. Ich stöberte in meiner Tasche, um sicherzugehen, daß ich die Adresse bei mir hatte. Die Fahrt war anstrengend. Um uns fade Herbstluft, und da wir die Deltastraße in Richtung Alexandria nahmen, schien uns die bleiche, schwache Sonne entgegen. Das Auto war alt und fuhr langsam. Der Fahrer verteidigte es, behauptete, es sei ausgezeichnet und könne es mit jedem anderen Wagen aufnehmen. Er zeigte auf das Tachometer, die Höchstgeschwindigkeit war mit hundertsechzig angegeben. Aber, so erklärte er, der Chef vom Fuhrpark hatte, um vor allem auf der Schnellstraße Unfälle zu vermeiden, die Geschwindigkeit auf sechzig beschränkt. Das Schaukeln machte mich schläfrig. Ich lehnte den Kopf ans Türfenster. Der junge Mann neben mir schien auch eingenickt zu sein. Doch das paßte dem Fahrer nicht. Er machte uns wach und hielt uns eine ausführliche Lektion über die Pflichten von Beifahrern auf der Schnellstraße. Die meisten Unfälle passieren, wenn die schlafen. Er achte immer darauf, daß sich die Leute mit ihm unterhalten. Wenn der, der neben ihm sitzt, ordentlich erzählt, am besten spannende Vorfälle oder merkwürdige Geschichten, dann sei er hellwach. Bloß bei Politik oder wissenschaftlichem Zeug – da würde er immer gleich müde. Was denn wäre, wenn er keinen guten Unterhalter bei sich hätte, fragte ich. Er lachte und drosselte die Geschwindigkeit. Dann nahm er sein Armeekäppi vom Kopf und legte es über das Tacho. Und dann fing er an zu erzählen.

»Ich habe Autofahren bei einem gelernt, der, damals noch, bei den Engländern gearbeitet hat. Der hat mir beigebracht, was man machen muß, wenn man alleine fährt und das Auto so vor sich hin schaukelt. Ich weiß noch alles, besser als das Einmaleins. Erstens, man muß mit sich selbst reden, und wenn man sich eine von den Geschichten erzählt, die man bei der Großmutter in langen Winternächten gehört hat. Aber das geht nicht immer, und wenn man merkt, daß man nicht mehr genau aufpaßt, kommt die zweite Stufe ran, man pfeift sich eins oder singt etwas, und zwar laut, damit man wach bleibt.«

Ich fand es ziemlich langweilig, was er da erzählte, auch

wenn diese Berufserfahrungen für mich neu waren. Um ihn ein wenig aufs Ende hin zu drängen, fragte ich: »Und was machst du, wenn das alles nicht hilft?«

»Eine sehr vernünftige Frage. Selten, daß man so viel Klugheit bei einem Offizier antrifft. Also in dem Fall hilft nur eins. Wissen Sie's?«

»Bestimmt nicht«, antwortete ich.

»Ich werd's Ihnen sagen, Gott allein wird es lohnen. Also das letzte Mittel ist, sich Haare auszuziehen. Man packt das Lenkrad mit der Hand, mit der man am besten steuern kann, das kann die linke oder die rechte sein, und mit der anderen nimmt man sich eine Strähne und zieht, so stark man kann.«

Er hätte nicht mit Reden aufgehört, wenn nicht ein dumpfes Klappern zu hören gewesen wäre. Die von hinten machten uns Zeichen, daß wir anhalten sollten. Wir stiegen aus, die anderen auch. Sie waren schweißgebadet und rot im Gesicht, behaupteten, beinahe erstickt zu sein. Von der Kiste mit dem Leichnam würde ein ziemlich schrecklicher Geruch ausgehen, der die Luft verpestete. Sie hätten fast brechen müssen. Ich begriff, daß es nicht so einfach war, neben einem Toten zu sitzen, der bereits eine Zeit lang in einem Zelt an der Front und dann im Obduktionssaal herumgelegen hatte. Besonders gut ausgestattet war der Saal nicht gerade. Der Aufseher, ein Soldat, hatte mir erzählt, dort wären schon Gefallene von vier Kriegen in diesem Jahrhundert aufgenommen worden. Jedenfalls setzten wir uns hin, genossen ein wenig die frische Luft. Der Fahrer füllte Wasser nach. Auf der restlichen Wegstrecke hatten wir keine einzige stille Minute. Der Fahrer redete unaufhörlich. Nun war sein bevorzugtes Thema die vielen Transporte von Gefallenen und normal Gestorbenen, und selbst bei diesen schrecklichen Geschichten konnte man deutlich Stolz heraushören. Was bei ihm am besten funktioniere, erklärte er, das seien seine eisernen Nerven. Um einen Beweis dafür zu liefern, erzählte er, daß der vorige Fahrer von diesem Wagen wegen der vielen Leichen verrückt geworden sei und jetzt in der geschlossenen Abteilung im Irrenhaus sitze. Es habe ihn krank gemacht, die Angehörigen zu sehen, wenn sie vom Tod ihres Sohns erfuhren und ihn dann nur noch beerdigen konnten. Er selbst mache diese widerliche Arbeit schon seit drei Jahren und sei immer noch völlig in Ordnung. Dann kam er auf den Toten zu sprechen, den wir gerade transportierten. Er hatte ihn gekannt, konnte sich an vieles erinnern und bat Gott um Gnade für ihn. Er fragte mich, ob das ein Dorf oder eine kleine Stadt sei, wohin wir fahren. »Ein Dorf«, antwortete ich.

»Ah, im Dorf sind die Leute gastfreundlich und anständig, selbst wenn sie große Trauer haben.«

Es wurde dunkel. Ein Radio hatten wir nicht, aber da auf der Straße plötzlich viel weniger Verkehr war und in den Dörfern Ruhe herrschte, merkten wir, daß es Zeit für die erste erlaubte Mahlzeit war. Beim Wegweiser in die nächste Stadt bogen wir ab. Ich war nicht sonderlich von der Idee angetan, in einem Restaurant zu essen, also gingen der Soldat und der Unteroffizier los und kauften ein paar Dinge auf dem Markt ein. Wir setzten uns ins Auto, aßen und tranken Tee, den sie aus dem nächstgelegenen Café mitgebracht hatten. Ich erlaubte dem Mechaniker und dem Soldaten, in dem Café eine Wasserpfeife zu rauchen, verlangte aber, daß sie so schnell wie möglich zurückkehrten. Schließlich fuhren wir weiter. Außerhalb der Stadt war es bereits völlig dunkel. Der Freund des Toten versuchte, sich an die Wegbeschreibung zu erinnern. Ich hatte Angst, daß wir uns verirrten, doch schließlich kamen wir an die Stelle, wo wir die Schnellstraße verlassen sollten. Wir bogen auf einen Sandweg ein. Der Freund wußte durchaus Bescheid, die Hinweise stimmten. Da war die Brücke neben der Schule, dahinter die Bahnstation. Hinter der Schule lagen die Häuser von den Bahnarbeitern. Wir sollten die Gleise überqueren, um auf einen kleinen Weg zu kommen. Wir fanden ihn. Um uns herrschte tiefste Finsternis. Wir hielten an. Der Fahrer setzte den Wagen die paar Schritte bis zum Gleisübergang zurück, wo von einer kleinen Feuerstelle Licht ausging. Der Bahnwärter hockte auf dem Boden und machte sich Tee. Der Freund fragte ihn, wie wir zum Dorf kämen. Der Mann wies auf einen Bauern, der neben ihm saß, und sagte, daß der wirklich Glück habe. Bestimmt wollten wir doch ein gutes Werk tun, denn der Bauer warte auf ein Fahrzeug, das ihn ins Dorf mitnehme. Wenn er mit uns fährt, könne er uns den Weg zeigen. Der Bauer stand auf, schüttelte sich den Sand vom Gilbab. Doch der Bahnwärter hielt ihn fest, drängte uns, erst noch Tee zu trinken. So verlockend der summende Kessel war, wir grüßten und stiegen wieder ein. Der Bauer dankte uns unaufhörlich, mit allen nur denkbaren Worten. Der Himmel müsse uns ausgerechnet zu dieser späten Stunde geschickt haben, er habe schon geglaubt, am Gleisübergang übernachten zu müssen. Bis zum Morgen wäre bestimmt kein anderes Auto mehr gekommen.

»Ist es denn noch weit?«

»Nicht so sehr.«

»Wieviel Kilometer?«

Der Mann mußte eine andere Begriffswelt haben, denn seine Antwort lautete: »Zwei Stunden Fußweg, eine Viertelstunde mit dem Auto.«

Der Fahrer mischte sich ein. In diesem Fall, sagte er, müßten das so zehn Kilometer sein. Ich fragte den Bauern, warum er denn nicht zu Fuß weitergegangen sei, hier gebe es doch noch gesunde, frische Luft. Er lachte und meinte, ich könne nicht vom Land sein. Bestimmt sei ich einer von diesen Stadtmenschen, die vom Abend bis zum Morgen in einem Meer von bunten Lichtern wandeln und von Polizisten, bewaffnet bis an die Zähne, beschützt werden. »Hier aber«, so seine Worte, »fallen die Wölfe über die Hunde her.« Ich verstand nichts, aber er sprach schon weiter. »Seit ich denken kann, war hier immer alles ruhig, und die Leute lebten in Frieden. Aber in der letzten Zeit sind hier nachts Banden von Räubern, Mördern und Dieben unterwegs, und viele schlimme Sachen sind schon passiert. Wer weiß, was die Zukunft noch alles bringt. Hat sich je jemand vorstellen können, daß auf dem Land, wo immer alles freundlich, freigebig und gütig zuging, so etwas passieren kann?«

Ein richtig guter Bauer, dachte ich und fand ihn sympathisch, nicht ahnend, daß alles, was uns schon bald zustoßen sollte, von ihm herrühren würde. Zunächst einmal hörte er auf, über die Banden zu reden. Alle schwiegen. Nur das Klappern und Holpern des Autos, das nur langsam auf dem unebenen Weg vorankam, störte die Stille. Plötzlich aber fragte der Bauer: »Zu wem wollt ihr da im Dorf?«

Ich nannte ihm den Namen des Vaters, wie ich ihn aus den Papieren kannte. Ich wußte ihn auswendig, so oft hatte ich den Schein vorzeigen müssen.

»Das ist der Gemeindevorsteher«, sagte der Bauer, »und er ist auch da.«

Der Fahrer, der sich in jedes Gespräch einmischte, wies nach hinten auf den Kasten. »Herzliches Beileid.«

Der Bauer schlug sich erschrocken auf die Brust. »Möge der Herr Unheil abwenden. Wer ist es?«

»Der Sohn vom Gemeindevorsteher.«

»Aber der hat doch gar keinen Sohn, der in der Stadt zur Behandlung war? Oder war es ein Unfall?«

»Was für ein Unfall?« rief der Fahrer. »Der ist an der Front gefallen.«

»Im Krieg?«

»Dem Herrn sei Dank, endlich hast du kapiert.«

Der Bauer sah nachdenklich aus, irgend etwas schien ihn zu beschäftigen. Plötzlich hob er fragend die Hand. »Aber der Gemeindevorsteher hat keinen Sohn bei der Armee.«

An dieser Stelle schreckte der Freund auf. »Woher willst du das wissen?«

»Ich bin absolut sicher.«

»Wir auch.«

Drückendes Schweigen setzte ein. Der Bauer rutschte hin und her, als könne er nicht mehr richtig sitzen. Er wirkte unruhig. »Alle Söhne«, überlegte er laut, »wurden vom Armeedienst freigestellt. Bis auf den Jüngsten sind jetzt alle viel zu alt fürs Militär, nur der war noch an der Reihe.«

»Und wann hast du ihn zum letztenmal gesehen?«

»Heute früh habe ich ihm noch guten Tag gesagt.«

»Vielleicht gibt es noch einen anderen Sohn, und ihr wißt bloß nichts von ihm«, erklärte der Freund bissig.

Der Bauer hatte die Ironie herausgehört und erwiderte

noch spöttischer: »Wer weiß, vielleicht ist der Sohn vom Gemeindevorsteher ein Heiliger und kann im gleichen Moment an zwei verschiedenen Stellen sein. Leben wir nicht in einer Zeit voller Wunder?«

Ich sah mich auf einmal mit einer sehr sonderbaren Geschichte konfrontiert. Zunächst glaubte ich, dieser Bauer wäre nur ein Schwätzer und meinte uns unterhalten zu müssen. Genausowenig, wie ich das Problem erwartet hatte, wußte ich eine Lösung dafür. Wenn ich diese Fahrt nicht mit Erfolg hinter mich brachte, würde sich das auf meine künftige Existenz in der Einheit auswirken. Um etwas gegen meine ständig größer werdende Unruhe zu tun, nannte ich dem Bauern den Vornamen des Gefallenen. Nun wurde er wirklich wütend. »Ja, natürlich, das ist sein Name!«

»Und das ist der, den du heute früh getroffen hast?«

»Genau der.« Er kam aus dem Grübeln nicht mehr heraus und fragte nach einer Weile: »Wie kann er denn gefallen sein, wo er doch im Dorf ist?«

»Vielleicht stellvertretend für jemand anders«, meinte der Freund leise. »Per gesetzlicher Vollmacht, die ihm Ägypten erteilt hat.«

Weder der Bauer noch wir anderen wußten damit etwas anzufangen. Ich ließ den Wagen halten und bat ihn, mit mir auszusteigen. Den Fahrer hatte ich angewiesen, die Scheinwerfer nicht abzustellen. Ich holte die Papiere heraus und las ihm die persönlichen Daten des Toten vor: Name, Heimatort, Tätigkeit des Vaters. Das stimme alles, sagte der Bauer, trotzdem würde sich der junge Mann, von dem wir behaupteten, er sei gefallen, im Dorf aufhalten. Wir stiegen wieder ein, der Fahrer ließ den Motor an. Als wir weiterfuhren, schwiegen alle nervös und beunruhigt vor sich hin. Nur der Fahrer nicht. Solche Geschichten, erklärte er mir wichtigtuerisch, seien ihm früher auch schon passiert, für ihn sei das alles nicht neu. Ich brüllte los, woraufhin ihm alles Weitere in der Kehle steckenblieb und er den Rest hinunterschluckte. Ich befahl ihm, schneller zu fahren. Zum letztenmal stellte ich dem Bauern die Frage, die mich am meisten bewegte: »Bist du dir wirklich sicher?«

»Sie müssen ja nur abwarten. Ich bringe Ihnen den gefallenen Märtyrer eigenhändig an, lebendig und gut genährt.«

Ich fragte den Freund des Toten, ob denn die Papiere, die ich hatte, wirklich in Ordnung seien. Die Antwort war mysteriös. »Das werden wir im Dorf feststellen.«

Meine Nerven drohten mich im Stich zu lassen. Da hatte ich mich in der Einheit nach allem erkundigt, was eventuell geschehen könnte, hatte für alles Verhaltensregeln erfahren. Doch daß der Tote in dem verschlossenen Kasten leben könnte – auf den Gedanken wäre ich nie gekommen. Ich ließ den Fahrer nochmals halten, stieg aus und öffnete den Laderaum. Ich forderte den Unteroffizier auf, den Kasten anzuheben und zu bewegen. Völlig überrascht starrte er mich an. Ich würde wissen wollen, ob der Gefallene an seinem Platz sei. Er rückte den Kasten mit größter Mühe ein Stückchen vor und lugte dann durch eine Ritze. Ja, der Leichnam sei noch immer drin, erklärte er, und dann fragte er wütend, ob ich mir etwa vorgestellt hätte, den würde jemand geklaut haben. Ich hatte keine Lust, mich auf ein Gespräch einzulassen. Er solle mir die persönlichen Unterlagen des Toten geben, die er eingesteckt hatte. Ich nahm den Umschlag, machte ihn auf und holte den Personalausweis heraus. Ich rief den Bauern, ging mit ihm ins Licht und zeigte ihm den Ausweis. Er hielt ihn dicht vor die Augen. Gleich rutscht der Ausweis hinein, dachte ich. Doch da stammelte der Bauer schon aufgeregt: »Das ist das Foto von Masri, dem Sohn des Wachmanns.«

Da er nicht lesen konnte, ging ich für ihn die Angaben durch. Der eingetragene Name war der vom Sohn des Gemeindevorstehers. Der Bauer faßte schlüssig zusammen: »Da steht also der Name vom Sohn vom Gemeindevorsteher, und das Foto ist das vom Sohn des Wachmanns.«

In meinem Kopf ging alles durcheinander, ich war absolut ratlos. Ich überlegte, ob es nicht besser sei, zur Einheit zurückzukehren, aber dafür war der Leichengeruch zu stark. In diesem Moment zeigte der Bauer nach vorne. Die Lichter vom Dorf waren schon zu sehen. Also beschloß ich, ins Dorf zu fahren. Wir hielten vor dem Gehöft des Gemeindevorstehers und stiegen aus. Wir setzten uns in einen kleinen Raum, in dem es ein Telefon gab und Gewehre herumstanden. Der Gemeindevorsteher sei gerade beim Gebet, sagte man uns. Der Bauer verschwand, kam aber nach wenigen Minuten wieder und flüsterte mir zu, daß der jüngste Sohn im Haus sei. Man solle ihn holen, verlangte ich. Der junge Mann kam, er sah frisch und gepflegt aus. Ich fragte ihn nach seinem Namen und dem Geburtsdatum. Alles war genau so, wie es in meinen Papieren stand. Ich bat ihn, mir seinen Personalausweis zu geben. Den würde sein Vater seit ungefähr drei Monaten aufbewahren, sagte er. Warum, das wisse er nicht. Ich fragte ihn, wie es bei ihm mit der Rekrutierung aussehe. Soviel er wisse, erwiderte er, sei sein Armeedienst für die Zeit seiner Schulzeit aufgeschoben worden.

»Wo ist die Bescheinigung dafür?« fragte ich.

»In der Schule.«

»Wer hat sie dort abgegeben?«

»Mein Vater.«

Der Freund des Toten trat an ihn heran. »Hast du denn diese Bescheinigung gesehen?«

»Ich habe nur davon gehört, gesehen habe ich sie nicht. Aber dasein muß sie, ich bin ja nicht zur Armee gegangen.«

Der Gemeindevorsteher traf ein, begleitet von den älteren Söhnen und einigen Wachmännern. Nachdem er uns begrüßt hatte, holte ich die Papiere aus der Tasche und fing an zu reden. Zu meiner Verwunderung sah er keineswegs überrascht aus. Das einzige, was er offensichtlich wollte, waren die amtlichen Bescheinigungen, die persönlichen Papiere des Toten und der Tote selbst. Wir sollten wohl so schnell wie möglich verschwinden. Ich nahm mich zusammen und fragte lediglich: »Ist der Gefallene Ihr Sohn?«

Er antwortete nicht sofort, und noch ehe er etwas sagen konnte, nahm mich der Freund am Arm und ging mit mir hinaus. Wir stellten uns ans Auto, und dort erzählte er mir die ganze Geschichte.

»Hast du das vor unserer Abfahrt gewußt?«

»Vor seinem Tod schon.«

Ich packte ihn, wollte ihn am liebsten schlagen, doch dann ließ ich die Hände sinken. Eine Frage, auf die ich keine Antwort wußte, bohrte in meinem Kopf: Warum hatte mir der Freund des Gefallenen das nicht vor der Abfahrt gesagt? War es Absicht gewesen? Hatte er dem Toten und dessen Familie einen Dienst erweisen wollen? Vielleicht war er durch ein Versprechen gebunden? Das könnte auch erklären, warum er so beharrlich darauf gedrängt hatte, bei dieser Fahrt dabeizusein, wo sich doch sonst alle vor solch einem Auftrag zu drücken versuchen.

Der Freund redete auf mich ein. Es sei jetzt wichtig, die Situation in den Griff zu bekommen. Der Gemeindevorsteher habe große Macht, warnte er mich. Ich verstand, er hielt es für besser, zusätzliche Komplikationen zu vermeiden. Eine Spannung hielt seinen Körper aufrecht, als mache er sich für den Ausbruch einer großen Schlacht bereit.

Wir gingen wieder hinein, und fast gleichzeitig mit uns kam ein Bauer in den Raum. Sein Gesicht war mager, und über der Schulter trug er ein Gewehr. Er schluchzte. »Ich bin der Vater des Gefallenen.«

Ich kann kaum beschreiben, wie der Gemeindevorsteher zurückwich, ja in sich zusammenfiel. Im Raum selbst waren eine Menge Leute, und draußen hatten sich die übrigen Bewohner versammelt. Der Gemeindevorsteher wollte, daß ich in sein Haus gehe. Ich lehnte ab. Dann forderte er mich auf, sofort zum Friedhof zu fahren. Auch da weigerte ich mich. Er warnte mich, einen Massenauflauf zu verursachen, denn im Dorf sei die Stimmung ohnehin schon wegen alter Rachegeschichten zugespitzt, wie denn ja auch ganz Ägypten hitzige Zeiten erlebe. Wir würden uns im Krieg befinden, und er sei nicht bereit, für die hier entstandene gefährliche Lage die Verantwortung zu übernehmen. Ich war fast bereit, ihm alles zu geben – den Leichnam, die Dokumente, die Ausweise – und zu verschwinden. Ich wollte so schnell wie möglich zurück nach Kairo, auch wenn mir innerlich nach Heulen zumute war. Ich zitterte am ganzen Körper. Der Freund von Masri trat an mich heran, bat mich inständigst, die Polizei aufzusuchen. Der Gemeindevorsteher brüllte los, wütete herum. Er sei schließlich der Repräsentant der Regierung im Dorf, und wenn es ein Problem gebe, dann sei er durchaus imstande, es zu lösen. Gingen wir zur Polizei, und zwar ohne seinen Auftrag, dann sei das gegen das Gesetz. Ich überlegte. Es gab drei Möglichkeiten. Ich konnte zur Polizei gehen. Da ich aber im Auftrag der Armee unterwegs war, konnte ich auch den nächstliegenden Stützpunkt der Militärpolizei aufsuchen. Doch wo und wie sollte ich in stockfinsterer Nacht den Stützpunkt finden? Die dritte Möglichkeit war, nach Kairo zurückzukehren, und dann konnte sich der Kommandant um die Sache kümmern. Ich war ratlos. Aber noch während meines Wortgefechts mit dem Gemeindevorsteher mußten die Dorfbewohner einen Entschluß gefaßt haben. Der alte Wachmann war hinausgegangen. Er mußte ihnen wohl etwas erzählt haben, denn nun marschierten sie auf das Gemeindebüro zu. Wortfetzen wie »Blut kosten«, »Rache«, »Ehre«, »Boden«, »abgeschaffte Bodenreform« drangen an mein Ohr. Man solle die Polizei über das, was hier vor sich ginge, informieren. Jemand trat an den Gemeindevorsteher heran, zischte ihm zu, er müsse sofort handeln. Doch ich war schneller. Ich nahm meine Leute und verließ den Raum. Ein Meer von Menschen nahm uns auf, ich konnte mir überhaupt nicht vorstellen, wo diese Massen herkamen. Nur mühsam bahnten wir uns den Weg zum Auto, und während wir uns durch die Reihen schoben und drängelten, schrien und riefen die Leute durcheinander. Wir sollten so schnell wie möglich zur Polizei gehen, wir müßten etwas tun, denn sonst würde der Gemeindevorsteher mit seinen Wachmännern über uns herfallen. Die Sache sei doch eindeutig, es gebe genügend Beweise, zum erstenmal könne man den Gemeindevorsteher anklagen. Überließe ich ihm den Toten, dann machte ich mich vor der ganzen Welt schuldig. Ich war endlich am Wagen angekommen, wollte gerade aufsteigen, da trat ein Mann an mich heran. Sie hätten erst jetzt davon erfahren, daß der Gemeindevorsteher anstelle seines Sohns den vom alten Wachmann zum Militär geschickt habe, das müsse doch aufgeklärt werden. Der Mann sah gebildet aus. Plötzlich rief er:

»Wie lange wollen wir noch schweigen? Im Krieg haben wir stillgehalten, als alles, was uns teuer ist, beschmutzt wurde – der Boden, das Wasser, die Luft, die Menschen. Aber wir dürfen nicht unsere Ehre besudeln lassen!«

Die Worte des Mannes konfrontierten mich mit einem wirklichen Verbrechen. Ich hatte das Gefühl, als klebte das Blut des Leichnams an meinen Händen. Ich mußte etwas unternehmen. Diese Freveltat war in ihrer Art einzig und völlig neu – kein Diebstahl, kein Mord, nicht einmal Urkundenfälschung. Es war ein Verbrechen, für das noch kein Nameerfunden worden war, denn das hatte es bisher weder in Ägypten noch sonstwo gegeben. Kein Zweifel, es mußte sofort etwas geschehen. Wer konnte garantieren, daß sich eine solche Tat, solange es Menschen wie diesen Gemeindevorsteher gab, nicht wiederholte? Und wer würde – falls das wieder und wieder geschah – Ägypten in Zukunft verteidigen?

Der Gemeindevorsteher kam mit seinen Männern heraus. Ich sah die Gewehre und Stöcke, doch die wogende Menschenmasse verhinderte, daß sie sich uns nähern konnten. Der Freund des Gefallenen kam und mit ihm sein Vater. Ich weiß nicht, wie wir es geschafft haben, auch ihn noch in der engen Fahrerkabine unterzubringen. Der alte Mann schluchzte noch immer, und erst als Masris Freund ihm sagte, wir würden ihm zur Seite stehen und nicht eher aufgeben, als bis er sein Recht eingefordert habe, erst da wurde er ruhiger. Wir beide, er und ich, würden ihm das versprechen. Ich sah ihn an. Noch immer glänzten auf den runzligen, ausgehöhlten Wangen Spuren von Tränen. Ich rief dem Fahrer zu, er solle endlich losfahren. Wie durch ein Wunder teilte sich das Meer von Menschen und machte dem Auto Platz. Etliche sprangen auf die Stoßstange und die Motorhaube auf. Der Fahrer konnte kaum etwas sehen. Die Menschen packten zu und brachten das Auto ins Rollen. Plötzlich waren Schüsse zu hören. Ich wußte nicht, ob sie uns galten oder ob die Menge eingeschüchtert werden sollte. Wir fuhren ab, zur Polizeistation in der Bezirksstadt.

Der diensthabende Offizier war in meinem Alter. Wie ich trug er zwei Sterne auf den Schultern und kam, wie ich, aus

Kairo, doch nicht aus dem Viertel, in dem ich wohne. Ich erklärte ihm kurz, worum es sich handelte, und bat ihn, eine Untersuchung einzuleiten. Ich fühlte mich erschöpft, mein Gesicht war vor lauter Erregung verkrampft. Er ließ mir Tee bringen, stellte mir immer neue Fragen, und schließlich hatte er alles verstanden. Er hielt die Sache für wichtig genug, um den Kommissar zu informieren, der seinerseits ihn wiederum aufforderte, sofort den Untersuchungsbeamten zu benachrichtigen. Die hohen Herren erschienen alle auf einmal. Papier wurde herausgeholt, Stifte bereitgelegt, und dann ging es los. »Was haben Sie in dieser Angelegenheit zu erklären?«

Ich begann, eine Frage nach der anderen zu beantworten.

Der Untersuchungsbeamte

Die Mitternachtsstunde war für mich immer schon ein faszinierendes Ereignis, trennt sie doch den vergangenen, vertrauten Tag von dem kommenden Tag, der uns bis dahin nur seinen Namen verraten hat. Die zwölf Schläge hallten dumpf aus dem Radio neben mir, und die Luft war vom frischen Atem des sich nähernden Winters erfüllt. Wieder einmal erlebte ich auf dem Land das Ende des Ramadans. Vorgestern und gestern hatte ich auf die Schicksalsnacht gewartet, doch nichts war geschehen. Nun blieben nur noch zwei Nächte, und wenn das Fest dann das Ende des Fastenmonats brachte, mußten die Menschen all ihre Träume wieder bis zum nächstenmal aufschieben. Etwa um Mitternacht mache ich mich gewöhnlich zum Schlafengehen bereit. Wann ich wirklich die Augen schließe und zur Ruhe komme, das weiß ich nicht. Doch irgendwann stellt sich der Schlaf ein. Heute nacht erschienen welche aus der Bezirksstadt. Wie immer, wenn es nachts an die Tür klopft, hieß es auch dieses Mal, es gehe um eine wichtige und äußerst ernste Angelegenheit. Wann, so frage ich, handelt es sich nicht um eine »wichtige Angelegenheit«? Ich fragte den Polizisten, ob der diensthabende Offizier in der Bezirksstadt wenigstens ein erstes Verhör durchgeführt habe. Nein, erwiderte er, er habe nur ein paar Leute befragt und dann gleich den Kommissar informiert, und der habe ihn wiederum zu mir geschickt. Der Militärvertreter des Bezirks sei auch schon benachrichtigt. Ich begann also, mich anzuziehen. Um was es denn gehe, fragte ich den Polizisten. Mord, Diebstahl, Überfall? Etwa eine Demonstration? Er lachte und meinte, so genau wisse er das auch nicht. Vor ungefähr einer Stunde sei ein Militärauto vorgefahren, mit einem gefallenen Soldaten. Ein Offizier und ein paar Soldaten seien mit dem Auto aus einem Dorf im Bezirk gekommen. Da generell angespannte Zeiten herrschten, beeilte ich mich, und so waren wir schon nach wenigen Minuten unten auf der Straße. Ich wohne in einer kleinen Stadt in der Deltagegend. Um zehn geht da alles schlafen, nur in den Ramadannächten wird durchgefeiert. Auf der Polizeistation waren der diensthabende Offizier, der Polizeichef und der Kriminalkommissar versammelt. »Wir sind soweit«, erklärten sie. Ich setzte mich zum Diensthabenden und forderte ihn auf, mir zu erzählen, worum es hier gehe. Er war noch jung, und vor lauter Erregung und Anteilnahme konnte er sich nicht knapp fassen. Da er kein eigenes Kapitel im Roman abbekommen hat, also nicht – wie ich und die anderen vorher – selbst sprechen kann, halte ich hier alles fest, wobei ich mich bemühen werde, auch seine Redeweise möglichst genau wiederzugeben. Ich werde selbst die Dinge wiederholen, die mit der eigentlichen Sache nichts zu tun haben. Der junge Mann machte es sich also ein bißchen bequemer, und dann erzählte er:

»Ich hatte Dienst, aber es war nichts weiter zu tun. Nach der ersten Mahlzeit im Ramadan ist das immer so. Das Abendgebet war vorüber, und ich stellte mich ans Fenster und drückte meine Nase an die Scheibe. Die wurde von meinem Atem allmählich ganz beschlagen, und da habe ich mit dem Finger ein paar Striche gezogen und durch sie hindurch nach draußen geguckt. Plötzlich tauchte ziemlich langsam ein schwarzes Auto, so ein Leichenwagen von der Armee, auf. Wenn das Lampenlicht drauffiel, konnte ich es gut sehen, aber wenn keine Laterne da war, verschwand das Auto wieder im Dunkeln. Es kam vor der Polizeistation an, blieb auf dem großen Platz stehen. Das Nummernschild war gelb, die Zahl schwarz, und da drunter stand das Wort Armee. Bestimmt hat das was mit dem Krieg zu tun, dachte ich. Ich ging aus dem Wachraum und stellte mich in den Eingang. Die Tür vom Auto öffnete sich, und es stiegen ein jüngerer Offizier, ein ganz junger Oberleutnant und danach ein Soldat in Kampfkleidung aus. Dann kletterte noch ein alter Mann, ein Bauer, heraus. Einer hat hinten die Tür aufgemacht, und da kamen noch zwei Soldaten heraus und ein

Zivilist. Sie sahen alle aus, als hätten sie eine lange Fahrt hinter sich. Ich wußte gleich, daß ich nun Arbeit bekommen würde und den Rest der Nacht beschäftigt wäre. Es war kalt draußen, aber auf den Gesichtern der Männer stand Schweiß. Ich habe Stühle herangeholt, den Offizier begrüßt und mich ihm gegenüber hingesetzt. ›Was ist es denn Schönes, was Sie herbringt?‹ habe ich gefragt. Erst war er für eine Weile still, doch dann fing er an zu sprechen. Ich merkte gleich, hier hatte ich es mit einer sehr sonderbaren Sache zu tun, die wahrscheinlich so noch nie passiert ist. Der Gemeindevorsteher, der darin verwickelt ist, gehört zu den meistgefürchteten Männern der Gegend. Ich war ratlos – was sollte ich tun? Ich dankte Gott, daß der Kommissar nicht weit weg wohnt, sein Haus ist ja gleich gegenüber von der Dienststelle. Ich hielt es für das beste, ihn zu fragen, was zu tun sei. Er hatte es sich gerade gemütlich gemacht, es war schön warm in seinem Zimmer, und er spielte mit seinem ältesten Sohn Schach. Ich habe mich zigmal entschuldigt, und dann habe ich ihm die ganze Geschichte erzählt. Zuerst war er verwirrt, dann sammelte er sich und forderte mich auf, die entsprechenden Schritte einzuleiten. Er würde gleich kommen. Ich habe dann erst mal alle Dokumente gesichert, und dann habe ich jemanden losgeschickt, damit der Sie informiert. Der Kommissar kam noch vor Ihnen.«

Ich begann mit der Untersuchung. Man brachte den Offizier herein, und er unterrichtete mich kurz und knapp über das Wesentliche. Er war aus Kairo gekommen, um den Leichnam eines gefallenen Soldaten in dessen Heimatort zu übergeben, mußte aber dort festellen, daß es eine Person gab, lebendig und gut genährt, die den Namen des Toten trug. Der Tote wiederum war anstelle dieses Lebenden zur Armee gegangen. Der Offizier sah müde aus, er war schweißüberströmt. Mich überkam Zweifel an dem, was ich da gerade gehört hatte, aber andererseits verblüffte mich auch die Sicherheit, mit der er die Sache vortrug. Nach längerer Diskussion mit ihm prüfte ich erst einmal die Namen der anderen Personen. Ich fing mit dem Freund des Toten an. Kaum hatte er sich hingesetzt, erzählte er mir alles, vom ersten bis zum letzten Wort. Ich war fassungslos, wollte es nicht glauben. Ich fragte ihn, ob er vielleicht noch persönliche Papiere des Toten habe, und zwar aus der Zeit vor seiner Umwandlung in den Sohn des Gemeindevorstehers. Es müsse doch den alten Personalausweis oder einen Studentenausweis geben. Daraufhin bat er mich, in die vor mir liegenden Dokumente sehen zu dürfen. Ich schob sie ihm zu. Er nahm den Armeeausweis, holte ein sorgfältig gefaltetes Papier aus der Hülle und breitete es vor mir aus. Es war ein Zeugnis über den erfolgreichen Abschluß der Grundschule. Er legte es genau neben den Armeeausweis. Die beiden Papiere ähnelten den unterschiedlichen Seiten einer Münze. Es war der ewige Widerspruch zwischen Bekanntem und Unbekanntem. Alle im Raum konnten das Dokument sehen, das die Rekrutierung des Sohns des Gemeindevorstehers bewies, und gleich daneben lag das Zeugnis, das in dem ersten Dokument gesteckt hatte und die Bestätigung dafür war, daß der Sohn vom Wachmann zur Armee gegangen war. Er hatte sozusagen eine Vertretung wahrgenommen, für die ihm niemand, gleichgültig in welcher Stellung, eine Bevollmächtigung hätte erteilen dürfen. In meiner Hand hielt ich den Anfang des Fadens, den ich nur abzuspulen brauchte, um zur Wahrheit zu kommen. Auf dem Zeugnis war sowohl die Nummer des Personalausweises von Masri als auch dessen Ausstellungsdatum vermerkt. Beide Angaben waren gänzlich von denen verschieden, die sich auf dem Armeeausweis – mit dem Namen des Sohns des Gemeindevorstehers und dem Bild des Sohns des Wachmanns – befanden. Doch beide Papiere waren vom gleichen Amt, von der Einwohnerregistratur im Bezirk, ausgestellt worden. Ich geriet in Verwirrung. Konnte es sein, daß man ein und derselben Person mehrere Personalausweise ausgestellt hatte? Allein schon dieses Detail weckte in mir das dringende Bedürfnis, die Wahrheit herauszufinden. In diesem Augenblick wachte ich endgültig auf, alle Schläfrigkeit war abgeschüttelt. Das Herz schlug schneller und pumpte frisches Blut in die Adern. Ich zog das Jackett aus, hängte es an den Haken. Doch der volle Arbeitselan wollte sich nicht einstellen – ich durchschaute die Sache noch nicht recht. Ich nahm einen Bogen Papier heraus und schrieb alle Personen auf, die in der Angelegenheit zu vernehmen waren:

1. Der Vater von Masri, früher Wachmann, jetzt Rentner.

2. Der Gemeindevorsteher des Dorfs.

3. Der jüngste Sohn des Gemeindevorstehers, dessen Name der Gefallene trägt.

4. Der Rekrutierungsbeauftragte des Bezirks, der das Rekrutierungsbüro leitete, als der Gefallene eingezogen wurde.

Auf einem anderen Blatt hielt ich fest, welche Unterlagen geprüft werden mußten:

1. Die Dokumente in der Einwohnerregistratur, auf Grund derer die beiden Personalausweise ausgestellt worden sind, inklusive Überprüfung der dort aufbewahrten Fotos der entsprechenden Personen.

2. Die Geburtsurkunden der beiden Personen.

3. Alle Papiere, die sowohl Auskunft geben können über die potentielle als auch tatsächliche Einberufung zur Armee.

4. Eine Erklärung über den Ausbildungsgrad von beiden. Wenn der eine von beiden sich jetzt noch in der Ausbildung befand, mußte der derzeitige Stand überprüft werden.

5. Der Offizier der Polizeistation mußte weitere Nachforschungen anstellen, um die ganze Angelegenheit von Anfang bis Ende zu erfassen.

Die Untersuchung begann. Schon wenig später erschien der Kommissar und bat darum, mich noch so lange zu gedulden, bis der Militärvertreter der Provinz eingetroffen sei. Was der damit zu tun habe, wollte ich wissen. Die Angelegenheit habe, so seine Antwort, nicht nur eine militärische, sondern wahrscheinlich auch eine politische Seite, und da müsse man schon die Meinung des Militärvertreters hören.

»Ich habe alles, was notwendig ist, zusammen, also werde ich auch weitermachen. Wenn er eintrifft, kann er immer noch entscheiden, was er in der Angelegenheit unternehmen muß.«

Kaum hatte ich die Arbeit wiederaufgenommen, kam er

wieder zu mir. Es müsse, erklärte er, irgend etwas mit dem Leichnam passieren. Entweder werde er zur Bestattung freigegeben, oder ich schaffe, falls vorher eine Untersuchung erforderlich sei, einen bevollmächtigten Arzt herbei. Den Leichnam hatte ich völlig vergessen, da mußte tatsächlich etwas geschehen. Ich ließ den Offizier kommen, der den Transport begleitet hatte. Ich wollte mir alle Papiere nochmals ansehen, die mit dem Tod des jungen Mannes zusammenhingen. Ich prüfte und prüfte und brauchte etliche Zeit dafür. Das ist insoweit verständlich, als ich an allem und jedem zu zweifeln begann und mir nichts mehr gesichert erschien, nicht die fünf Finger an meiner Hand, nicht der Nagel an jedem Finger, nicht der Himmel über der Erde. Nachdem der Leichnam begutachtet und mehrere Fotos, vor allem vom Gesicht, aufgenommen worden waren, ordnete ich die Bestattung an. Die Fotos waren mir besonders wichtig, davon würde viel in der weiteren Untersuchung abhängen. Es tauchte ein neues Problem auf. Wie sollte die Bestattung vor sich gehen, wo doch im Dorf alle den Vorfall kannten? Wie konnte man absichern, daß es keine Komplikationen gab? Der Kommissar hielt es für besser, die Ankunft des Militärvertreters und auch die des Abgeordneten der Provinz abzuwarten. Es sollte vor der Bestattung die Meinung der Politiker eingeholt werden. Er schlug vor, den Leichnam, natürlich nur mit meiner Zustimmung, ins Bezirkskrankenhaus zu bringen, wo er besser aufgehoben sei. Ich stimmte zu. Mir schien, ich würde damit dem Gefallenen, der für mein Land, für mich und meine Familie, gestorben war, eine Ehre erweisen. Bedauernswerterweise sollte sich diese Entscheidung später als Fehler erweisen. Aber das ist ein anderes Thema. Jedenfalls wurden die Zeugen vorgeladen, und die Befragung begann. Ich gebe hier nicht wieder, was sie gesagt haben, denn das haben Sie ja bereits in den vorhergehenden Kapiteln dieses Romans gelesen. Selbst wenn ich nur kurz die Aussagen zusammenfaßte, wäre das eine Art Wiederholung, und das bekäme keinem Roman gut, der in diesen Zeiten der Ungeduld, wo keiner mehr lange mit einem Buch zu tun haben will, noch auf Leser hofft. Mit den Zeugen gab es keine Schwierigkeiten. Der richtige Vater sprach unter Tränen, was alle tief beeindruckte. Im Raum herrschte eine wirklich menschliche Atmosphäre, und jeder konnte den Alten gut verstehen. Aber der Gemeindevorsteher legte keinerlei Geständnis ab. Kein einziges Wort konnte ich aus ihm herausbekommen, das seine Rolle in dem Spiel irgendwie erhellt hätte. Ich stellte ihn dem alten Wachmann gegenüber, legte ihm alle Papiere auf den Tisch. Ich erwähnte die Geschichte mit der Rückgabe des Bodens, wozu auch das Feld des Wachmanns gehörte. Das stände in keinerlei Beziehung zum Vorgefallenen, meinte er. Gelegentlich antwortete er überhaupt nicht, blieb stur und hartnäckig. Er sah mich ohne jeden Ausdruck von Reue an. Seine Stimme klang ruhig, er roch nach Fleisch, Fett, Hühnchen, Pute. Gesicht und Hände waren gut gepolstert. Als ich ihn fragte, wie es bei seinem Sohn mit der Armeezeit ausgesehen habe, erklärte er, sein Sohn sei für die Dauer der Ausbildung freigestellt worden. Ich wollte die Bescheinigung sehen. Die befinde sich in der Schule und könne jetzt nicht beigebracht werden. Ich fragte, wer sie ausgestellt hatte, und da wurde er zum erstenmal nervös. Er habe sie in Alexandria erhalten, lautete die Antwort. Ich legte ihm den Armeeausweis vor, aus dem hervorging, daß sein Sohn angeblich jetzt seinen Militärdienst machte. Er stotterte herum, ließ mich ohne klare Auskunft. Das Verhör war ein mühseliger, schwerer Kampf. Wir bewegten uns ständig im Kreis. Mehr als einmal glaubte ich, ihn in der Falle zu haben, doch er dachte nicht daran, ein Geständnis abzulegen. Ich fragte mich, was er sich davon erhoffte. Warum gab er nicht alles zu, damit wir uns beide endlich von diesem Frage-und-Antwort-Spiel erholen konnten? Mir kam es vor, als würde er abwarten. Wahrscheinlich glaubte er, daß er nur lange genug durchhalten müsse und sich dann eine Lösung für seine schwere, kritische Lage finden würde. Ich fühlte Unruhe, er aber benahm sich, als hätte er es hier mit der normalsten Sache der Welt zu tun. Im Verlauf der Untersuchung drängte sich mir immer mehr eine Frage auf. Wer war der Kopf gewesen, der das alles geplant, ausgeheckt hatte? Wer hatte das alles so exakt vorbereitet? Sicher, es gab Lücken bei der Durchführung des Plans, aber die waren geringfügig genug, um nicht alles zu gefährden. Schließlich gelang es mir, das herauszufinden. Mehrmals war bei den Zeugen vom »Geschäftemacher« die Rede gewesen, so daß ich zunächst glaubte, es handele sich um einen richtigen Namen. Wenig später wurde er vorgeladen. Der Mann war ein ziemliches Wrack, machte weiter keine Schwierigkeiten. Er gestand alles und versicherte mir mehrfach und sehr aufrichtig, daß das das letzte Geschäft gewesen sei und er zutiefst bereue. Wenn ich mehr Zeit hätte und nicht so auf Kürze aus wäre, würde ich hier gerne länger auf seine Argumentation eingehen. Jedenfalls erklärte er, völlig überrascht zu sein und diese ganze Untersuchung nicht zu verstehen. »Ein Ägypter, anständig und nobel, beschließt, einem anderen Menschen einen Dienst zu erweisen. Haben Sie denn nie gehört, wie auf der Straße einer zum anderen sagt: ›Leib und Leben opfere ich für dich‹? Fordert uns nicht der Staat auf, freiwillig unser Blut für unsere Brüder des Glaubens und des Vaterlands zu geben? Weigern wir uns, es freiwillig zu tun, dann kauft sich der Staat unser Blut eben mit Geld. Das ist genau das, was hier geschehen ist. Der Sohn vom Wachmann war bereit, in einer wichtigen, patriotischen Aufgabe den Sohn des Gemeindevorstehers zu vertreten, und zwar ganz auf eigenen Wunsch. Hätte er in dieser oder jener Form abgelehnt, hätte niemand etwas machen können. Und da ist noch ein Punkt, den ich zur Sprache bringen muß. Der Gemeindevorsteher ist viel zu edler Herkunft und viel zu nobel, um laut und in Gegenwart anderer darüber zu reden. Der Aktion lagen durchaus gemeinsame Interessen zugrunde, und zwar vorrangig wirtschaftlicher Art. Geht Masri für den Sohn des Gemeindevorstehers zur Armee, dann erhält der Wachmann als Gegenwert zwei Dinge: erstens eine feste Anstellung mit Lohn, obwohl er schon Rente empfängt, was – wie auch Sie wissen – gegen das Gesetz verstößt. Dem Gemeindevorsteher ging es bei dieser Sache keineswegs um ein Almosen für den Wachmann, sondern er wollte einen Menschen unter seinen Schutz stellen, der gegen das Gesetz verstößt und sich damit dem Zugriff des ägyptischen Strafrechts ausliefert. Vergessen Sie bitte nicht, daß der Gemeindevorsteher immerhin für die Anwendung der Gesetze des Staates verantwortlich ist. Da liegt also eine Zuwiderhandlung in mehr als einem Sinne vor. Aber kommen wir zum zweiten Punkt. Der Wachmann hat ein Stück Boden erhalten, das nicht weniger als fünf Feddan umfaßt. Die nur allzu gerechten Maßnahmen, die kürzlich in Ägypten durchgeführt worden sind, legen eindeutig die Rückgabe des Reformbodens an die ursprünglichen Eigentümer fest. Das betrifft auch den Boden des Gemeindevorstehers. Nach Jahren gewaltsamer Enteignung kann er nun wieder sein Land selbst nutzen und auf diese Weise die Gerechtigkeit der neuen Gesetze bestätigen. Stellen Sie sich vor, wie er nach all den Jahren glücklich gewesen sein muß, den Boden, der ihm gewaltsam und feindselig vorenthalten worden war, wieder zu besitzen, aber – der Gemeindevorsteher hat diese seine Freude tief im Herzen verschlossen und ganz aus eigenem Willen den Boden dem Wachmann überlassen. Obwohl das den neuen, gerechten Maßnahmen widerspricht, hat er, ohne daß es jemand von ihm verlangte, seinen Boden für den kleinen Dienst hingegeben, zu dem sich der Sohn des Wachmanns freiwillig bereit fand. Und noch etwas kommt hinzu. Der Sohn des Wachmanns hatte sich schon immer gewünscht, zum Militär zu gehen. Ich schwöre Ihnen, daß er mir das gesagt hat. Er hatte sich als Freiwilliger gemeldet, aber man hat ihn abgelehnt. Warum, das weiß ich nicht. Der junge Mann wollte hoch hinaus, und solch ein Ehrgeiz bei Menschen aus der ärmsten Schicht wirkt sich meistens verheerend aus, richtet sie normalerweise zugrunde. Der junge Mann scheute nicht davor zurück, selbst nach dem Unwahrscheinlichsten zu trachten – eines Tags Offizier zu werden und seine Schultern mit Adler, Sternen, gekreuztem Säbel und Stab zu schmücken. Deshalb, also nur um sein Ziel zu erreichen, ging er zur Armee. Er hat darum geradezu gebeten. Kann man es also dem Gemeindevorsteher anlasten, einem jungen ägyptischen Patrioten einen Wunsch erfüllt zu haben? Denken Sie daran, er ist nicht nur Gemeindevorsteher, er ist auch Vater, und bei dieser Angelegenheit vermischte sich das Private mit dem Allgemeinen. Da er für alle Menschen im Dorf verantwortlich ist, gehört es zu den Pflichten seiner Stellung, einem jeglichen bei der Verwirklichung seiner Wünsche zu helfen. Demnach konnte er, als Vorsteher der Gemeinde, in der Sache mit dem Sohn des Wachmanns gar nicht anders handeln. Nun komme ich zu meinem letzten Argument, und damit wird diese Untersuchung in ihren Grundfesten erschüttert. Vater und Großvater des Gemeindevorstehers hatten bereits das gleiche Amt inne, das heißt, er gehört also zu den Noblen dieses Landes, wohingegen der Wachmann und dessen Sohn zu jenen Leuten zählen, die abends, statt zu essen gleich schlafen gehen müssen. Vater und Sohn haben immer den Boden des Gemeindevorstehers gepflügt und bestellt. Wem der Boden gehört, dem gehört auch, was darauf wächst und wer darauf arbeitet. Der Sohn des Wachmanns gehörte dem Gemeindevorsteher, also konnte er mit ihm machen, was er wollte. Die Familie arbeitete auf seinem Besitz, da hat er doch wohl das Recht, mit seinem Besitz umzugehen. Ich bin absolut gegen diese Untersuchung, weil das nur ein Versuch ist, die Wirklichkeit nicht sehen zu wollen. Was tatsächlich geprüft werden müßte, ist, wem jetzt, nachdem der Sohn des Wachmanns stellvertretend für den Sohn des Gemeindevorstehers gefallen ist, die Ehre zukommt, einen gefallenen Märtyrer in der Familie zu haben. Kein Zweifel, das kann nur durch Rücksprache mit den verantwortlichen Stellen und den geistlichen Rechtsgelehrten geschehen. Es muß untersucht werden, ob sich eine ähnliche Geschichte schon einmal ereignet hat, um daraus, wenn es der Fall ist, Schlüsse für das weitere Verhalten zu ziehen. Denn schließlich ist ja eine Entscheidung zu fällen: Wer ist zum Märtyrer geworden – der Sohn des Wachmanns, der an der Front war, oder der Sohn des Gemeindevorstehers, der eine andere Person beauftragt hat, stellvertretend für ihn im Kampf zu fallen. Wenn das entschieden ist, kann ein zweites Problem geklärt werden, das sich ganz von selbst in den nächsten Tagen stellen wird, nämlich: Wer ist der

Nutznießer der Abfindung – der Gemeindevorsteher oder der Wachmann? Offiziell kann zur Zeit der Gemeindevorsteher diese ziemlich große Summe beanspruchen. Aber welchen Anteil hat der Wachmann? Sollen wir an die Hochherzigkeit des Gemeindevorstehers appellieren und ihn bitten, die Entschädigung ganz oder wenigstens teilweise dem Wachmann zu überlassen? Es steht ihm frei, zu handeln, wie er will. Oder kann man die Abfindung von vornherein auf beide aufteilen? Was geschehen ist, fällt ja nicht unter die Verbrechensrubrik, das war alles ganz legal. Ist es nicht auch bei Wahlen statthaft, einen Vertreter oder Bevollmächtigten zu schicken? Wenn bei einer patriotischen Tat wie einer Wahl ein Bevollmächtigter akzeptiert wird, dann muß das doch auch im Fall eines Kriegs möglich sein. Sei es, wie es sei, was jetzt geklärt werden muß, ist der rechtmäßige Nutznießer der Abfindung. Das ist das einzig Interessante. Warum soll man sich unnötig lange mit Details herumschlagen? Ein Mensch hat einem anderen freiwillig mit seinem Blut gedient – was geht das die Regierung an? Wir hören doch ständig, daß die Tage der Bürokratie vorbei sind und wir jetzt im Zeitalter der Freiheit leben. Also kann jeder Mensch frei über sein Leben, auch über sein Blut, entscheiden, kann damit machen, was er will. Da hat sich jemand für einen anderen geopfert – was hat die Staatsanwaltschaft damit zu tun? Sagt uns, wer das Geld bekommt, und Gott wird's euch lohnen.«

Ich hielt ihm entgegen, daß der Gemeindevorsteher dem Wachmann den Boden gar nicht überlassen hat, sondern in geradezu gesetzeswidriger Weise handelte, als er ihm die – lediglich drei – Feddan zeitlich begrenzt und mit einem prozentualen Anteil an der Ernte überließ. Das sei glatte Ausbeutung.

»Das stimmt überhaupt nicht«, rief er aus. »Die Leute, die Ihnen das erzählt haben, sind die reinsten Intriganten und haben nur ein Ziel, nämlich Unruhe zu stiften.«

»Ich habe es aber bei der Untersuchung erfahren, der Wachmann selbst hat davon gesprochen.«

»Der Gemeindevorsteher hat Feinde, seit er den Boden

wiederbekommen hat. Und diese Geschichte nutzen sie, um ihm zu schaden.«

Ich schickte den merkwürdigen Geschäftemacher weg, der, nur um sich selbst zu retten, den Gemeindevorsteher verteidigte. Aber mit dem Problem der Abfindung hatte er recht. Ich war beunruhigt und zerstreut. Mir wurde klar, daß mich, hatte ich eine Hürde übersprungen, schon die nächste und viel schwierigere erwartete. Sich die Frage zu stellen, wer gekämpft hat, wer gefallen ist, wer zum Sieg beigetragen hat, war wichtig. Doch die Frage, die viel bedeutender war, lautete: Wem steht die feierliche Würdigung und infolgedessen die Entschädigung zu? Das allein war wichtig und mußte geklärt werden.

Ich hatte alles beisammen, mußte das Material nur noch sortieren, damit es Hand und Fuß bekam und ich die Übersicht behielt. Als erstes waren da die Geburtsurkunden, das einzig Gemeinsame zwischen den beiden jungen Männern – gleicher Tag, gleicher Ort. Ein eindeutiger Beweis. Bei den anderen Dokumenten sah das schon anders aus. Jeder von beiden hatte einen gänzlich anderen Weg genommen. Der Sohn vom Wachmann war in der Schule erfolgreich, sogar ausgezeichnet gewesen und konnte trotzdem nicht weiterlernen, weil sein Vater nicht das Geld aufbrachte. Der Sohn vom Gemeindevorsteher verfehlte ein ums andere Jahr das Klassenziel. In den Anträgen auf einen Personalausweis waren die gleichen Fragen beantwortet worden, jeder Antrag war mit einem Foto versehen. Nur waren die Fotos sehr verschieden – das Gesicht des einen war typisch für den Sohn eines Gemeindevorstehers, das des anderen für den eines armen Bauern. Die Frage der Rekrutierung zeigte einen schreienden Gegensatz. Der Sohn des Wachmanns hätte als einziger Sohn vom Dienst befreit werden können, der Sohn vom Gemeindevorsteher hätte den Dienst antreten müssen. Und was ging aus den Unterlagen hervor? Ja, er war an dem und dem Tag Rekrut geworden, war mit dem Dienstauftrag Nummer soundso ins Ausbildungslager in Alexandria gekommen. Aber die Fingerabdrücke in den Ausweisen gehörten zwei unterschiedlichen Personen. Wie gesagt, alles war da, nur das Geständnis des Gemeindevorstehers fehlte. Seine Lage sah ziemlich schwach aus, denn nach der Aussage des Geschäftemachers war man sich einig, daß der zwar ein Komplize war, aber der Gemeindevorsteher als Haupttäter galt. Ich hatte ihn mit allen erdenklichen Beweisen konfrontiert, mit neuen und mit alten. Doch das änderte nichts an seiner Haltung, brachte kein Geständnis. Ich ordnete an, den Sohn des Gemeindevorstehers und den Geschäftemacher in Gewahrsam zu nehmen, ein letzter Versuch, um auf den Gemeindevorsteher direkten Druck auszuüben. Der regte sich fürchterlich auf, gab aber nichts zu. Erneut drängte sich mir der Gedanke auf, daß er auf etwas wartet, das ihn rettet.

An diesem Punkt machte ich erst mal eine Pause. Ich hatte schwer gearbeitet, wollte mir nun etwas Ruhe gönnen. Außerdem mußte ich das Ergebnis der Nachforschungen abwarten, die ich in Auftrag gegeben hatte. Für eine Weile herrschte Ruhe. Schließlich kam der an der Untersuchung beteiligte Offizier zu mir. Statt mir einen schriftlichen Bericht zu übergeben, den ich nach eingehender Lektüre entweder in die Akten geben konnte oder erst einmal zurückstellte, falls die Informationen nicht sehr ergiebig und daher wenig nützlich waren, statt dessen also glaubte er, mich zunächst mit der nicht sehr neuen Erkenntnis überraschen zu müssen, daß der Sohn des Wachmanns anstelle des Sohns des Gemeindevorstehers in den Krieg geschickt worden war. Aber – er fügte noch etwas hinzu. Ich solle mich mit dieser Angelegenheit nicht länger herumplagen, denn die Untersuchung würde ohnehin eingestellt werden. Er habe nämlich im Verlauf seiner Nachforschungen feststellen müssen, daß der Gemeindevorsteher ein einflußreicher Mann sei und jederzeit seine Verbindungen zur Oberschicht und zu Regierungskreisen spielen lassen könne, und zwar unabhängig davon, ob die Verhältnisse günstig oder ungünstig sind. Deshalb sei er persönlich überzeugt, daß die Untersuchung zu keinem Prozeß führen würde. Und zwar aus zwei Gründen: Es könne sein, daß der Vater des Gefallenen beantragt, im Gedenken an den ehrenvollen Tod seines Sohns und zur

Würdigung seines Märtyrertums das Verfahren einzustellen, oder aber – es würden von ganz oben Weisungen kommen, die Untersuchung auf dem derzeitigen Stand einzufrieren. Diese zweite Möglichkeit, versicherte er mir, sei lediglich eine Vermutung seinerseits, zu der er auf Grund eigener Interpretationen gekommen sei. Bisher habe er noch von niemand anders darüber gehört, aber wenn er sich die Sache so ansehe, könne er einzig und allein nur zu diesem Schluß kommen.

Ich forderte ihn auf, das Ergebnis seiner Nachforschungen kurz und knapp zu Protokoll zu geben. Wenn der Kommissar es gesehen habe, solle er es mir zuleiten, und ich würde dann überlegen, was zu tun sei.

Der Gemeindevorsteher war plötzlich nicht mehr verfügbar. Es hieß, er sei ins Dorf zurückgefahren, um sich auszuruhen. Falls seine Anwesenheit erforderlich sei, so seine Worte, würde er jederzeit erscheinen, er habe ja ein Auto zur Verfügung, sei auch telefonisch erreichbar, sowohl zu Hause als im Gemeindebüro, wobei es von dort sogar direkte Verbindungen mit dem Kommissariat, der Polizeistation und der Provinzleitung gebe.

Eine große Zahl Bauern aus dem Dorf erschien bei mir. Sie beklagten sich über Ungerechtigkeiten des Gemeindevorstehers, die kein Ende nehmen würden. Ich versuchte, ihnen klarzumachen, daß ich nur in einer ganz bestimmten Angelegenheit ermittelte, mich also mit allem, was die Geschichte mit Masri betreffe, beschäftigen könne, aber nicht mit anderen Dingen. Die Sache mit Masri sei doch nur eine von Tausenden Machenschaften des Gemeindevorstehers, antworteten sie, und der einzige Unterschied sei, daß der Vorfall mit Masri an die Öffentlichkeit gekommen sei und wir uns nun damit beschäftigen. Ein jünger Mann erklärte, die Verbrechen des Gemeindevorstehers müßten alle als politische Vergehen eingestuft werden. Wenn man sie als normale Straftaten betrachte, sei das ein grundlegender Fehler. Im Strafgesetz gebe es so viele Maschen und Löcher, durch die er immer entwischen könne.

Wer weiß, vielleicht war das nicht einmal so falsch. Die

Liste der Verbrechen des Gemeindevorstehers war lang. Es wäre eine Zumutung, sie alle hier, in dem mir zustehenden Kapitel, aufzuzählen. Dabei bin ich ziemlich sicher, daß der Gemeindevorsteher in seinem Teil mit keinem einzigen Wort darauf zu sprechen gekommen ist, obwohl er immerhin gleich das erste Kapitel hatte. Nachdem ich über die Sache nachgedacht hatte, hielt ich es für durchaus denkbar, alle diese Bauern als Zeugen, wenn auch nur indirekt, in das Verfahren einzubeziehen. Aber sie wollten nicht, sie hatten Angst vor ihm. Ich versicherte ihnen, sie würden anonym bleiben und nur ich wüßte die Namen. Niemand würde sie je erfahren. Für mich stellten diese Bauern eine Art Reserve dar, die ich in meinem Kampf gegen den Gemeindevorsteher vielleicht noch gut gebrauchen könnte.

Der Militärberater der Provinz und der Beauftragte der Militärpolizei trafen ein. Ich glaubte, sie wollten nun mit mir zusammenarbeiten, um die Wahrheit herauszufinden. Aber plötzlich warf mir der Beauftragte der Militärpolizei vor, ich hätte eigenmächtig und ohne seine Behörde zu informieren in einer Angelegenheit Untersuchungen betrieben, die hundertprozentig ihr unterliege. Allein die Militärpolizei sei für diesen Fall zuständig. Der Offizier und die Soldaten, die mir ihre Aussagen zu Protokoll gaben, würden zur Verantwortung gezogen werden, denn immerhin gebe es eindeutige, klare Bestimmungen. Kein Angehöriger der bewaffneten Streitkräfte dürfe sich an einer Untersuchung beteiligen, wenn kein Vertreter der Armee anwesend sei. Die gesetzliche Lage mache es erforderlich, die Untersuchung erneut einzuleiten, und zwar unter Leitung und Kontrolle der Militärpolizei. Ich lehnte das rundum ab. Der Vorfall, erklärte ich, habe sich hier und nicht in einer Kaserne zugetragen. Also würde die Untersuchung hier, was auch immer geschehe, fortgesetzt werden, bis sie abgeschlossen sei.

Dann aber trafen unmißverständliche Weisungen ein. Die Untersuchung müsse gestoppt und als nicht existent betrachtet werden. Der Tote solle bestattet werden. Das wurde er auch, und zwar umgehend und ohne meine Erlaubnis. Ich war wie vor den Kopf geschlagen, denn damit war der Gefallene unter dem Namen des Sohns des Gemeindevorstehers beerdigt worden, nicht aber unter dem von Masri, dem Sohn des Wachmanns. Dieser Umstand mußte auf jeden Fall schwerwiegende Folgen haben. Wenn der Sohn vom Gemeindevorsteher begraben worden ist, dann hieß das ja, was geradezu lächerlich war, daß noch ein anderer Mensch, mit dem gleichen Namen und den gleichen Daten wie der Gefallene, lebendig herumlief. Es mußte also zwei Personen gleichen Namens geben, von denen die eine tot, die andere aber frisch und munter war. Zukünftig würde es schwerfallen, das Original und den Ersatz zu unterscheiden.

Dann war da noch ein anderes Problem, nämlich Masri. Wo war er? Eine Frage, die sich nicht erst seit der Beerdigung stellte, sondern schon seit seiner Abreise als vermeintlicher Sohn des Gemeindevorstehers, und die er vergeblich mit der Bestätigung seiner Identität hatte beantworten wollen. Als einziges blieb übrig: Masri, der abgefahren war, gekämpft hatte, gefallen war, dieser Masri würde nun davon ausgeschlossen sein, in der Erinnerung als Held anerkannt zu werden. Ich habe versucht, das dem Militärberater der Provinz verständlich zu machen, doch er lehnte ab, mir überhaupt zuzuhören. Unser Land würde eine für sein Schicksal entscheidende Zeit erleben, erklärte er. »Geschieht es denn nicht jetzt zum erstenmal in der Geschichte, und zwar in der alten, der mittleren, der neuen, daß die Araber siegen? Der Vorfall mit diesem Masri könnte sehr wohl einen betrüblichen Schatten auf jenen Sieg werfen, den Ägypten und alle anderen Araber seit Tausenden von Jahren herbeigesehnt haben. Überlegen Sie doch mal, was unsere Feinde sagen werden, wenn sie von der Geschichte mit diesem Masri erfahren. Überhaupt – hat sie denn solches Gewicht, um so viel Interesse darauf zu verwenden? Schon immer haben der Fortschritt und die Entwicklung von Staaten und Völkergemeinschaften Tausende von Einzelwesen das Leben gekostet, damit die gesamte Menschheit weiter existiert und lebt. Masri muß es genügen, daß er für sein Land gefallen ist, da interessiert es nicht, unter welchem Namen das geschah. Wichtig allein ist, er hat sich mit seinem Blut für die Heimat, für seine Familie geopfert. Wie er das getan hat, ist völlig zweitrangig, ob nun als ›Masri‹ oder als Sohn vom Gemeindevorsteher. Vergessen Sie nicht, verehrter Herr, daß für Ägypten zu dieser Stunde nur eins gilt: ›Wenn alle zu einem werden, ist der eine alle.‹ Können Sie das verstehen? Die Merkmale des Einzelnen lösen sich auf, um sich im Ganzen wiederzufinden. Ich wünschte mir, die junge Generation würde diese patriotische Bedeutung erfassen und begreifen, daß das Ganze im Einzelnen aufgehoben ist.«

Ich widersetzte mich dem Abbruch der Untersuchung. Keinen einzigen Moment verstand ich, wie ich das fertigbringen sollte, die Angelegenheit als nicht existent zu betrachten. Ich bin Untersuchungsbeamter, und meine einzige Aufgabe ist, die Wahrheit herauszufinden. Manchmal bereitet mir meine Arbeit Freude, manchmal Ärger. Aber die Gründe dafür gehen nur mich an. Masris Fall war etwas Besonderes, da blieb man als verantwortlicher Beamter ganz schön am Laufen. Immer, wenn ich der Wahrheit ein Stückchen näher gekommen war, mußte ich entdecken, daß sie mit mir Blindekuh gespielt hatte. Es war wie in einem Irrgarten. Ich habe in meinem Beruf immer dann Glück empfunden, wenn ich der Wahrheit auf die Spur gekommen bin, aber wenn ich, wie in diesem Fall, herumtappte und es nicht schaffte, die Wahrheit zu packen, dann erfüllten mich Verdruß und bleischwere Traurigkeit.

Warum schweife ich wohl ab, warum komme ich vom Hundertsten ins Tausendste, obwohl doch gerade jetzt das dran ist, was in meinem Kapitel das Wichtigste ist? Also gut, heraus damit. Ich war noch voll mit Masris Fall beschäftigt, blätterte alles, die Berichte und Akten, noch einmal von A bis Z durch, da wurde ich in eine hohe Behörde gerufen. Ich freute mich. Aha, sagte ich mir, nun ist die Sache ganz oben angekommen, bei einem, der wirklich was zu sagen hat. Das spricht einerseits dafür, wie wichtig die Angelegenheit ist, und andererseits wird damit gesichert, daß das Opfer sein Recht erhält und der Täter bestraft wird. Ich ließ also alles stehen und liegen und machte mich auf den Weg.

Man hatte mir einen Wagen geschickt. Das war ein tolles Auto. Der Fahrer drückte an der Seite auf einen Knopf, und schon gingen die Fensterscheiben hoch oder runter. Ich hatte vor mir ein weißes Telefon. Vor allem war die Luft sehr angenehm, nicht so stickig wie in anderen Autos. Ich fragte den Fahrer, doch der schien es nicht für nötig zu halten, mir eine Antwort zu geben. Statt dessen wies er nur mit der Hand nach vorne, auf einen kleinen Apparat. Ich verstand noch immer nicht, fragte nochmals. Er brubbelte nur ein Wort: »Klimaanlage«, und überließ es mir, das zu verstehen. Jedenfalls half mir die gute Luft, mich zu entspannen und ganz locker über die Angelegenheit nachzudenken. Ich war glücklich. Wir leben, sagte ich mir, in einer wirklich guten Zeit. Die allerobersten Chefs kümmern sich jetzt um solch eine Geschichte. Eine der wichtigsten Aufgaben von Regierenden ist es, dem Geringsten der Menschen Gerechtigkeit widerfahren zu lassen. Einmal hat jemand gesagt, Gerechtigkeit ist das oberste Prinzip jeder Macht und ein Herrscher ist nur dann gerecht, wenn er keine Ruhe findet, solange einer seiner Untertanen Hunger leidet oder nackt und bloß und ohne Zuflucht ist. Ja, da lag der Unterschied zwischen einem gerechten und einem ungerechten Herrscher. Solcherlei Gedanken gingen mir durch den Kopf, und dann stellte ich für mich fest, daß der Fall, den ich untersuchen durfte, großartig genug war, um einst noch Berge erbeben zu lassen. Blut war für die Verteidigung meines Landes vergossen worden, und bis jetzt war es noch nicht getrocknet. Der Sand der Wüste war noch feucht davon, und jedermann konnte den blutgetränkten Staub riechen.

Wir kamen an. Wahrscheinlich war das Auto der bewegliche Teil vom Büro, oder aber das Büro war der ruhende Teil vom Auto. Die Luft war in diesem Büro von Wohlgeruch und Wärme erfüllt. Die Farben, in allen Nuancen schillernd, hatten etwas Unwirkliches an sich. Der hohe Chef begrüßte mich nicht sonderlich herzlich. Ich wußte nicht, ob das seine Art war oder ob er sich nur mir gegenüber so kühl verhielt. Ich sagte nichts, sondern wartete darauf, daß er mich etwas fragte. Dann würde ich ihm mitteilen, so gut wie am Ende der Untersuchung zu stehen, da nur noch das Geständnis des Gemeindevorstehers fehlte, was aber auch nicht so wichtig wäre, weil die Zeugenaussagen das Geständnis wettmachen würden. In diesem Zusammenhang wollte ich den Chef auf dessen Verteidigung durch den Geschäftemacher hinweisen, der ja von Anfang bis Ende dessen Komplize war. Seiner Aussage käme beinahe der Rang eines Geständnisses eines Kronzeugen zu. Ich faßte den Entschluß, daß ich, falls dieser bedeutende Mann mich aufforderte zu sprechen, ihn bitten würde, den Prozeß so intensiv wie möglich durchführen zu lassen und das Urteil möglichst innerhalb von zehn Tagen zu fällen. Immerhin stand die Sache in Beziehung zur Landesverteidigung.

Der Chef stand auf, bewegte sich ein wenig unschlüssig, kam hinter dem prächtigen Schreibtisch hervor, machte ein paar Schritte, stellte sich ans Fenster, schob den Vorhang beiseite. Er stand mit dem Rücken zu mir, sah auf den kleinen Platz hinunter. Der Winter hatte seine ersten Vorboten geschickt und die Menschen mit einem plötzlichen Einbruch von Kälte überrascht, an die sie nicht gewöhnt waren. Ich hörte, wie er kicherte, dann lauter lachte. Plötzlich hörte er auf, drehte sich zu mir um und fragte mich völlig unvermittelt: »Wann sind Sie mit der Untersuchung fertig?«

Ich richtete mich auf, räusperte mich, schluckte, doch bevor ich etwas sagen konnte, fuhr er mich an: »Wollen Sie hier eine Rede halten? Nun machen Sie schon, sind Sie mit der Untersuchung fertig, ja oder nein?«

»Ein letztes Detail fehlt noch«, antwortete ich, wobei ich versuchte, ganz ruhig zu sprechen. »Und zwar das Geständnis des Täters beziehungsweise des Hauptschuldigen. Aber das wird noch heute, höchstens morgen, vorliegen.«

»Wo steckt denn die Schwierigkeit?«

»Er weigert sich, obwohl es genügend Belastungszeugen gibt.«

»Wozu dann noch das Geständnis?«

»Wenn der Prozeß zügig geführt werden soll, was ich gerne sehen würde, dann würde das Fehlen des Geständnisses der vorbereitenden Untersuchung als Mangel angelastet werden. In diesem Fall könnte der Richter die Wiederaufnahme der Untersuchung beantragen beziehungsweise sie selbst übernehmen. Und damit würde sich der ganze Prozeß fürchterlich hinziehen.«

Er sah überrascht aus. »Prozeß?«

»Na sicher, nach der Untersuchung durch die Staatsanwaltschaft kommt die Sache vor Gericht.«

»Welche Sache?«

»Die Sache mit dem Gefallenen, in der ich untersucht habe.«

»Welcher Gefallene?«

»Masri, der Sohn vom Wachmann.«

»Welcher Sohn?«

»Der anstelle vom Sohn vom Gemeindevorsteher zur Armee gegangen ist.«

»Welcher Gemeindevorsteher?«

»Der aus dem Dorf, und über den alle meinen, er sei einflußreich. Sein Verbrechen liegt klar auf der Hand.«

»Wieso klar?«

»Weil alles beieinander ist: der Täter, die Zeugen, die Beweisfakten, das Opfer.«

»Welches Opfer?«

»Die Opfer, müßte ich sagen.«

Seine Stimme schwoll an. »Worüber reden Sie überhaupt?«

Ich beschloß, nicht zu antworten. Was sich hier abspielte, glich einer sinnlosen Spielerei. Was, so fragte ich mich im Innern, was genau bezweckt dieses hohe Tier? Hatte er wirklich mich sprechen wollen oder jemand anders? Mich überfiel eine seltsame Schwäche, befand ich mich doch in einer äußerst verzwickten Lage. Ich glaubte, schreien, brüllen, losspringen, ihn anfallen zu müssen, aber da war der riesige Schreibtisch, und die Erinnerung an all die Sicherheitsmaßnahmen, die ich hatte hinter mich bringen müssen, um in den Genuß dieser ehrenvollen Begegnung zu gelangen – die Durchsuchung, die Wachposten, der Wagen, aber vor allem die Anonymität dieses hohen Chefs. Unterwegs hatte ich die Wachposten gefragt, zu wem sie mich überhaupt brachten. Die Antwort war sehr knapp ausgefallen: »Zu einem verantwortlichen Leiter.«

»Wer genau?« wollte ich wissen. »Verantwortlich für wen, für welchen Bereich ist er zuständig?«

Aber es kam nur: »Ein verantwortlicher Leiter.«

Er hob seine Hand. »Hören Sie mal...« Ich rührte mich nicht, er sprach weiter. »Es gibt weder diesen noch einen anderen Fall. Die Bauern in dem Dorf haben sich über Sie nur lustig machen wollen und für Sie eine Geschichte zusammengeschustert, die ein bißchen nach Kriminalroman aussieht. Der Sohn vom Wachmann ist zum Militär gegangen und hat gleich am ersten Tag, weil er sich seiner ärmlichen Herkunft bewußt war und sich bei den bessergestellten Kameraden einschleichen wollte, die Formulare bewußt falsch ausgefüllt. Als Familie gab er die des Gemeindevorstehers an und hat behauptet, er wäre dessen Sohn, und zwar in direkter Linie. Als er dann gefallen ist, starb er unter dem Namen, den er sich selbst, ganz aus eigenem Wunsch, gegeben hat. Das ist alles, was geschehen ist, nur deshalb ist er unter dem Namen des anderen gestorben und begraben worden. Haben Sie verstanden? Es gibt keinen Fall. Ein junger Mann ist an der Front gefallen, wunderbar, da kommt er ins Paradies. Daß er sich vorher, bevor er fiel, den anderen Namen fälschlicherweise zugelegt hat, nur um einer bekannten Familie anzugehören, das kann doch wohl nicht unser Problem sein. Wer hat Sie überhaupt mit der Untersuchung beauftragt? Sie werden mir gleich erklären, Bürger hätten bei der Polizei eine Anzeige gemacht, dann hätte die Polizei eine erste Befragung durchgeführt, und schließlich wäre die ganze Sache zur Staatsanwaltschaft gekommen. So weit, so gut. Doch dann haben Sie gewaltige Fehler gemacht. Erstens: Sie hätten von Anfang an wissen müssen, daß die ganze Angelegenheit nichts mit einem Zivilverfahren zu tun hat, sondern zu neunzig Prozent, wahrscheinlich sogar völlig, in die Zuständigkeit des Militärs fällt. Bis jetzt ist unsere Armee noch immer eine eigenständige Einrichtung, mit eigener Polizei, eigenem Untersuchungsapparat, eigenem Gericht. Doch das Wichtigste von allem, und das müßte Ihnen doch wohl bekannt sein, das Militär hat seine eigene Gesetzlichkeit, die sich durchaus von der zivilen unterscheidet. Trotzdem haben Sie sofort mit der Untersuchung begonnen, haben nicht einmal den Versuch unternommen, sich mit den entsprechenden Militärinstitutionen in Verbindung zu setzen. Die sitzen doch ganz in Ihrer Nähe und hätten sich mit der Sache schon befaßt. Zweitens: Ich nehme mal an, Sie haben sich voller Diensteifer und Patriotismus an die Sache herangemacht, Sie haben geglaubt, da liegt ein Verbrechen vor – und auf diesem Glauben bestehen Sie ja noch immer –, also muß es auch untersucht werden. Na bitte. Aber – ist es denn nötig, alle Untersuchungen gleich öffentlich bekanntzumachen? Müssen denn alle Beteiligten über alles informiert werden? Ich denke nicht. In diesem Punkt sind wir auf der ganzen Linie völlig verschiedener Meinung. Es gibt Fälle, in denen die Untersuchung geheim geführt werden muß, und die Sache, über die wir hier reden, gehört zuallererst dazu. Der Krieg, in dem dieser Masri gefallen ist, hat bis jetzt, bis zu diesem Moment, noch nicht sein Ende gefunden. Sicher, wir haben die Feuereinstellung akzeptiert, aber doch nur für eine bestimmte Zeit. Unser ganzes Land muß befreit werden, und das heißt nichts anderes, als daß wir uns noch immer im Kriegszustand mit den Feinden dieses Landes befinden. Es herrscht also Ausnahmezustand, und da hätte die Geheimhaltung der Untersuchung auf jeden Fall beachtet werden müssen. Sie wissen doch auch, daß es in jeder ägyptischen Familie jemanden gibt, der im Befreiungskrieg dient. Nun bitte ich Sie, sich nur mal vorzustellen, wie diesen Familien zumute ist, wenn sie erleben müssen, daß der Leichnam eines im Krieg Gefallenen, und der Krieg ist ja nicht vorbei, daß dieser Leichnam im ganzen Land herumgereicht wird, nur weil sich keiner findet, der ihn begraben will. Und zwar unter dem Vorwand, es gebe da eine Untersuchung, um festzustellen, wem die Leiche gehört und wer die Abfindung bekommt. Die Geheimhaltung dieser Untersuchung war eine ebenso große Vaterlandspflicht wie der Krieg selbst. Außerdem, wer garantiert uns eigentlich, daß dieser Krieg der letzte ist? Können Sie das vielleicht? Kann das sonst jemand? Eins steht doch wohl fest – wir werden in näherer Zukunft wieder Krieg führen, wir werden auch in fernerer Zukunft wieder Krieg führen, und da geht von Ihrer Untersuchung eine sehr, sehr schlechte Wirkung aus. Können Sie sich ausmalen, welchen Einfluß dieser Fall auf die Leute hat, auf die öffentliche Meinung im In- und Ausland, wenn der nächste Krieg ausbricht? Er würde einen dunklen Schatten auf unseren Krieg, unseren Sieg, unsere Helden werfen. Und weshalb das alles? Weil es etwa um die Interessen eines Wachmanns und seines Sohns geht? Jeder Ägypter ist aufgerufen, ein Opfer zu bringen, und wenn der Wachmann seinen Sohn geopfert hat, so ist ihm zu danken. Genug der vielen Worte. Es gab da kräftige Stimmen, die Sie wegen Ihrer äußerst gefährlichen Fehler bestraft sehen wollten. Aber ich war dagegen, und zwar aus dem einfachen Grund, weil ich der Meinung bin, Sie haben in bester Absicht und bestimmt nicht vorsätzlich gehandelt. Ich sage Ihnen also jetzt, was ich beschlossen habe. Betrachten Sie die Untersuchung als nicht existent, schließen Sie das Protokoll und bringen Sie alle Unterlagen hierher. Ich habe bereits entsprechende Anweisungen gegeben.«

An dieser Stelle riß er die Arme hoch und rief pathetisch: »Und damit wären wir am Ende unserer Begegnung!«

Unsichtbare Hände öffneten die Tür, er ließ den Arm in diese Richtung sinken, und ich verstand, ich solle verschwinden. Als ich hinausging, zitterte ich vor Aufregung. Ich suchte direkt mein Büro auf und mußte dort entdecken, daß die einschneidenden Anweisungen des großen Unbekannten, der für mich ohne Namen, ohne Stellung, ohne Identität geblieben war, bereits vor meinem Eintreffen Wirkung gezeigt hatten. Offensichtlich hatte noch der Bote, der mich geholt hatte, dafür gesorgt. Der Kommissar hatte Täter, Opfer und Zeugen weggeschickt und den Sohn des Gemeindevorstehers entlassen. Das einzige, was ich noch vorfand, waren einige Dokumente und Belege, die ich an einem sicheren, gut verschließbaren Platz verwahrt hatte. Ich legte alles ordentlich zusammen und beschloß, die Papiere so lange aufzuheben, bis ich eine Gelegenheit fand, mit meinen unmittelbaren Vorgesetzten darüber zu reden und von ihnen zu hören, wie es nun weitergehen sollte.

Ich war noch immer der Meinung, daß die Untersuchung weiterzuführen war und – gleich unter welchen Umständen – zu Ende gebracht werden mußte. Das Problem bestand nur in der Vielschichtigkeit der Angelegenheit, ich müßte also ... In diesem »müßte« steckte die eigentliche Schwierigkeit. Wer von uns kann es sich schon leisten, dieses Wörtchen in seiner alltäglichen Sprache zu verwenden, ich jedenfalls nicht, und zwar aus dem einfachen Grund, weil ich kein Anhänger der »Es müßte«-Partei bin. Die Mitgliedsbestimmungen scheinen für mich nicht zu passen. Jedenfalls entschied ich mich, meine Vorgesetzten erst am nächsten Tag um ein Gespräch zu bitten. Ich wollte nach Hause. Bevor ich das Büro verließ, packte ich alle Dokumente in meine Tasche. Ich hatte beschlossen, sie von nun an immer bei mir zu behalten.

In diesem Moment ging die Tür auf, und der richtige Vater des Gefallenen, der Wachmann, kam herein. Er war ein völlig anderer Mensch geworden, sah total verändert aus. Er wisse schon, sagte er, daß wir dem Gemeindevorsteher nichts anhaben können, woraufhin ich ihm widersprach. Das sei keineswegs richtig, die Gerechtigkeit würde ihren Lauf nehmen, es gebe niemanden im Land, der über dem Gesetz stehe. Kein Wort wird der Alte davon verstehen, dachte ich und hätte mich am liebsten über mich selbst lustig gemacht. Aber ich wollte die Situation entkrampfen. So fragte ich ihn, wer gesagt habe, daß wir gegen den Gemeindevorsteher nichts machen können.

»Das ist kein einzelner gewesen«, sagte er. »Alle sind dieser Meinung. Deshalb bin ich gekommen, auch wenn ich damit gegen die Anweisung des Kommissars verstoße, der uns verboten hat, aus irgendeinem Grund das Dorf zu verlassen und in die Stadt zu kommen.«

Er habe zwei Bitten, erklärte er. Erstens wolle er fragen, ob er nicht als Vater den Leichnam seines Sohns bekommen könne. Er wolle ihn selbst bestatten, an einem Platz, den er kenne, damit er künftig das Andenken an den gefallenen Märtyrer gebührend pflegen könne. Zweitens möchte er die Abfindung für seinen toten Sohn. Wenn diese beiden

Forderungen erfüllt seien, würde er nie mehr um etwas bitten.

Ich fand das einleuchtend, wollte mich aber, bevor ich irgendwelche Anweisungen gab, mit dem Kommissar und den übrigen Verantwortlichen darüber verständigen.

Also ging ich zum Kommissar. Ich hatte kaum den ersten Satz gesprochen, da sah er mich wütend an. Er könne überhaupt nicht verstehen, warum ich mich mit einer Sache beschäftige, die für uns erledigt sei. Ich redete trotzdem weiter, und nachdem er mir mit einem letzten Rest an Geduld zugehört hatte, sagte er: »Ich habe gedacht, wir sind mit dieser sonderbaren Geschichte fertig. Die kann einem wirklich die ganze Freude über den Sieg verderben. Was den Leichnam betrifft, so ist es, rein rechtlich gesehen, völlig richtig, ihn der Familie zu übergeben. Bloß haben wir es hier mit einer Ausnahmesituation zu tun, bei der das Gesetz und seine Durchführung nicht übereinstimmen. Wem sollten wir denn den Leichnam geben? Hätten wir ihn dem Gemeindevorsteher gegeben, dann wäre der Wachmann gekommen und hätte Beweise vorgelegt. Er wäre nicht alleine erschienen, das ganze Dorf hätte ihn begleitet. In diesem Fall hätte ich für nichts mehr garantieren können. Nun wäre es auch möglich gewesen, dem Wachmann den Toten zu geben. Dann hätten wir auf jeden Fall gegen den Gemeindevorsteher und seinen Sohn vorgehen müssen, und damit sind wir wieder genau beim Thema, daß nämlich eindeutige, klare Anweisungen vorliegen, in dem Fall nichts zu unternehmen und ihn als nicht existent zu betrachten. Die einzig richtige Lösung ist also, den Leichnam zum jetzigen Zeitpunkt an keine der beiden Parteien zu übergeben und so lange zu warten, bis sich die Dinge beruhigt und die Leute nach einer Weile alles vergessen haben. Dann können wir den Leichnam durchaus abgeben, und zwar an den, der nachweist, daß er wirklich zu ihm gehört. Bis dahin bleibt der Tote unter unserer Aufsicht, wir haben ihn an einem sicheren Platz bestattet, ich persönlich weiß, wo das ist. Er ist dort gut aufgehoben. Wenn wir ihn jetzt transportieren, bringt uns das schwere Probleme ein, das haben wir ja jetzt schon zu spüren bekommen. Ich kann mir nicht einfach die Leiche nehmen und ins Dorf fahren, kein Mensch weiß, was daraus entstehen kann. Bleibt noch die zweite Forderung des Mannes, da muß ich erst anrufen.«

Er hob den Hörer auf. Damit ich nicht verstand, wen er sprechen wollte, murmelte er leise die Nummer. Nach einem kurzen Moment war er verbunden. Er begann mit einer Entschuldigung. Es sei wirklich das letzte Mal, daß er in dieser Sache vorspreche.

»Welche Sache?« hörte ich jemanden fragen.

»Die Sache mit dem Wachmann, der behauptet hat, sein Sohn sei gefallen.«

Schon wollte ich empört eingreifen, aber mit einem Wink bedeutete er mir, ich solle schweigen. Eine Weile lang sagte er nichts, hörte nur zu. Dann entschuldigte er sich wieder, stellte endlich die Frage, um die es ging, und dann lauschte er wieder, wohl den letzten Anweisungen. Er legte den Hörer auf und wischte sich den Schweiß von der Stirn. »Die da oben fanden schon die Frage merkwürdig, weil ja für uns die Sache nicht existiert, es gibt sie nicht. Aber – die Entschädigung bekommt der, der in den Unterlagen als Vater eingetragen ist, und das ist der Gemeindevorsteher. Der Wachmann kriegt keinen einzigen Millim, außer wenn der Gemeindevorsteher es so wünscht. Aber selbst in diesem Fall wird das Geld erst an ihn ausgezahlt, und er kann es dann dem Wachmann geben. Er könnte auch dem Wachmann eine offizielle Vollmacht geben, aus der hervorgeht, daß er das Geld an dessen Stelle in Empfang nehmen darf.«

Ich diskutierte mit ihm, und schließlich hatte ich ihn so weit, den Gemeindevorsteher anzurufen und zu fragen, was mit der Abfindung werden solle und ob er nicht vielleicht bereit sei, einen Teil dem Wachmann abzugeben. Ich war überrascht, als der Gemeindevorsteher ablehnte. Es handele sich zwar, gemessen an dem, was er besitze, um eine lächerliche Summe, trotzdem wolle er auf das Geld nicht verzichten. Er würde nicht in die Falle stolpern, die wir ihm stellen wollen, denn trete er von der Entschädigung zurück, würde er zugeben, tatsächlich ein Verbrechen, eine Urkundenfälschung, begangen zu haben. Er würde sich damit nur selbst belasten. Aber er verspreche, daß er, wenn er das Geld erst einmal habe, dem Wachmann freiwillig eine Unterstützung gebe, doch nicht nur ihm, damit das nicht falsch ausgelegt wird, sondern überhaupt den Armen und Bedürftigen, und zwar nicht von dem Geld der Entschädigung, sondern aus seiner eigenen Tasche. Mehr wolle er dazu nicht sagen.

Ich bat den Kommissar, zum Wachmann zurückgehen zu dürfen, um ihn zu informieren. Nein, sagte er, ich solle bleiben. Er ließ den Wachmann holen, der den Kommissar überschwenglich und unterwürfig begrüßte, als wäre der der wichtigste Mensch auf der Welt. Der Kommissar erklärte in kurzen, knappen Worten, daß die Übergabe des Leichnams noch für etliche Zeit verschoben werden müsse, er aber persönlich sich für dessen sichere Aufbewahrung verantwortlich fühle. Was die Entschädigung betreffe, so hätten wir uns mit dem Gemeindevorsteher geeinigt. Dieser würde sich sein gutes Gewissen bewahren wollen, und deshalb würde er, der Wachmann, nicht ganz leer ausgehen. Er müsse ihn nur aufsuchen. Der Gemeindevorsteher sei ein nobler Mann, aus alter Familie, und würde ihn gewiß nicht ungerecht behandeln.

Der Wachmann salutierte. Er riß die Hände hoch, trampelte die vorgeschriebenen Schritte. Er hatte nichts verlernt, und so kam denn auch die dienstgemäße Antwort: »Zu Befehl, Euer Gnaden, Kommissar Bey!«

Den Rücken der Tür zugewendet, trat er ab und hätte fast einen Paravent umgerissen. Erst da drehte er sich um. Er stellte ihn gerade hin und ging hinaus. Als ich wieder in mein Büro ging, stand er vor der Tür. Er beschwor mich, ihm zu versprechen, daß sein Sohn zu ihm zurückkehre. Ich tat es, sagte, die Situation müsse sich erst ein wenig beruhigt haben. Dabei wußte ich nicht einmal, in welchem der zahllosen Gräber Kairos sich sein Sohn befand. Ich stand schon hinter meinem Schreibtisch, als er besorgt sagte, der Gemeindevorsteher würde ihm bestimmt keinen einzigen Millim geben. Seltsam, meine Stimme hörte sich wie in alten Zeiten an, als ich ihm antwortete. Es war der Klang, als ich innerlich noch nicht gebrochen war. Ich sprach ganz langsam. Der Gemeindevorsteher würde ihm sogar alles Geld überlassen. Falls das nicht geschehe, bekomme er es mit mir zu tun. Ich könne durchaus Zwang auf ihn ausüben. Der alte Mann flehte aus tiefster Seele Gottes Segen auf mich herab. Ich hatte ihn glücklich gemacht, und das machte mich froh, auch wenn ich wußte, ich würde mein Versprechen nicht einhalten können. Er grüßte, und dann ging er. Seine Zuversicht kam mir wie frische Tünche an einem alten, baufälligen Haus vor.

Ich setzte mich hin. Bohrende Fragen drängten sich mir auf. War ich nicht zum Helfershelfer geworden? Vielleicht sogar zum Täter? Müßte ich nicht wenigstens jetzt einen eigenen Entschluß fassen? Müßte ich nicht diesen Vorfall unabhängig von der Situation im Land sehen? Wieder bin ich bei diesem Wörtchen »müßte« angelangt, habe wieder einmal vergessen, daß ich nicht zu denen gehöre, die ein Recht auf dieses Wort haben. Aber was würde geschehen, wenn ich wirklich den Entschluß faßte, im Alleingang Anweisungen zu erteilen? Würden sie überhaupt ausgeführt werden? Ich zweifelte daran, aber zumindest könnte mich allein schon der Versuch in der nächsten Zeit innerlich zufrieden machen, und ich würde wieder Achtung vor mir haben.

Auf dem Nachhauseweg wurde ich ruhiger. Zumindest besaß ich etliche Dokumente und Belege. Ich würde sie nicht hergeben. Ich wollte sie behalten, was auch immer geschähe. Die Stille der Nacht erinnerte mich an das Gefühl von Glück, das mich immer dann erfüllte, wenn ich eine Untersuchung erfolgreich abgeschlossen hatte. Mitten in das Schweigen der verlassenen Straße flüsterte ich die Worte vor mich hin, die meine Mutter mir als Kind immer gesagt hatte: »Ei pardauz, die Geschichte ist aus.«

Leise murmelte ich: »Ei pardauz ...« Plötzlich stockte ich, hielt inne. Ich fragte mich: Ist denn die Geschichte wirklich aus?

Solange ich mir noch diese Frage stelle, so lange verlangt sie nach einer klaren, vollständigen, überzeugenden, befriedigenden Antwort. Da ich selbst die Antwort nicht kenne, werde ich mich auf die Suche nach ihr machen. Und sollte ich sie nicht finden, dann schreie ich wenigstens die Frage heraus, lasse sie über den Weiten des ägyptischen Bodens aufsteigen. Vielleicht findet sich da eine Antwort. Doch eins ahne ich: Hat diese Frage erst ihren Weg genommen, dann drängt sich mir sicher die nächste bange Frage auf, und die lautet: »Wird es jemals eine Antwort geben?«